左翼台湾

殖民地文学運動史論

陳芳明

陳芳明作品集【文史卷】2

左翼台灣：殖民地文學運動史論

Leftist Taiwan: Historical Essays on the Literary Movement under Colonial Rule, 1920-1945

作者：陳芳明
主編：胡金倫
總經理：陳蕙慧
發行人：凃玉雲

出版：麥田出版
城邦文化事業股份有限公司
100 台北市中正區信義路二段 213 號 11 樓
電話：02-2356-0933　傳真：02-2351-9179、02-2351-6320

發行：英屬蓋曼群島商家庭傳媒股份有限公司城邦分公司
104 台北市中山區民生東路二段141 號 2 樓
客服服務專線：（886）2-25007718；25007719
24小時傳真專線：（886）2-25001990；25001991
服務時間：週一至週五上午09:00~12:00；下午13:00~17:00
劃撥帳號：19863813；戶名：書虫股份有限公司
讀者服務信箱：service@readingclub.com.tw
網站：城邦讀書花園
網址：www.cite.com.tw
麥田部落格：http://blog.yam.com/rye_field

香港發行所：城邦（香港）出版集團有限公司
香港灣仔軒尼詩道 235 號 3 樓
電話：25086231　傳真：25789337
E-mail：hkcite@biznetvigator.com

馬新發行所：城邦（馬新）出版集團【Cite (M) Sdn. Bhd. (458372U)】
11, Jalan 30D / 146, Desa Tasik, Sungai Besi,
57000 Kuala Lumpur, Malaysia.
電話：603-90563833 傳真：603-90562833

印刷：宏玖國際有限公司
初版一刷：1998 年 10 月 1 日
二版一刷：2007 年 6 月 1 日

售價：300元
ISBN：978-986-173-256-5

LEFTIST TAIWAN

HISTORICAL ESSAYS ON THE LITERARY MOVEMENT UNDER COLONIAL RULE, 1920-1945

FANG-MING CHEN

問學十年
——《左翼台灣》自序

台灣文學史的研究是一門新興的學問。這樣說，既屬事實，也屬反諷。記得在八〇年代初期我首度揭示「左翼文學」這個名詞時，據說頗引起一些議論。議論的焦點是，台灣歷史上果眞產生過左翼文學這樣的文類嗎？這種質疑，並不過於離奇。因爲台灣史之於知識分子原就是極爲陌生，更何況是台灣文學史？如果沒有多少人能夠意識到台灣文學史的存在，則左翼文學一詞之令人訝異，也就不致令人訝異的了。

台灣文學進入我的思考，可以說是相當遲晚的事。必須等到被捲入八〇年代海外政治運動之後，我才正式研究台灣作家的作品。在那段時期，我正大量閱讀有關社會主義思想的書籍。由於思考上的相近，我對三〇年代的台灣文學特別注意。理由很簡單，左翼思潮在三〇年代是屬於全球性的運動。無論在資本主義發達的國家，或在半封建、半殖民的社會，都出現過左翼文學的運動，即使是在亞洲的中國和日本，也沒有例外。在中國建立的左翼作家聯盟，以及在日本組成的普羅文藝聯盟，都充分證明這個潮流在當時跨越國界的趨勢。

我參加政治運動的時候，也把時間與精力投注在認識日據時期左翼抗日的史實之上。尤其是有關台灣共產黨的興衰，吸引我更多深刻的思考。歷史事實告訴我，台灣作家受到左翼思想的影響非常強烈，一九三一年的台共大逮捕，使得社會主義的傳播遭到中挫。客觀政治條件的急轉直下，迫使台灣知識分子在政治路線之外另尋出路。當時，台灣作家都以「碰壁」一詞來形容台灣社會的苦悶。左翼文學的崛起，便是在這樣的悶局下應運而生。我的思想開始發生左傾之餘，自然而然對左翼文學也產生高度的興趣。

不過，我閱讀台灣作家的作品，自始就不是很有系統。這是因爲受到兩個因素的限制。第一個因素是，八○年代初期還未見證到文學史料的大量出現，而且許多日文作品也還未翻譯成中文。第二個因素是，台灣文學史的建構在那段時期仍呈荒蕪狀態；我能夠閱讀的作品，一時還無法找到確切的歷史定位。在這雙重的限制之下，我對台灣文學的認識往往是孤立的。抽離歷史的脈絡來了解作家與作品，不免使我陷於困頓的處境。我很難穿透時代隔閡的迷霧，爲一篇作品建立歷史想像。就像我研究台灣史所遭到的困難那樣，我與台灣文學的接觸是從支離破碎的記憶出發的。因此，對整個文學史的掌握就變得非常空泛而粗糙。

必須承認的是，到今天爲止，我對台灣文學史的了解還是相當有限，因爲還有許多史料仍然受到深埋，從而一些歷史的缺漏與空白還有待去塡補。以今天的研究環境而言，條件尙且如此，則十年前、二十年前的客觀限制，可以說不堪想像。何況，當時我又浮盪於海外，簡直沒有可供研究的完整空間，我能夠做的，便是以個人的有限資源著手建立屬於自己的小小圖書館。

到了八〇年代中期，我暫時告別海外的政治運動，重回書齋進行歷史研究的工作。只是那時我離開校園已有一段時日，並不可能利用到學校的設備與資源。我在一九八四年搬到北加州的時候，最接近我住處的學校是史丹福大學。我感到幸運的是，那個學校的胡佛研究中心圖書館收藏頗豐，尤其是有關中國、日本、台灣的圖書非常齊全。在那裏，我發現許多罕有的雜誌與專書。例如張深切在北京編輯的《中國文藝》，以及四〇年代皇民化運動時期出版的《台灣藝術》，都存放在圖書館內不爲人知的角落。發現到這些收藏時，我已確知這是一個可以讓我信賴的圖書館。往後將近九年的時間，我常在史丹福大學出入。我的左翼政治與左翼文學研究，便是以這個學校爲據點。對史丹福大學的懷念與感謝，縱然經過長久時空的隔離，在我內心仍不減絲毫。

我要說的是，能夠從事左翼政治史與文學史的研究，無非是拜賜於海外環境的容許。如果我留在台灣的話，這方面的思考不僅是一種敏感的禁忌，而且還會受到壓制。我提出左翼文學一詞，同時朝這個方向去探索，對我個人的文學史觀之建立幫助甚大。有關這點，似乎有必要做一些說明。

在接觸台灣文學之前，我曾經有過這樣的誤解，以爲日據時期在台灣產生的作品，應該歸入日本文學史的範疇；而戰後產生的文學，則應劃歸中國文學史的脈絡。這種印象式的理解，對我是很嚴重的誤導。依照如此的態度去辨識，全然找不到台灣文學的主體性格。我整理了左翼文學的作品之後，才眞正了解台灣作家與台灣社會的相互結合是非常密切的。這種認識，從現在的觀點看已屬一般常識；但是，對我卻耗費了很大的工夫。正因爲如此，這對我的歷史解釋就變得很重要。

通過這個認識，我得到建立台灣史觀的第一步。要解釋文學作品，不能離開作家所賴以生存的社會進行考察。也就是說，在台灣產生的作品，必須放在台灣社會內部的發展來評估，確立這個看法以後，曾經帶給我思考上的許多困擾便不再是困擾了。近人討論台灣文學者，嗜談文本(text)，而避開不談脈絡(context)的問題。在文學詮釋方面，這種方法固然可以成立，我也能夠接受。然而，台灣文學既然是從殖民地社會孕育出來，則有關它的解釋，就不能全然擺脫殖民地經驗的歷史脈絡。我很同意所有的歷史解釋都屬於政治的，所以就在這個立場上我特別堅持。我越來越不相信有所謂客觀的解釋，從而我也不相信有所謂客觀的學術。台灣社會既然塑造了我這樣的人格，那麼我在討論台灣歷史時，便不可能無視台灣社會所具備的殖民地經驗。這是很主觀的，無需討價還價。

這册史論，是我十餘年來的一份勞作。繳出這份成績單時，我正在進行一冊台灣文學史的撰寫。對我而言，建構一部台灣文學史，困難程度超過任何一個時期的研究。我之樂於接受這樣的自我挑戰，無非是爲了提出更爲完整的史觀。在《左翼台灣》這本書的基礎上，我會繼續做修正、塡補的工作。希望在世紀交會的關口，我能依照自己的心願完成一項文學史的工程。我的另一個心願是，有一天台灣文學史受到議論時，不再是令人訝異，而是一門值得謙虛探索的學問。

——一九九八年七月二十九日　台中靜宜

目錄

左翼台湾　殖民地文学運動史論

第一章
導　論

問題的提出及其限制

左翼文學在一九三〇年代的出現，可能不必視爲一個洶湧的運動，不過，它之成爲台灣文學中的重要現象則毋庸置疑。要看待台灣左翼文學的發展，不能抽離歷史脈絡而予以孤立地考察。從當時的世界文學地圖來觀察，就可發現台灣作家的創作與思考，其實與三〇年代全球性的左翼運動有著密切的聯繫。在資本主義社會，在第三世界，在殖民地社會，都見證了各國左翼作家的相繼登場。僅就亞洲地區而言，日本組成的普羅文藝聯盟，以及中國建立的左翼作家聯盟，都足夠反映知識分子在覺醒之後所採取的文學行動。

台灣的左翼作家，並沒有像日本或中國的社會主義信仰者那樣，出現旗幟鮮明的結盟。但是，歷史事實顯示，他們有意朝向聯合陣線的企圖隱然可見。一九三二年的《福爾摩沙》集團，一九三四年的台灣文藝聯盟，以及一九三五年的台灣新文學集團，在在證明了左翼作家尋求團結的努力。由於客觀條件的限制，這些團體存在的時間可以說相當短暫。恰恰就是因爲他們活動的時間過於短促，所以與其他社會的成就對照之下，台灣左翼作家的作品在規模上不能不說是稍微遜色。但如果從一個較爲寬容的角度來看，在那稍縱即逝的歷史空間裏，台灣左翼作家在短短數年之內就能創造如此的文學遺產，成績還是相當可觀的。

左翼文學在台灣的發展，其困難處境大約可以從幾個因素來理解。

第一，馬克思主義思想在台灣的傳播，從未獲得有利的客觀條件。在日本曾經有過輝煌的「大正民主」時期，在那段期間，左翼團體能夠公開建立，從而社會主義書籍也有廣泛流通的機會。在政治寬容的氣氛下，日本知識分子受到左翼運動的衝擊可謂至大且鉅，連帶著左翼文學的創作也有了豐收。在同樣的二〇年代，中國也曾經有過國共合作的穩定時期，左翼運動在這樣的政治背景下有了長足的發展。中國左翼作家聯盟在一九三〇年的成立，正是馬克思主義傳播在中國的開花結果。相形之下，台灣的左翼運動，無論是政治的，或是文學的，都欠缺了播種與萌芽的契機。

第二，台灣左翼作家，基本上都是在海外接觸社會主義書籍，其中以楊逵、吳新榮與呂赫若最爲顯著。他們的人數較少，因此必須與同時代的不同政治信仰者結盟，才能產生批判的力量。以《福爾摩沙》集團爲例，最早創立的成員王白淵、吳坤煌、劉捷等人，都具備了社會主義的色彩。不過，另外一位成員巫永福，則是不折不扣的現代主義者。這樣的成員結構，正好說明要建立純粹的左翼文學團體並非易事。同樣的，台灣文藝聯盟在一九三四年的組成，主要是跨越意識形態的一個聯合陣線。但是，成立不久之後立即宣告分裂。一九三五年的《台灣新文學》集團，是由楊逵領導的。他的政治理念與《台灣文藝》編輯張深切相悖不合，遂宣告分裂並退出聯盟。《台灣新文學》是三〇年代台灣社會中擁有較爲整齊的左翼作家的一個文學社團，卻由於一九三七年日本開始發動侵華的行動，終於在成立一年多之後就被迫停止存在了。

第三，左翼文學團體與左翼文學雜誌始終停留在破碎的狀態，所以沒有充裕的時間與空間發展文學理論。從現存的史料可以發現，台灣左翼文學理論並未出現有系統的建構。大部分的創作觀點，大多是以札記或座談會的形式表達出來。自賴和以降，直到日據時代第三代作家如呂赫若爲止，都缺乏周密的理論思考。正因爲理論基礎的薄弱，左翼文學的發展一直不能形成一個運動。這說明了左翼作家在文學史上的地位隱晦不明的原因；同時，這也造成了整理左翼文學的困難。

在現階段，要釐清三〇年代左翼文學的路線與趨向，只能從個別作家的作品著手研究。

本書的撰寫，便是在史料有限的格局下進行的。誠如本書第二章即將指出的，台灣的左翼文學並非純粹是以馬克思主義思想爲最高指導原則。如果從這個角度來理解，台灣的左翼文學並不能夠與以社會主義思想爲基礎的作品相提並論。中國與日本的左翼作家，不僅有理論的指導，並且有組織的紀律，作品顯現出來的階級立場特別清晰。日本的小林多喜二，中國的胡風，都提出思考嚴謹的左派理論觀點。反觀台灣作家，階級立場固然也很鮮明，背後並沒有堅實的理論基礎，更沒有黨的權力支配。

因此，這本書對於左翼文學所採取的定義較爲寬廣。台灣左翼作家在從事文學創作時，確實注意到存在於社會內部的階級問題。然而，台灣作家迥異於中國、日本左翼文學之處，並不只是單純地注意到資本家與無產階級相互對立的事實。更重要的是，台灣左翼作家把資產階級與無產階級之間的衝突，置放於殖民主義的脈絡裏。這是相當重要的分野。

左翼文學的特色

台灣左翼作家從未忘記台灣是一個殖民地社會的事實；因此，在處理階級問題時，他們並不局限於正統的、教條的馬克思主義理論的觀點裏。他們跨出當時左派理論的格局，既把階級當作社會內部矛盾的問題來看待，也同樣把階級當作對外的國際矛盾來處理。台灣作家看得很清楚，支配台灣社會的資本家，同時兼具日本人與統治者的身分。從這樣的社會結構來看，台灣作家感受到的，並非只有階級壓迫而已，在其背後還有更嚴重的民族壓迫存在。具體言之，資本主義之介紹到台灣，全然是伴隨著帝國主義與殖民主義的侵略而完成的。台灣左翼文學的第一個特色，便是作品中不斷凸顯殖民主義的事實。

帝國主義與殖民主義之間究竟存在著怎樣的關係?依照薩伊德(Edward Said)的說法，帝國主義(imperialism)是支配性的權力中心對異國土地統治的一種實踐、一種理論、一種態度。殖民主義則是帝國主義實踐的結果，對於遙遠的領土進行移民式的墾殖。以這個定義，中國自十九世紀末葉以降，就一直受到帝國主義的侵侮。但是，這種帝國主義的支配，並沒有使中國社會淪爲殖民地。台灣社會的情況則更惡化，不僅遭到帝國主義的欺壓，並且還受到殖民統治者的長期進駐盤據。因此，三〇年代的中國左翼文學充滿高度的反帝精神，卻看不到明顯的反殖民精神。台灣左翼文學，又是反帝的，也是反殖民的。

從作品的內容而言，殖民者與被殖民者的界線是非常分明的。台灣左翼文學反覆暴露殖民體制的建立，是透過資本主義的運作來進行的。在賴和、楊逵的小說裏，以及在吳新榮的詩作之中，往往以製糖會社做爲日本資本主義掠奪的象徵。殖民者的優越身分，自然不止於建基經濟制度的剝削之上;在文化結構上，日本殖民者也以霸權的地位自居。呂赫若、吳濁流的小說，都分別突出了日本人無形中流露出來的優越角色。

因此，台灣左翼文學的第二個特色，便是在階級問題上注入了種族與性別的議題。殖民地社會中的文化歧視，較諸經濟掠奪的事實還來得嚴重。在一般資本主義國家或是非殖民地社會，階級對立通常是以資本家與勞動者之間的利益衝突表現出來。但是，殖民地社會如台灣者，並不能單純從經濟層面來看階級的矛盾。賴和寫〈一桿稱仔〉時，警察的形象是以日本人的身分來塑造的。在日本警察眼中，台灣人是不可信任的，並且是不值得尊重的。這種文化歧視，也出現在呂赫若的〈牛車〉小說中。文學裏的警察角色，除了做爲資本家鷹犬的象徵之外，同時還代表了殖民主義的權力延伸。殖民者的支配地位，憑藉的是種族上的優越感。在種族界線上，雙元對立(binary)的分野是很顯著的。殖民統治者的一方，是進步的，而且是文明的；被殖民者的一方，則是落後的，尚未開化的。

雙元對立的區分，較諸經濟上的階級對立還要細微而複雜。如果在非洲或拉丁美洲，統治者與被統治者之間會有明顯的膚色問題。但是，在日本人與台灣人之間，並不存在膚色的問題。這種問題在台灣轉化成爲語言與性別上的差異。呂赫若在皇民化運動時期遭遇到「改姓名」與「國語家庭」的壓制性政策；吳濁流在太平洋戰爭時期所面臨的民族歧視，都足夠證明階級壓迫已不再停留於經濟地位的不平等。台灣左翼作家，對於這種文化上的歧視體會得特別刻骨銘心。他們的作品極其清楚反映出，所謂殖民主義，其實就是不折不扣的種族主義。

種族主義的傲慢，也以性別歧視的形式表現出來。在後殖民論述裏，這個議題誠然已受到廣泛的檢討。這自然是可以理解的，殖民者以帝國的姿態君臨被殖民者的領土時，通常帶有強烈的父權性格。這種父權文化可以分成兩方面來看。第一，對於被殖民者的女性，外來的殖民者總是把她們視爲土地占有的延伸。也就是說，占有女性的身體，無異是對殖民社會領土的占有。第二，對於被殖民者的男性，外來殖民者總是先把他們陰性化(feminization)，使他們成爲精神上或心理上的去勢男性。陰性化，意味著被動、退縮、畏懼、保守等等的性格，亦即主體性喪失的一種表徵。

在台灣左翼文學的作品中，陰性化的主題隨處可見。王詩琅、吳濁流的小說，常常可以發現徬徨無依、缺乏果斷的男性角色。至於女性變成殖民地被欺壓的象徵，在楊逵、呂赫若的作品裏也是非常顯著的。這是相當深沉的一種文化反省，也是用心良苦的一種自我批判。在這種思考的基礎上，左翼文學的第三個特色於焉形成：也就是對於主體建構的追求。

重建主體的問題，始終困擾著殖民地社會的知識分子。由於殖民體制的建立，使得本土的語言、文化、歷史受到嚴重的破壞。所有的本土居民，在殖民者的眼光裏，都以他者(other)的身分存在著。他者的文化意義，在於凸顯殖民者自我(self)的確立。如果沒有他者的落後與野蠻，就很難定義統治者身分的進步與文明。因此，透過知識的掌控與論述的實踐，被殖民者的文化遺產與傳統都遭到殖民統治者刻意的扭曲。在日據時期，台灣語言、歷史的記憶之受到高度的壓制，無非是爲了鞏固日本文化在島上的擴張與支配。左翼作家對於這種侵略性的文化霸權，展開各種強弱不同的批判。

左翼文學中的批判精神，是殖民地抵抗運動無可分割的一環，在創作過程中，左翼作家揭示的批判行動，便是對自我認同的追求。認同(identity)，在殖民地社會是不容易釐清的一個議題。這是殖民地的固有自我遭到破壞之後，知識分子難以辨認自己的思想隸屬。尤其是日本殖民者攜帶現代化運動到達台灣後，知識分子更是困惑於本土文化的性格。現代化爲台灣社會帶來了進步，但是也同時使殖民體制得到僞裝。知識分子在接受現代化洗禮之際，也無可避免受到殖民體制的侵蝕。這個兩難式的困境，在呂赫若文學中具體反映出來了。他塑造的小說人物，一方面對現代化並不抗拒，一方面則對殖民體制進行強烈批判。這是可以想像的，殖民地知識分子在接受帝國主義者所介紹進來的現代化時，其主體性格總是在不知不覺之間迷失了。他們會輕易忽略，現代化本身也有強化殖民體制的作用。然而，當他們面對各種不公平的制度與待遇，卻又能夠清醒地批判殖民體制，這時主體性又會重現。就是因爲會發生這種文化上的含混(ambivalent)現象，認同的問題自然就變得非常複雜。

台灣左翼作家對認同的問題，較諸同時代的知識分子還更敏銳一些。他們的敏感，來自對於殖民主義與階級結構有相當清楚的認識。這並不是說，他們比起其他的人還更具有明確的認同；不過，對於這個議題他們充滿了高度的焦慮。太平洋戰爭後期的呂赫若、吳濁流與葉石濤，都在認同身分上提出自我質疑。在他們的作品裏並未找到確切的答案，其中還顯現了搖擺、動盪、浮游的狀態。這個事實可以說明，認同對殖民地作家而言是迫切的問題；他們的猶豫怔忡，正好反映了殖民地社會的不確、不穩性格。

從上述的三個特色來看，台灣左翼文學不是傳統馬克思主義定義下的美學演出，而是台灣作家涉獵了社會主義的思想之後，並不受拘於狹義左翼意識形態的羈絆，也並不從事三〇年代所說的無產階級或普羅文學的創作。他們突破意識形態的格局，以更實際的入世態度，以更活潑的文學形式，表現台灣社會被殖民過程中的階級與認同的問題。

本書的結構

本書的撰寫，是依照廣義的左翼文學的定義，觀察三〇年代至太平洋戰爭結束前後台灣文學發展的重要現象。由於撰寫的過程並非是在一定的時間之內完成，因此在敍述方面有某些部分會發生不連貫，或者發生重疊或重複的現象。全書各章有其內在聯繫，但同時也相互獨立。內在聯繫的部分，在於以批判精神的角度觀察左翼文學的流變。本書特別強調殖民地社會的抵抗文化，而這正是台灣作家在日據時期的共通精神面貌。各章之所以是相互獨立的，乃在於本書撰寫方式，都是針對個別作家的作品來討論，而不是對所有作家的綜論。

在撰寫的結構上，本書自然不是完整的。日據時期的作家，大約可以分成三個世代。賴和是屬於第一代的，他被尊奉爲「台灣新文學之父」，最主要的原因在於他是首先把小說、詩、散文帶入成熟境界的第一人。不過，本書要指出的是，他也是台灣左翼文學的奠基者。到了第二世代，左翼文學終於步入開花結果的階段。這段時期見證了大批左翼作家的登場。本書集中討論楊逵、王詩琅與吳新榮的作品。事實上，第二世代的楊華、王白淵、楊守愚、朱點人、郭水潭等，都可以劃入左翼作家的行列。第三世代的左翼作家驟然銳減，這是由於整個政治環境開始形成對外侵略的備戰狀態，日本殖民者有系統地壓縮台灣作家的思想空間所致。本書僅討論呂赫若而已，事實上在同一時期也相當活躍的張文環，也是頗値得注意的作家。

吳濁流的出生世代原可歸入第二世代，但是，他的創作開始顯得重要則是在太平洋戰爭末期，並橫跨到戰後的六〇年代。所以本書將他與葉石濤並列討論。在這裏有必要說明的是，書中討論的巫永福與葉石濤，在日據時期都不能視爲左翼作家。但是，爲什麼也予以研究並詮釋呢?巫永福參加的「東京台灣藝術研究會」是左翼色彩特別濃厚的社團，該會發行的《福爾摩沙》刊物也出現左翼文學理論。所以，具有現代主義與自然主義傾向的巫永福，躋身於《福爾摩沙》集團之中，不能不說是一個異數。這個事實說明了，台灣知識分子對意識形態的劃分並不是那麼嚴明，至少在作家之間，他們相互結盟的行動正好使批判意義更爲廣濶深刻。討論巫永福，也是爲了討論當時台灣文壇的實際情況及其氛圍，以便更清楚理解到台灣作家所具備的抵抗行動。

日據時期的葉石濤，基本上是屬於耽美的作家，與左翼思潮並無密切關係。他的社會主義思考，是在太平洋戰爭結束後才逐漸湧現，並且也是爲了這樣的思考而招來牢獄之災。不過，葉石濤的思想發展剛好可以銜接日據時期左翼文學的脈絡，同時也可以爲戰後七〇年代的左翼文學攜來高度的象徵與啓示的意義。他在戰後的文學批評中，高舉寫實主義的大纛；在精神面貌，頗具古典的左翼色彩。把他列入本書最後一章，爲的是留下伏筆，以便繼續在日後討論戰後左翼文學的發展。

本書最大的缺憾，便是未能獲得日據時期的左翼文學雜誌，從而對於普羅文學的討論只能留下空白。一九三〇年前後發行的《伍人報》、《洪水報》、《明日》、《台灣戰線》等文學刊物，基本上是日本普羅文藝聯盟在台灣的一個回應。這些刊物都在出版時，立即遭到日警的查禁。到今天爲止，這些史料僅零星出現，因此很難讓後來的研究者窺其全貌。從日警檔案獲知，這些刊物的期數有發行至十五期者。因此，這是馬克思主義文學的總表現，已殆無疑義。

可以預見的，左翼文學的討論還有很大的發展空間。如果史料的挖掘有所收穫的話，這方面的探索將可更深入。以目前擁有的文學作品而言，還有大量的文本還未受到解讀。特別是日據時期作品全集次第整理就緒之際，將可使左翼文學的研究得到更寬潤的視野。台灣文學史已到了需要重新改寫、重新詮釋的時候，本書的撰寫，只是一個初步的嘗試。

第二章
台灣左翼文學發展的背景

前言

一般討論日據時期台灣文學史的人，很少提出「左翼文學」這個名詞，「左翼」或「左派」這兩個名詞，在台灣始終視爲一個禁忌；官方一直把這兩個名詞與共產黨或共產主義等同起來。因此，這種客觀的限制往往造成台灣文學史研究者的一個盲點。

事實上，什麼叫做左翼文學？它既不是社會主義文學，也不是共產主義文學；它其實是不折不扣的台灣社會寫實文學。

但是，如果這是寫實文學，爲什麼不直接使用寫實文學一詞，卻必須用「左翼文學」這個名詞？要回答這問題，有兩個理由：

第一，日據時期台灣小說作品裏，有很大的比例是在反映當時台灣社會裏中下階層人民的生活。在這些作品中，以描述農民工人生活的居多。這些作品並不能稱之爲農民文學或工人文學，因爲這些都不是純粹由農民或工人出身的作家來寫的；這些作品也不能以一般的寫實文學來概括，因爲這個名詞不夠精確，不足以突出這些作品的性格。

第二，左翼文學的作品，在當時頗受左翼政治運動的衝擊；尤有進者，日據時期左翼政治運動的領導者，如賴和、楊逵等，還同時是文學運動的先驅者，因此以「左翼文學」一詞來界定，當能看出文學運動與政治運動交互作用的關係。更何況日本統治者，在監視台灣文人的活動時，早就以「左翼文化」或「左翼文學」的名詞來分類了。

左翼文學是台灣文學史上的一個重要特徵。我們之所以必須予以仔細考察，最主要的原因是它爲台灣新文學建立了優良的傳統。由於有了這個傳統，台灣文學的工作者就很少脫離台灣社會來經營他們的文學世界；也因爲有這個傳統，台灣的文學家往往根據他們的生活經驗來提煉可貴的文學品質。

更重要的是，日據時期所遺留下來的傳統，也深深影響了戰後的台灣文學家。一九七〇年代以降，風起雲湧的台灣本土文學運動，在血緣上和精神上，都與這個文學傳統有著密切的關係。

日據時期台灣左翼文學的特質，便是對當時社會中弱小的、受損害的農民和工人生活有著無比的關切。台灣社會的推展和進步，無疑是依賴這羣勞動人民的雙手奠下基礎的。在日本高壓的殖民體制下，台灣從傳統農業社會過渡到近代工業社會的歷程中，誠然是由這羣台灣的勞動人民扮演了重要的角色。

然而，歷史的撰寫權並不操在他們的手中。當台灣社會完成它的過渡階段時，統治者便輕易把他們遺忘了，好像他們的血和汗在歷史上只留下一片空白。歷史的巨輪繼續向前滾動時，台灣勞動人民的地位都變成一文不名。

幸運的是，日據時期的左翼文學，忠實地（雖然只是部分地）紀錄了這羣受損害、受屈辱的勞動人民的生活，而且也深刻地描述他們爲了維持尊嚴、追求生活價値所展開的反抗行動。在這些文學作品裏，我們並沒有看到樣板式的勞動英雄；我們看到的毋寧是身爲台灣人的樸實、率直，甚且是馴服而無奈的性格。也同樣在這些文學作品裏，我們見證到台灣跨入近代社會的轉折時期中，充滿了許多昂揚亢奮的氣氛，也充滿了許多苦悶、挫折的悲調。當然，這些文學作品雖然是一部忠實的紀錄，但並不是非常完整的。今天我們所能捧讀的，也只不過是當時社會的一些切片罷了。

本文所說的左翼文學，係以小說作品爲主幹，因爲，小說內容較能窺出當時的社會狀況。本文撰寫的目的，主要在於探討日據時期台灣左翼文學的產生背景，它與當時政治運動的關係，以及它在台灣文學史上的位置。

一個優良文學傳統的開始

台灣新文學的起點，無論是小說或新詩，都是從謝春木（追風）開始的。謝春木的詩〈詩的模仿〉，以及小說〈她要往何處去〉都是發表於一九二二年的《台灣》雜誌上。

謝春木的作品被視為台灣新文學的濫觴，最主要的原因，乃是在他之前並沒有發現更早的新文學作品。台灣新文學的開創者，由謝春木來接任，可以說樹立了一個非常好的榜樣，那就是台灣的抗日運動與文學運動，從一開始就合流了。謝春木是在一九三一年離開台灣，遠赴中國大陸。在此之前，謝春木參加了許多重要的政治運動。他的政治生命的高潮，是參加一九三一年台灣民衆黨的籌組工作。

身為政治運動者，謝春木對台灣社會的不公不平現象，自然是非常清楚的；因此，他的文學作品一開始就是建立在現實基礎之上的；他的詩和小說，也就反映出他對社會現實的觀察。更進一步來說，他的文學作品其實就是做為政治運動的利器之一。

因此，把謝春木視為台灣新文學優良傳統的一個開端並不為過。要了解此一傳統，就必須把當時的文學作品放在政治運動的脈絡裏來看，才能掌握其內容的眞實意義。

正如所有一切新的文學形式那樣，凡是開創者的作品，都不一定是成熟的。謝春木擔任了台灣新文學的奠基者，其功勞並不在於鋪下一條康莊大道，而在於他向台灣文壇預告了一個可能。所以，在評估〈詩的模仿〉與〈她要往何處去〉兩篇作品時，就不能過於強調其藝術價值，而應注意及歷史價值。

事實上，一九二〇年代的台灣文學家，他們所擔負播種的使命，在意義上可以說遠超過他們收穫的任務。葉石濤在〈台灣鄉土文學史導論〉一文中，把這段時期稱爲「搖籃期」，應是非常正確的。由於有謝春木的啓發工作，才造成後來許多政治運動者從事文學工作的局面。

台灣左翼文學的誕生，必須要到一九二七年以後，才有比較成熟的面貌。一種文學的產生，必須有賴於客觀的環境。文學運動與政治運動都是一樣的，沒有一定的客觀條件，運動就不可能誕生，甚至不可能飛揚。左翼文學要到一九二七年才誕生，乃是相應於當時政治運動的發展；而日據時期台灣政治運動之所以到一九二七年才蓬勃起來，也是由於受到客觀環境的制約。

台灣的政治抗日運動，最鼎盛的時期，是從一九二七年發展到一九三一年。在這段期間，台灣內部的矛盾衝突到達了高潮，從而台灣人所組成的抗日團體，也在這段時間最爲繁殖。台灣文化協會、台灣工友協助會、台灣工友聯合會、台灣農民組合、台灣民衆黨、台灣共產黨、台灣左翼文化聯盟等組織，都在同時或者先後存在過。這些組織，有代表右翼的，有代表左翼，也有代表聯合陣線的。但無論如何，這些團體的成立，都爲當時台灣知識分子帶來巨大的衝擊。

一九三一年以後，台灣的政治鬥爭運動盛極而衰，最主要的原因，日本開始在亞洲大陸實行軍事侵略，它對殖民地的統治也開始採取高壓手段。做爲殖民地的台灣，便無可避免地受到日本軍閥當權者的肅清。

不過，台灣的政治運動雖然告一段落，文學運動卻承續反抗傳統，而進入了葉石濤所說的「成熟期」。台灣左翼文學的開花結果，當以這個時期最精采。

然則，台灣左翼文學是如何產生的呢？

一九二七年前的台灣

在一九二七年以前，台灣只看到零星的農民運動。到一九二七年以來，大規模的農民運動和工人運動才普遍展開。從史實可以看出來，日據時期台灣人民與日本統治者的最大經濟矛盾，乃是土地問題。日本殖民者對台灣土地、山林的掠奪，象徵著台灣從農業社會走向近代工業社會的一個劇痛，承擔這個劇痛的傷口者，便是台灣廣大的農民。

從一八九五年日本據台以後，軍人總督便積極爲日後的資本主義做開路工作。到一九一八年第一次世界大戰爲止，日本統治者在台灣社會爲其資本主義的侵略工作創造了有利的條件。在土地問題上，日本人在這段時期的台灣完成了兩件重要的工作：

第一，確立現代的法權，那就是把傳統的大租、小租予以近代合法化，使其成爲地主。

第二，進行土地山林的沒收，這是完成資本原始累積的重要手段。

這兩大工作的重要目的，便是爲了進行新的土地配合。日本人成功地收奪土地以後，便開始設立大規模的近代產業。其中最顯著的便是，一九〇〇年投資一百萬圓創立的「台灣糖業株式會社」，此一產業不僅壟斷獨占台灣已有的糖業，而且也廣泛剝削台灣的蔗農。矢內原忠雄在其《帝國主義之下的台灣》就曾指出：「甘蔗糖業的歷史，就是殖民地的歷史。」這段話便足以道盡一切了。

製糖會社對台灣農民的掠奪，乃是殖民地社會的緊張根源之一。日本統治者以爲台灣農民是無知的，因此他所進行的壓榨與剝削，都是採取瘋狂、殘酷的手段。

一九二三年爆發的農民集體請願運動，以及一九二五年爆發的二林蔗農事件，便是高度掠奪下造成的官逼民反的結果。台灣農民運動的風起雲湧，也是從這個時候就開始了。

左翼政治運動的塑造

台灣農民與日本殖民統治者的對抗，爲當時的知識分子左翼政治運動者提供了廣大的活動空間。在一九二七年以前，台灣各地的農民組合先後宣告成立，此包括：二林蔗農組合、鳳山農民組合、大甲農民組合、虎尾農民組合、曾文農民組合、竹崎農民組合等。這些以農民羣衆爲基礎的組織，不但刺激了知識分子的思想，甚至還吸收了知識分子介入行動。

沒有這種農民運動的現實，就不會有左翼政治運動的醞釀，這是二十世紀殖民地反抗鬥爭的普遍現象，日據時期的台灣自不例外。

台灣島內的鬥爭，對當時海外台灣留學生的衝擊，可謂至深且鉅。台灣左翼思想的引進，留學生確實扮演了極其重要的角色。日據時期左翼思想的介紹，有兩個重要來源，一是留學中國的台灣人，一是留學日本的台灣人。他們雖然所處的環境不同，但是他們都目睹二十世紀初期中國和日本兩個社會經濟結構的劇變，見證了當時蓬勃的農民運動和工人運動，從而以這兩個社會的狀況來對照台灣社會。而最重要的是，他們暫時擺脫台灣的殖民地環境，獲得較自由的空間，使他們有機會接觸左翼思想的書籍。

台灣島內農民運動與海外留學生的思想發展，可以說是桴鼓相應的。在一九二七年以前，留學生大量介紹無政府主義、社會主義、共產主義，以及社會改良思想到島內，使得參加農民運動的羣衆加強了他們的思想武裝。當時在台灣可以閱讀的左翼刊物，較爲著名者有北京新台灣安社的《新台灣》，廣東台灣革命青年團的《台灣先鋒》，和東京台灣青年會社會科學研究部引進的《無產者新聞》。這些刊物，無疑刺激了島內左翼思想的高漲。

到了一九二七年，台灣島內的左翼政治運動大約塑造成型。這可以從下列的事實反映出來：

第一，原來聯合台灣社會各階級的「台灣文化協會」，在一九二七年發生左、右分裂。這是左翼政治運動成熟的第一個徵兆。

第二，台灣的第一個工人組織，在一九二七年三月成立，這就是由連溫卿組織的「台灣機械工會」。這個工會出現以後，促成一九二八年全島工友總聯盟的誕生。

第三，台灣農民運動在一九二七年也有了成熟的果實，那就是前一年「台灣農民組合」的誕生，這個組織代表台灣全島農民的大團結。

上面三個重要的事實，說明了一九二七年的台灣社會發生劇烈的陣痛。這些政治團體都是在陣痛之中誕生的，至此台灣左翼政治運動進入了飛揚發展的階段。

從一九二八年以後，日本資本主義發生嚴重的動搖，日本國內金融陷入混亂，緊接著世界經濟大恐慌又在一九二九年爆發。日本殖民者爲了挽救它的經濟危機，遂以台灣殖民地做爲犧牲品，以阻遏其國內經濟的惡化。因此，台灣人民所受的壓榨，更加倍於從前的任何一個時期。

這種日本資本帝國主義的掠奪，自然加速台灣政治運動的左傾化。一九二八年台灣共產黨的成立，便是這種客觀現實的必然產物。

然而，左翼政治運動的急遽發展，也相對地帶來日本統治者的強烈鎮壓。一九三一年，日本開始侵略中國東北時，爲了穩住殖民地的工業化基地，遂開始對島內的左翼政治組織進行檢舉、逮捕和解散的工作，台灣共產黨的滅亡，台灣民衆黨的瓦解，台灣農民組合的癱瘓，台灣文化協會的停滯，都在這一年次第發生。

左翼文學的抬頭

台灣文學運動，是伴隨政治運動而來的。台灣左翼文學的產生，顯然也是跟隨在台灣左翼政治運動之後。這是可以理解的，台灣文學家目睹當時政治運動的暗潮洶湧，他們的作品自然就反映了時代的現象。

台灣左翼文學的開創者，無疑是小說家賴和。他在一九二七年被選爲台灣文化協會的理事，足證他在政治運動中是非常活躍。他所寫的小說，可以說是台灣早期新文學作品第一個替社會中的弱者發言，他的〈鬥鬧熱〉（一九二六）、〈一桿稱仔〉（一九二六）、〈不如意的過年〉（一九二八），代表了他對下層階級生活處境的關懷。從這些作品裏，我們已經可以看到一些素樸的左翼色彩。

但是，台灣左翼文學的眞正崛起，則必須等到一九三〇年，當台灣的左翼思想發展到最鼎盛的時候，在此期間，台灣作家也不約而同反映社會現實，揭露農民與工人的生活實況。左翼文學展開的同時，有一個重要的論戰不能不注意的，便是一九三〇年發生的鄉土文學論戰。把「鄉土文學」一詞正式提出來，便在這個時期。當時，黃石輝在《伍人報》第九期至第十一期，發表了一篇引人矚目的文章〈怎樣不提倡鄉土文學〉。他說：

你是台灣人，你頭戴台灣天，腳踏台灣地，眼睛所看的是台灣的狀況，耳孔所聽見的是台灣的消息，時間所歷的亦是台灣的經驗，嘴裏所說的亦是台灣的語言，所以你的那枝如椽健筆，生蕊的彩筆，亦應該去寫台灣的文學了。

這段主張乃是強調台灣現實與台灣經驗在文學作品中的重要性。然而，在這篇文章裏，他又進一步提出爲勞苦大衆發抒心聲的主張：

你是要寫會感動激發廣大羣衆的文藝嗎？你是要廣大羣衆心理發生和你同樣的感覺嗎？

不要呢，那就沒有話說了。如果要說，那麼，不管你是支配階級的代辯者，還是勞苦羣眾的領導者，你總須以勞苦羣眾爲對象去做文藝，便應該起來提倡鄉土文學，應該起來建設文學。

無疑的，這是台灣鄉土文學的一個基調，也是左翼文學路線的一個指針。文章所說的「勞苦羣眾」，指的便是台灣農民與工人。這一次的鄉土文學論戰，最後演變成台灣語文的論戰，雖然沒有得到結論，然而，在論戰中提出應該關心勞苦羣眾生活的主張，都是無可挑戰的。

如前所述，台灣左翼政治運動是在一九三一年遭到重大挫折的；台灣知識分子反抗運動的使命，便由文學家繼承下來了。一九三二年，台灣作家組成了兩個文藝團體，一是台灣文藝研究會，一是台灣文藝協會。這兩個文藝作家的集結，代表著台灣人在政治運動挫折之後另一種覺醒。

台灣文藝研究會發行的雜誌《フォルモサ》（《福爾摩沙》），在其創刊詞上就說，台灣的政治運動有十多年了，「但是到了現在，他們都還沒有得到一些收穫。而在文化運動，剛剛開始發軔而已」。在這種眞空的狀態之下，他們要從文學工作著手，企圖建立起「台灣人的文藝」，他們的工作是這樣的：

在消極方面，想去整理研究從來便微弱的文藝作品，來脗合於大眾膾炙的歌謠傳說等鄉土藝術；在積極方面，由上述特種氣氛中所產出的我們全副精神，從心裏新湧出我們的思想及感情，決心來創造眞正台灣人所需要的新文藝。我們極願意重新創作「台灣人的文藝」。決不俯順偏狹的政治和經濟之拘束，將問題從高遠之處觀察，來創造適合台灣人的文化新生活。台灣地理屬於祖國大陸和日本中間的台灣人，好似一個橋樑，有必要將雙方的文化互爲介紹，藉以貢獻繁榮東亞之文化。──台灣青年諸君！爲求自由豐富著自己的生活，對於台灣文藝運動，必須先靠著自己去努力！聯合同志，團結起來，一致奮起，交換意見，互相扶助努力創造文藝。我們應該知道現在的台灣，不過是表面上的美觀，其實十室九空，可比是埋藏著朽骨爛肉的「白塚」。所以我們必須從文藝來創造眞正的「華麗之島」（Formosa）。

《福爾摩沙》以建立「台灣人的文藝」自我期許，在創作上確實得到豐收。他們創作的基本指導原則是「以文化形體使民衆理解民族革命」，因此他們所走的路線是寫實主義的，然而在技巧上卻是多樣的。

發行《福爾摩沙》的東京台灣藝術研究會，事實上是一左翼文化團體的脫胎。台灣藝術研究會的前身，乃是王白淵所組成的「台灣人文化サークル」（台灣人文化圈）。由於這個組織在成立之後立即被解散，所以一般都沒有注意它的重要性。

「台灣人文化圈」其實隸屬於日本左翼文化聯盟，按照當時第三國際的指示，一國只能有一個左翼的政黨，也只能有一個左翼文化團體。台灣既然是日本的殖民地，那麼就不可能單獨成立一個左翼文化聯盟。因此，「台灣人文化圈」成立的企圖，顯然是以台灣這個地區爲中心，完成一個左翼文化聯盟的團體。

這個團體的主要成員有王白淵、張文環、林兌、張永蒼、吳遜龍、吳坤煌等，該會並分成文學、美術、演劇、音樂等部門，準備出版《台灣文藝》。然而，這個團體甫成立不久，便即遭到日警解散，原因無他，這是日本繼解散台共之後的又一鎭壓行動。

台灣藝術研究會的成立，無疑是台灣人文化圈的重要組織。他們的成員有吳坤煌、王白淵、張文環、巫永福、蘇維熊、施學習、陳兆柏、王繼呂、楊基振、曹石火，共計十二人。他們在台灣發行《福爾摩沙》，便是他們傳播左翼思想的一個媒介。

東京的台灣左翼作家結合起來的同時，島內作家也在同一年組成了台灣文藝協會，其重要成員有郭秋生、黃得時、朱點人、王詩琅、黃啓瑞、蔡德音、林克夫、陳君玉、廖毓文等人。在這成員裏，自然不乏左翼思想的作家，例如王詩琅、朱點人等人就具有強烈的色彩。

這個組織所發行的文藝刊物《先發部隊》，就明白在創刊號上表示：「藝術的發生是基因於生活的刺激與整理，並不是閒人消遣物或生活的餘興品，是故文藝與人性生活的關係如何可知，尤其是在社會生活的碰壁期，待望於文藝所負擔的任務，更見重大，唯有文藝才能夠先時代先社會來啓發未來的新世界與新生活。」

這段宣言無疑是揭示了文學與社會的密切關係。透過文藝作品來反映社會現實，就成了他們創作的原動力。從宣言可以發現，他們並不把文學當做靜態的，而是當做一種運動來推展，所以他們才會覺悟到文學本身也負有使命與任務。

台灣藝術研究會與台灣文藝協會，可以說是台灣新文學史上較早也較具規模的文藝團體。他們發行的《福爾摩沙》與《先發部隊》，不僅發表了許多有份量的文學作品，而且也爲日後的台灣文藝聯盟立下了基石。

台灣文藝聯盟的誕生

一個文學運動的蓬勃發展，絕對不是依靠一個團體就可推動的。台灣新文學運動的達到高潮，乃是建基於台灣南北作家的共同攜手合作。一九三四年，台灣文藝聯盟的誕生，可以說台灣左翼、右翼作家所建立起來的一個文藝聯合陣線。這個團體的出現，也代表了日據時期台灣左翼作家成熟的一面。

張深切後來在他的自傳《里程碑》承認，台灣文藝聯盟是一具有政治性的組織。他說，一九三四年，「賴明弘和幾位朋友勸我組織一個文藝團體來代替政治活動。我看左翼組織已被摧毀，自治聯盟也陷於生死浮沉的田地，生怕台灣民衆意氣消沉，不得不決意承擔這個帶有政治性的文藝運動。」

這段自白可以說透露當年文藝聯盟背後成立的動機。換句話說，文學運動乃是台灣左翼政治運動的一個延續。然而，這個文學運動卻又擔任比政治運動還艱鉅的任務。張深切在其《里程碑》又說：「這次標榜的文藝運動，骨子裏是帶有政治性的，所以我們不願意輕易放棄這一運動的領導權。我們痛感過去台灣的社會運動，常因領導者固執主觀，未能建立正確的路線，徒使親痛仇快，實際未能給予敵人多大的損傷，是以同志間意見分歧，內醜外揚，甚則有的背叛而走入敵人的第五縱隊，形成可怕的對立，自腐、自侮、自辱，給予敵人有可乘的機會。」

張深切的檢討，可說一針見血指出日據時期台灣政治運動的弊端。如今，台灣文藝聯盟便是要透過文藝創作的手段，來達到團結台灣人的目的；並且以這個團體爲契機，進一步喚醒台灣人的政治意識。

一九三四年五月六日，台灣北部、中部、南部的作家終於滙聚在一起，建立了台灣文學史上一個重要的文學團體。從當天成立大會所選出的委員，就可知道此一組織的地位了：

北部：黃純青、黃得時、林克夫、廖毓文、吳逸生、趙櫪馬、吳希聖、徐瓊二

中部：賴慶、賴明弘、賴和、何集壁、張深切

南部：郭水潭、蔡秋桐

除此以外，其他的重要作家如楊逵、楊華、周定山、陳逢源、王詩琅、黃石輝、江賜金、吳新榮、葉榮鐘等人，都加入這一規模最大的組織。幾乎當時傑出的台灣作家，完全結合在此統一的旗幟下。

該會在成立之後所發表的宣言，明顯透露出他們發起文學運動的主要動機：

> 自從一九三〇年以來席捲了整個世界的經濟恐慌，是一日比一日地深刻下去，到現在，已經造起舉世的「非常時期」來了。看，失工的洪水，是比較從前來得厲害，大衆的生活，是墜在困窮的深淵底下；就是世界資本主義圈的一角的咱們台灣，也已經是受著莫大的波及了。大家若稍一回頭去把咱們台灣過去的文化狀況一看，便得明白多麼的落伍了。

這段宣言反映出，當時台灣作家對整個台灣社會的性質已經有了清楚的認識。他們認爲，世界經濟大恐慌衝擊下的台灣，已陷於痛苦的深淵。當台灣社會進入了大變動的階段時，台灣文學運動的步伐顯然落伍了許多。

正因爲有這樣的覺悟與喚醒，台灣作家至此才跨進了飛揚的時期。在台灣文藝聯盟成立之前，台灣新文學的發展並沒有明確的路線，過去的作家雖然知道應該反抗，但並不知道台灣社會中眞正反抗的力量是在什麼地方，也不太了解受壓迫者眞正的痛苦是在何處。台灣文藝聯盟發行的《台灣文藝》，可以說爲新文學帶領到一個新的境界。

「寧作潮流先鋒隊，莫爲時代落伍軍」，這是台灣文藝聯盟在成立大會上揭櫫的口號，此一口號後來也成了文藝聯盟推展的動力。他們在宣言中也表示：「我們要排擠一切的反動作品，同時，對於我們所犯的錯誤，也要時時刻刻，毫無躊躇地加以清算。」基於這種警覺，台灣作家才有了一條明確的路線。

台灣文學是相對於日本文學而言的。因此他們寫出的作品，自然有著清楚的民族界線。張深切在〈對台灣新文學路線一提案〉中指出：「台灣固自有台灣特殊的氣候、風土、生產、經濟、政治、民情、風俗、歷史等，我們要把這些事情，深切地以科學的方法研究分析出來——察其所生，審其所成，識其所形，知其所能——正確底把握於思想，靈活底表現於文字，不爲先入爲主的思想所束縛，不爲什麼不純的目的而偏袒，只爲了貫徹『眞實』而努力盡心，只爲審判『善惡』而鑑研工作。這樣做去，台灣文學自然在於沒有路線之間，而會築出正確的路線。」

張深切的主張，乃是以台灣本土現實環境爲本位，確立台灣文學的特殊性。這就是他所說的「台灣的文學路線」。

因此，從台灣文藝聯盟的宣言與張深切的主張來看，一九三四年以後的台灣作家已經知道要專注於台灣社會中被壓迫的一羣，同時也要表現台灣本土的色彩。這兩個理論的結合，便等於爲台灣左翼文學釐訂出一個明確的方向。

豐碩的左翼文學遺產

台灣文藝聯盟成立之後，台灣傑出的左翼文學作品便陸續出現，而且都是一鳴驚人。一九三五年元月日本左翼刊物《文學評論》發表呂赫若的〈牛車〉，同年十一月《文學評論》刊載楊逵的〈送報伕〉，以及同年三月《台灣文藝》發表楊華的〈薄命〉，都是台灣左翼文學的代表作。

在這些小說裏，讓人清楚看到台灣社會中的弱小者，是如何受到日本殖民統治的欺凌、壓榨。呂赫若的〈牛車〉，揭發了台灣農村破產的實況；楊逵的〈送報伕〉則描繪了日本資本家剝削工人的事實，楊華的〈薄命〉則在敘述殖民地社會中台灣女性所受的雙重的壓迫。無論在情節的安排、文字的運用、主題的突出，以當時的寫作技巧而言，都是屬於上乘之作。後來，胡風所翻譯的《山靈——朝鮮台灣短篇小說集》（上海：生活文化出版社，一九三六），同時收入了這三篇小說，並非是偶然的。

台灣左翼文學的傑出作家自然不限於這三位作家。在小說創作方面的代表者還可包括賴和、王錦江（詩琅）、蔡秋桐、吳希聖等人。在新詩方面，則可包括王白淵、吳新榮、郭水潭，以及鹽分地帶的其他重要詩人。有關這方面的討論，將在另文〈台灣左翼文學的內容及其特色〉進一步探討。

總的說來，台灣左翼文學產生的背景，最主要是日據時期的台灣社會是一不折不扣的殖民地，台灣人民身受多重的壓迫。而此壓迫來自台灣傳統的地主、日本資本家和統治者。在那樣困難的環境之下，台灣的先人首先從事武裝抗暴，繼而進行非武裝的政治運動，然後又以思想啓蒙的文學運動，延續反抗的傳統。

文學運動可能是沒有行動的，甚至可以說是沒有聲音的。但是，當台灣先人在自己的土地上灑滿鮮血之後，仍不能撼動日本殖民者的統治基礎時，他們能不進一步深思長遠的計畫嗎？日據時代的台灣人民，在武力鎮壓下，入獄的入獄，流亡的流亡，並沒有輕言放棄他們的反抗鬥爭。台灣的文學運動者終於負起了政治運動所未完成的任務，在他們的作品中，留下了許多掙扎奮鬥的紀錄，鮮明地保存了當年的血跡。

我們甚至可以大膽的判斷，大部分日據時期的新文學作品都帶有左翼色彩，因爲這些作品都誕生在殖民地社會；在這樣的社會裏，身爲被統治的台灣人，幾乎沒有一個人能夠躲避殖民者的壓迫。從這個角度來看，才能正確認識日據時期台灣文學的眞精神。

第三章
賴和與台灣左翼文學系譜

前言

賴和是台灣左翼文學的奠基者。他的文學，使台灣新文學的創作技巧獲得了提升，也爲新文學運動注入了強烈的階級意識。所謂左翼文學，並非是教條地宣揚馬克思主義，而是作家站在社會弱小者的立場，對不公不義的體制以文學形式進行批判。賴和是台灣第一位新文學作家，鮮明地站在維護勞苦大衆權益的立場，與日本帝國主義展開對決。他開創了新的格局，也提攜了後進作家。賴和文學流域之所以壯觀，就在於他的源遠流長。他對漢學傳統毫不排斥，對現代思想勇於吸收，對同時代作家的影響也特別鉅大。他的文學成就受到肯定，原因就在於此。

做爲左翼作家的賴和，在小說中呈現的抵抗精神，成爲文學史上的一個典範。然而，他並非自始至終都在表現戰鬥的意志。事實上，在他後期的作品中就已漸漸流露挫折、失望的情緒。歷來有關賴和文學的討論，往往只注意到他高昂批判的一面[1]。對於他後來心情上的轉變，反而輕易忽略了。賴和作品誠然有明朗與幽暗的兩種風格：早期的奔放與晚期的內斂，正好反映了台灣作家在時代轉變中的思潮起伏。

賴和早期的作品，強烈批判日本殖民體制對台灣社會的剝削與掠奪。他毫不掩飾自己對農民、工人的關切。爲沒有聲音的、沉淪在社會最底層的人民發出苦痛的吶喊。不過，他要強調的並不是他們的淒苦與受難，而是要凸顯他們的抵抗精神。在晚期的小說裏，賴和的戰鬥意志似乎出現了傾斜；他的批判不再是針對日本殖民體制，反而是對當時台灣人表現出失望式的責備。這種反求諸己的轉變，說明了賴和晚年心境的沉鬱。正因爲他的作品有抑揚頓挫的兩種風格，後來受其影響的後進作家也延續了他的精神，同樣有對外批判與內斂反省的表現。其中最清楚的，莫過於社會主義作家的楊逵與無政府主義作家的王詩琅。

楊逵與王詩琅，乃是賴和文學的傳承者。在思想發展與創作技巧上，頗受賴和的影響。楊逵作品的批判精神特別犀利，對於日本殖民者的剖析相當精確，非常具有賴和早期的那種戰鬥氣息。王詩琅的作品，就與楊逵的風格截然不同。對於台灣知識分子的遁逃與沒落，王詩琅著墨甚多，與賴和晚期小說有異曲同工的呼應。然而，無論風格上有若何的差異，他們的作品之成爲左翼文學的重要構成部分，乃是無可懷疑的。

在台灣左翼文學的討論風氣日益開放的今天，回顧賴和文學及其對新文學運動的啓示，無非是爲了更深入了解殖民地作家心靈的飛揚與壓抑。以賴和作品爲原型，來觀察他對楊逵與王詩琅文學影響的意義，可以更準確發現日據時期台灣知識分子的左翼思想傳承。本文的目的，就在於此。

賴和文學的明與暗

賴和的文學創作生涯，根據林瑞明的研究，可以分爲三期。亦即第一期自一九二五年至一九二八年，相當於新文學運動的啓蒙期。第二期自一九二九年至一九三二年，約略符合新文學運動的開展期。第三期自一九三四年至一九三五年，呼應新文學運動由成熟期臻於高潮的階段❷。這樣的劃分，自然是爲了討論上的方便。如果以文學創作精神來印證的話，這種分期似乎稍嫌勉強。林瑞明認爲，賴和在第一期扮演了文學革命的角色；在第二期，則負起「新文學保母」的任務。到了第三期，由於賴和的本土意識趨於強烈，遂有意使用台灣語文來從事創作；但因嘗試失敗，而終告封筆。林瑞明的闡釋，基本上是從文學形式的觀點出發，而不是就賴和小說與客觀政治現實之間的相互關係來觀察。

左翼文學的崛起，是跟隨在左翼政治運動的發展之後。倘然沒有左派政治團體的誕生，倘然沒有社會主義思想在台灣的傳播，則左翼文學就不會有孕育的土壤❸。近代式的台灣民族民主運動，在一九二一年以「台灣文化協會」的組成爲濫觴，從此開啓了台灣知識分子以民族主義與社會主義爲抗日主題的新階段。賴和在介入新文學運動之前，也是先參加了政治運動。他對日本殖民體制的認識，以及對台灣社會性質的了解，顯然都是得自他參加台灣文化協會的親身經驗❹。因此，要窺探賴和文學的內心世界，似乎不能從政治運動的脈絡中抽離出來觀察；而必須是把他的文學生涯與政治活動結合起來，才能完整掌握他抵抗精神的全貌。

如果要劃分賴和文學創作的前後發展，大約可以使用兩個階段來概括。第一階段是自一九二五年八月二十六日發表〈無題〉開始，到一九三一年四月完成長詩〈南國哀歌〉爲止，這是台灣左翼文學政治運動最爲蓬勃發展的時期。在這段期間，賴和歷經了二林事件（一九二五）、台灣文化協會的分裂（一九二七）、台灣民衆黨的再分裂（一九二九），以及霧社事件的爆發（一九三〇）。在每次重大政治事件發生時，左翼運動就獲得更爲高昂的刺激與成長。賴和置身於這樣的浪潮裏，文學創作也自然有了相應的表現，他的批判精神發揮得相當淋漓盡致。第二階段則是從一九三一年發表新詩〈低氣壓的山頂〉開始，到一九三五年十二月發表〈一個同志的批信〉為止，這是左翼政治運動失敗而左翼文學運動進入了成熟期的階段。在第二階段裏，賴和見證了一九三一年台灣文化協會、台灣民衆黨的被解散，以及台灣共產黨員的大逮捕。同時，他也目睹了一九三三年台共公開審判的實況。賴和在一九三四年參加台灣文藝聯盟的成立，一九三五年又立刻經驗到這個聯盟的分裂。毫無疑問的，左翼知識分子的分合與凋零，對他個人心情自然造成相當程度的衝擊。他的作品之所以會呈露部分的挫折與失落，誠然有其不可忽略的背景因素。

為了集中討論賴和作品中明朗與幽暗的風格，本文將依照重要政治事件的發生先後次序來探索他文學主題的變化。台灣左翼政治運動發軔的一個重要指標，便是一九二五年在彰化爆發的二林事件❺。這個事件開啓了台灣農民運動的新頁，也為台灣文化協會披上了階級意識的色彩。身為文化協會重要成員的賴和，從他的故鄉彰化二林事件的體驗，終於抑制不住文學豪情，而寫下他的第一首新詩：〈覺悟下的犧牲——寄二林事件戰友〉❻。在那樣早期的詩作裏，賴和就已清楚表現站在弱者的立場，向日本統治者的掠奪提出控訴。這首詩的第二、第三節，以反諷的語法寫出他的抗議：

弱者的哀求，
所得到的賞賜，

只是橫逆、摧殘、壓迫，
弱者的勞力，
所得到的報酬，
就是嘲笑、謫罵、詰責。

使我們汗有所流，
使我們血有處滴，
這就是——強者們
慈善同情的發露，
憐憫惠賜的恩澤！

賴和的新詩創作技巧，放在二〇年代文學的脈絡來觀察的話，可以說已是相當成熟了。他擅長使用對偶的字句，以便產生正反對比的效果。爲了凸顯二林事件中農民的反抗行動，賴和運用「強者」與「弱者」兩種鮮明的意義；一方面是「虎狼鷹犬」，一方面是「行屍弱肉」，以刻畫弱小民族的處境。在左翼作家的思考裏，「弱小者」是農民、工人的影射，以對照出統治者的權力及其掠奪。賴和可能並不具備充分的馬克思主義思考，但是他的表現手法，使他有足夠的理由被列入左翼作家之中。

我聽到了這回消息，
忽充滿了滿腹憤怒不平，
無奈慘痛橫逆的環境，
可不許盡情地痛哭一聲，
只背著那眼睜睜的人們，
把我無男性眼淚偷滴！

詩的第八節，絕對不是淌下弱者的眼淚，而是寫出勇者的抗議聲音。在抗日運動開始注入農民的意識之際，也正是賴和投身於文學運動。所以，他的詩具體反映了當時他對農民運動的支持，內心所積蓄的「憤怒不平」，都透過二林事件的爆發而釋放出來。以二林事件爲契機，賴和日後文學創作的方向，再也沒有偏離台灣社會的現實。

一九二七年台灣文化協會分裂，這是抗日陣營左右傾爭辯的一個結果。文化協會的領導權落在連溫卿、王敏川等左翼青年的手上。原屬文化協會幹部的左翼人士，則脫離出走而另組台灣民衆黨。身處抗日陣營左右分裂中的賴和，面對這種新的形勢，並沒有公開表達他的立場。一九二八年他發表的散文〈前進〉，相當清楚地反映了他的態度。具體而言，賴和並不把分裂視爲嚴重的事情，如何在抗日力量的行動上繼續向前推進，才是他主要的關切。

〈前進〉一文，是台灣抗日運動分裂後的一份重要文學見證。這篇散文發表於左傾後的文化協會機關刊物《台灣大衆時報》創刊號[7]。賴和原是《台灣新民報》學藝欄的編輯，文協分裂後，台灣民衆黨掌握了《台灣新民報》的編輯權。賴和一方面是新文協的成員，另方面又是台灣民衆黨的黨員，所以他能夠同時在《台灣大衆時報》與《台灣新民報》發表文章。這個事實充分證明，賴和並沒有因爲政治團體的分道揚鑣而造成自我分裂。相反的，他深深了解台灣社會的出路，乃是應該針對日本殖民體制予以突破。〈前進〉這篇充滿高度象徵意味的散文，無疑是台灣文學史上的一份傑作。賴和不落俗套地把台灣社會所處的時代形容爲「被黑暗所充塞的地上」，而對於政治運動中的左翼、右翼的兩股力量，賴和則將之形容爲兩位攜手並進的兄弟。面對著茫茫的前進，賴和有如此生動的描述：

> 不知行有多少時刻，經過幾許風雨，忽從風雨合奏的進行曲中，分辨出浩蕩的溪聲，澎湃澎湃如幾千萬顆殞石由空中瀉下。這澎湃聲中，不知流失多少人類所托命的田畑，不知喪葬幾許爲人類服務的黑骨頭；但是在黑暗裏，水面的夜光菌也放射不出光明來，溪的廣闊，不知橫亙到何處。

類此創作技巧，可以看出賴和遣詞用句的能力。他鼓舞著台灣青年應該勇往直前，隱喻著人民力量的累積成長。他用以下的文字來形容左、右運動的發展：「他倆本無分別所行，是道路或非道路，是陸地或溪橋的意志，前進！只有前進，所以也不擔心到，橋樑是否有斷折，橋柱是否有傾斜，不股慄不內怯，泰然前進，互相提攜而前進，終也渡過彼岸。」這是賴和內心中最熱切的期盼。當台灣人團結的時候，自然可以解決道路上所面臨的障礙。然而，他所期待的團結局面，畢竟只是個人的主觀願望。

賴和使用藝術處理的方式，來概括抗日運動的疲軟現象。左右傾辯論的升高，反應在賴和的散文中是這樣的：

「他倆疲倦了，思想也漸模糊起來，筋骨已不接受腦的命令，體軀支持不住了，便以身體的重力倒下去，雖然他們猶未忘記了前進，依然向著夢之國的路，繼續他們的行程。」以「思想模糊」比喻左、右翼抗衡的事實，可謂相當高明。在意識形態對峙的過程中，賴和其實並沒有感到失望。他很清楚兩派的知識分子，仍然不忘追求「夢之國」。這裏所說的夢之國度，無疑是影射當時台灣所憧憬的理想社會。

抗日政治運動，終於還是沒有躲避了分裂的命運。賴和以兄弟失去了伴侶的情況，來描述反抗力量的分散。由於這篇散文是在《台灣大衆時報》發表，因此，他筆下所指失伴的兄弟，顯然是指新文協而言。賴和以著傷感卻又相當有力的語言寫下個人的心情：「此刻，他才感覺到自己是在孤獨地前進，失了以前互相扶倚的伴侶，忽惶回顧，看見映在地上自己的影，以爲是他的同伴跟在後頭，他就發出歡喜的呼喊，趕快！光明已在前頭，跟來！趕快！」

賴和的文字，恐怕是同時代的文學工作者中寫得最爲細緻的一位。他不落言詮地鼓勵新文協同志應繼續完成的道路，另方面又鼓勵落後的台灣民衆黨應趕快追上腳步。

〈前進〉是賴和散文的佳構，他既關心政治運動的轉折，又不放棄他堅守的文學信念。能夠以這樣含蓄的文學語言，來掌握一樁重大的政治事件，這正好凸顯賴和的創作技巧。在日據時期，賴和依然嫻熟地表現了漢文的駕馭能力。尤其是處理政治散文時，賴和更能保持冷靜的筆鋒，避免教條，避免吶喊，毫不傷害藝術的完整。一次激烈的政治事件，沉澱爲一篇圓熟的散文，十足證明賴和在文學與政治之間有足夠能力做恰當的調和。

賴和的弱者意識與抗日思想，在一九三〇年霧社事件爆發時臻於高潮。〈南國哀歌〉這首長詩，非常飽滿地表現了賴和的批判精神。對於被日軍轟炸、屠殺的原住民族羣，他不僅寄以最大的同情，而且也認同了原住民的反抗行動。這首詩的結構，是以正、反、合的辯證方式進行的。最放膽的手法，莫過於這首詩的開始就是故事的結局；然後，才以倒敍的方式，鋪陳原住民的抵抗過程：

所有的戰士已都死去，
只殘存些婦女小兒，
這天大的奇變，

誰敢説是起於一時？

以死亡作爲詩的起源，使讀者誤以爲這是一首輓歌。然而，進入第二節之後，生命竟然逐漸復甦過來。原來，犧牲的人們竟是赴義而死。他以曲折的語法，記錄日本人是如何掠奪原住民的財產，並羞辱原住民的人格。因爲，是基於被損害者尊嚴的維護，原住民才羣起抗議。詩的結束，反而是生命的復活：

我們的婦女竟是消遣品，
隨他們任意侮弄蹂躪，
那一個兒童不天眞可愛，
凶惡的他們忍相虐待，
數一數我們所受的痛苦，
誰都會感到悲哀！
兄弟們來！來！
捨此一身和他一拚！
我們處在這樣環境。
只是偷生有什麼路用，

眼前的幸福雖享不到，
也須爲著子孫鬥爭。

如果是一位庸俗的詩人，這最後一節可能會被移置於詩的開始。賴和的處理手法全然不同，刻意把最反抗、最激烈的詩句安排在詩的最後，以便襯托出對反抗運動的支持。更深一層的暗示則是，雖然這些戰士都死去，他們的抵抗精神並沒有因爲死亡而消逝。戰士們的精神，由於有反抗行動的實踐，而長久遺留在人間。這首詩，是三〇年代台灣新詩的代表作；無論它的意象有多粗糙，從結構與發展的角度觀察，其實無需過於挑剔。〈南國哀歌〉異於傳統式的悲調輓歌，爲台灣文學史留下了一首想像活潑的頌歌。

從〈覺悟下的犧牲〉、〈前進〉、〈南國哀歌〉這三篇作品，顯示一九三一年之前台灣左翼政治運動蓬勃開展之際，賴和的創作精神始終保持高亢興奮的狀態。那種明顯易見的革命性格，無非是政治脈搏跳動的一種延續。然而，賴和完全沒有爲了革命而喪失文學的紀律；恰恰相反，爲了精緻保持反抗精神的崇高，他便更加謹愼地遵守文學遊戲的規則。換句話說，他並沒有把文學當做爲政治服務的工具。賴和恰當地運用象徵、隱喩、影射等等手法，曲折地勾勒客觀的現實。在那樣壓抑而又混亂的時代，賴和保持稀有而犀利的批判態度，爲台灣社會開創了既符合現實又充滿反抗的想像空間。洶湧的政治浪潮，把賴和沖積成爲一個巍然且無可輕侮的歷史形象。

挫折感的賴和

然而，賴和的戰鬥意志，在跨越一九三一年後，漸漸出現了傾斜的現象，這是可以理解的。台灣抗日政治團體在一九三一年悉數遭到解散。自一九二〇年代初期，近代式的政治組織不斷建立起來，蔚然無可抵禦。經過長達十年的發展與分合，日本殖民統治者終於還是難以忍受這些組織的存在。當日本軍閥在一九三一年有計畫發動九一八事變，從此開啓日後對中國侵略的行動，台灣總督府遂下令解散所有的抗日團體，以徹底免去後顧之憂。在高壓打擊之下，知名的左翼領導者一一遭到逮捕，對社會主義思潮運動而言，不可不謂一大挫折。當時全島風聲鶴唳，凡是與台共有任何牽連的人士，都不能躲避逮捕。賴和眼見許多同志入獄，始已感知抗日行動的日益艱困。懷抱著抑鬱悲壯的心情，賴和寫下了一首長詩〈低氣壓的山頂（八卦山）〉：

天色是陰沉而且灰白，
郊野又盡被霾霧充塞。

遠遠地村落人家，
辨不出有雞狗氣息；
腳底下的熱鬧城市，
也消失了喧騰市聲。
眼中一切都現著死的顏色，
我自己也覺得呼吸要停。
啊，是不是？
世界的末日就在俄頃。

表面上，這首詩似乎在記錄山上遠眺的景況，背後其實暗指一場狂飆式的政治事件。賴和以「世界末日」來形容左翼運動的中止，隱然照映了他內心世界的黯淡。在所有的作品中，賴和第一次以「死的顏色」自況，以「呼吸要停」暗示自己無力的情緒。這種意志上的轉變，恐怕不是源自台灣語文實驗產生的困頓，而毋寧是時代悲劇之無法解決所導出的消沉吧。

在這首充滿象徵的風景詩裏，賴和嘗試藉各種生命的奮鬥，透露他意志的掙扎。但是，無論飛禽走獸的追逐是何等認眞，最後都無法擺脫「自然的震怒」。這裏所謂自然界的力量，顯然是指涉著無所不在的殖民者力量。當他經驗到帝國主義的干涉，已到達無堅不摧的地步時，內心升起的悲憤可以說極其強烈。詩中所說的「這麼大的世間，已無一塊安靜之地」，無疑在象徵台灣社會的動盪不安。迎接著摧毀時刻的到來，賴和表達了他從未有過的複雜而矛盾的心態：

人類的積惡已重，
自早就已該滅亡，
這冷酷的世界，
留它還有何用？
這毀滅一切的狂飆，
是何等偉大淒壯！
我獨立在狂飆之中，
張開喉嚨竭盡力量，
大著呼聲爲這毀滅頌揚，
並且爲那未來地不可知的，
人類世界祝福。

如果陌生於這首詩的誕生，也許讀者會相當納悶，爲什麼賴和竟然如此歌頌著這個世間的毀滅？要解讀此詩的主題，就有必要還原到賴和所處時代的歷史脈絡之中，才能體會詩中的反諷意味。台灣對日本殖民體制鬥爭的波濤被迫平息下來時，賴和幾乎已預知一個更爲艱難的年代即將到來。它要向人間傳達一個信息，「毀滅一切的狂飆」，已經席捲而來。他對這種腐朽力量的讚揚，固然是在暗刺統治者的殘忍絕情，但也眞切地透露了他的無奈與無助。所以，他決定爲未知的將來祝福時，幽黯之情也油然而生。〈低氣壓的山頂〉一詩，是他文學創作中的一道分水嶺。從此以後，賴和在〈一桿稱子〉裏蘊藏的鬥爭理念，在〈蛇先生〉裏的幽默諷喻，在〈辱〉裏的撻伐批判，已悄然消失。熱情洋溢的賴和，在字裏行間洩漏了無邊的挫折感。

早期追逐「夢的國」之賴和，誠然散發著理想主義的色彩，這也是社會主義運動者特有的性格。到一九三五年撰寫的〈赴了春宴回來〉與〈一個同志的批信〉，賴和的沒落心境已是一覽無遺。爲什麼會有這樣嚴重的轉變？這似乎可以從政治史與文學史的發展事實來理解。在政治史方面，台共的公開審判是在一九三三年，當時的報章雜誌首度獲准批露法庭左翼被捕者的答辯實況[8]。賴和接收到這些信息時，當然非常了解曾經轟轟烈烈發生過的鬥爭時代已一去不復返。這些被捕的左翼朋友，在公審一年之後，便可向獄外通信。〈一個同志的批信〉顯然是在這種背景下撰寫完成的，作品中放射出來的自我嘲弄，正是賴和內心最深沉的喟嘆吧。從文學史方面來看，賴和恐怕也沒有足夠的理由感到樂觀。一九三四年五月六日，台灣文藝聯盟結合了南北活躍的作家而宣告成立。到一九三五年，發行《台灣文藝》的文藝聯盟就立即產生分裂。社會主義信念特別堅定的作家楊逵、王詩琅，結合鹽分地帶詩人集團，另起爐灶而創辦《台灣新文學》[9]。文學運動就像政治運動的前例，重蹈分裂的覆轍。這個事件，對賴和而言，也許更感灰心。

〈赴了春宴回來〉這篇小說，很明顯是自我批判相當嚴重的作品。即使是虛構的文字，裏面透露的「不是敢違阿母訓，美人情重更難違」，幾乎已閃現賴和失卻鬥志的實情。同樣是彰化作家的陳虛谷，曾贈詩給賴和，毫不掩飾地留下了這樣的詩句：「鄉里皆稱品學優，少年也不解風流；那知心境年來變，每愛偷閒上酒樓。」[10]從一個品學兼優的知識青年，轉化成晚年的在酒樓中偷閒，不正是他生命邁向幻滅的準確寫照嗎？這篇小說更有如此的描述：「自己不是被稱爲聖人之徒嗎？結局，一被邀進過咖啡館，在肉香、酒香，還有女人的柔情、媚態的包圍中，一次、二次……心也活啦。」墜入虛無的深淵，釋出失望的心情，可以說是賴和在晚期文學生涯中的反映。

賴和的虛無，並不止於此。他最後一篇發表的小說〈一個同志的批信〉，甚至是以「灰」的筆名來取代本名。其中的微言大義，已不言而喻。小說全然以獨白體寫成，幾乎都是使用台灣語文撰寫。這是賴和實驗台語最爲徹底的一篇作品，非常不易閱讀。但是，這篇文字的自我諷刺也是最爲強烈的。文中的主角「施灰」，收到獄中被捕同志要求資助的來信，這位同志自然是左翼青年無疑。施灰是先前被嘲笑爲轉向的落伍者，因此對於同志的求援，並不重視。但他又生憐憫之心，有意在兩三天之內寄錢到獄中協助。諷刺的是，他僅存的錢，立即在酒樓用罄。緊接著，又有日本警官向他募捐，在一番掙扎後，施灰終於也被迫奉獻出來。原先準備要寄給獄中同志的錢，至此都移用淨盡。面對同志的來信，施灰只能報之以「這是你的命運」之類的感嘆。

這篇小說的諷刺性特別強烈的原因，在於暗示獄中的同志是一種昇華的力量，而酒樓則是墮落之地，至於日本大人則是敵對者。施灰捨棄昇華之道，選擇了墮落與背叛，終於完全悖離當年理想主義的追求。〈一個同志的批信〉可能不是賴和個人的寫照，但這篇小說的主題，至少已表明他當時左翼知識青年的絕望。擺在他面前的，不再是救贖的道路時，他的文學生涯顯然也不能繼續展開了。

早期的抗爭與晚期的退卻，構成賴和生命的鮮明對比。台灣左翼運動起伏之大，有至於此者。賴和心情的轉換，並不能歸諸他個人的頹廢。事實上，客觀的現實條件，一直使左翼信仰者常患有行動未遂症。賴和在〈隨筆〉那篇散文中，對於欠缺行動力的台灣島民有過強烈的責備[11]。〈隨筆〉寫於他批判性格還很旺盛的一九三〇年，但他卻未預料，有一天他也變成了被自己批判的對象。時代大環境的營造，都足夠使一場波瀾壯闊的政治運動化爲無聲無息。賴和以一己之力，更難有所作爲。左翼知識分子的悲劇性格，在賴和作品是如此深刻地留下難以磨滅的軌跡。

明朗的楊逵與黯淡的王詩琅

賴和作品的明與暗，在台灣左翼文學的發展上，正好開啓了兩種風格。他早期的明朗風格，完全是針對外來的日本殖民者進行批判。台灣知識分子的理想追逐與意識抗爭，都在賴和早期作品中樹立了典範。到了晚期完成的作品，賴和趨於內斂，轉而對知識分子本身進行自我批判。賴和的生活紀律漸趨寬鬆，虛無的意念日益滋生，從而對知識分子產生了犬儒式的嘲諷。他的思想幽黯面，成爲文學生涯的全部。由於賴和對後來的文學青年具有啓蒙之功，他的明暗兩種風格，也產生了一定的影響。最顯著的例子，便是楊逵與王詩琅分別延續了他的精神。

楊逵以感性的筆觸寫下那篇〈憶賴和先生〉，直稱賴和是他的「命名之父」[12]。雖然他所提的是指賴和爲他取了「楊逵」的筆名，但更重要的是，他的文學風格受到賴和啓發之處頗多。在左翼作家中，楊逵最具社會主義色彩，也是批判性最爲旺盛的一位。他的〈送報伕〉那篇小說，便是經由賴和推薦而發表於《台灣新民報》。後來又獲得日本《文學評論》的第二獎，是爲台灣作家進軍東京的第一人。

從主題與結構來看，楊逵的格局已較諸賴和還要開闊。不過，他關心社會現實的方向，無疑是受到賴和的引導，楊逵延續賴和的批判精神，是相當清楚的。

賴和對農民與勞苦大眾生活的注意，一直是不曾偏離的主題。從〈鬥鬧熱〉、〈一桿稱子〉到後來的〈豐作〉，都是日據時期台灣社會的最佳見證。楊逵的〈送報伕〉、〈無醫村〉、〈模範村〉、〈鵝媽媽出嫁〉等，在主題上有異曲同工之處。賴和強調知識分子與下層階級之間的相互關係。楊逵更是如此，直接把知識分子做爲反抗運動中的思想搬運者[13]。尤其是在反殖民精神的醞釀上，楊逵緊跟在賴和之後。

楊逵的格局之所以比賴和還大，主要在於他在社會主義之外，又注入了國際主義的色彩。以〈送報伕〉爲例，他含蓄地主張台灣工人應該與日本工人團結起來，共同對抗罪惡的日本資本家。〈模範村〉則是以兩位知識分子的對比，楊逵偏重於突出有著國際左翼運動視野的行動者，正是這些行動者使抗日運動的層次提升。受壓迫者是不分地域、不分國界的，楊逵的抗爭主題是如此不斷在提醒。

楊逵能夠創造積極進取的主題，原因在於他曾經介入農民運動。實際的鬥爭經驗，誠然豐富了他以後的文學內容[14]。這是他比賴和還更明朗、激昂的主要理由。同樣是寫知識分子的墮落，賴和的〈赴了春宴回來〉與〈一個同志的批信〉，就流露無比的感傷。楊逵並不如此。在一篇〈萌芽〉的書信體小說裏，楊逵以擬女性化的語氣，寫信給獄中的丈夫。小說中指出：

「台灣的文學界，最近墮落了，有許多眞實地擎著日本侵略主義的提燈在露頭角。」藉用寫信的這位女性的口吻，楊逵結實地撻伐了當時知識分子。這封信並不就此停住，寫信者的她，更進一步勉勵獄中的青年，爲了台灣民族運動，要把「目前的一種民衆運動的潛力印在心上」。以「潛力」一詞，楊逵暗示了反抗日本人的後繼者仍不在少數。

在楊逵作品裏，從來找不到任何的「敗北感」。那種持續不懈的抵抗，等於大大發揮了賴和曾經具備的戰鬥意志。從文學史的觀點來看，楊逵是賴和的下游作家，但他的文學境界則遠遠超越了賴和。

相形之下，與楊逵同樣屬於《台灣新文學》成員的王詩琅，就沒有繼承賴和早期的文風。王詩琅確實也是受到賴和的重要影響，但他延續的卻是賴和晚期的沉鬱風格。對於賴和作品，王詩琅在〈賴懶雲論〉的評文中有如下的評語：「他同情弱者。他是看見了貧困的人們悲慘的生活就不禁嘆息的人道主義者。但是，他的氣質是一種自然的發露。所以若以近代意識形態的範疇去規範他的思想，怕是終會徒勞無功的。因此，楊逵說他『在某一個意義上說，是台灣關心大衆生活的文學元老』。這句話，也只有在這個層面上是對的。換句話說，他相信階級問題的必然性，也同情窮苦階級，但是他絕不會躍身其中，去領導運動。俠義的正義感，才是他的思想的眞面目。」[15]

王詩琅的評語，精確點出賴和的性格。賴和是一位社會主義傾向的作家，但絕對不可能親自投入政治運動之中。對王詩琅而言，賴和的最大行動，便是以文學形式去關心勞苦大衆。無可懷疑的，賴和受到他肯定的文學，仍是早期的批判之作。那時，賴和勇於干涉、勇於介入。王詩琅很露骨地表示他不喜歡賴和所寫的〈赴了春宴回來〉與〈一個同志的批信〉。同樣在〈賴懶雲論〉的評論裏，王詩琅毫不客氣地批判賴和：「由於賴懶雲並不是一個先行於時代的英雄人物，就有一份更多、更大的苦痛。被遺棄了的、失去了理想的他，又當然不能不尋求痲醉的途徑。於是醇酒和美人成了他唯一的去處。」

也許是基於這樣的苛責，王詩琅在一九三五、三六年之交寫成的〈沒落〉與〈十字路〉兩篇小說，簡直都是在回應賴和的頹廢⑯。〈沒落〉中的耀源，〈十字路〉中的張，彷彿是賴和後期小說的變奏。賴和的〈赴了春宴回來〉，描繪一位知識青年耽溺於酒池肉林中的境遇；〈一個同志的批信〉則刻畫一位知識分子對舊日左翼同志的背叛。以這兩篇小說爲基礎，王詩琅寫出了〈沒落〉裏耀源的逃避現實，以及〈十字路〉裏張的自我苛責。

如果把楊逵與王詩琅的作品並列比較，就可以發現兩人對於人物的處理，正好有清楚的正反對比。在楊逵小說中，反抗日本殖民者的左翼青年，都是形象鮮明，性格突出，頗具英雄風範。至於那些畏怯的知識分子，面貌就比較模糊。王詩琅的小說則剛好相反。在他筆下，那些左翼戰鬥的運動者，形象往往模稜兩可，甚至是不具特殊性格的。對於那些遲疑不決、缺乏批判力的青年，王詩琅反而著墨甚多，深刻地予以描述。楊逵的人物，是英雄式的；而王詩琅的小說角色卻是反英雄的。這兩種筆法，正好是賴和作品前、後期風格的延續。

結語：左翼文學再評估

賴和作品是台灣左翼文學的原型。他的明暗兩種風格，事實上爲台灣的批判文學開創了兩條路線，一是對不公不義體制的批判，一是對台灣知識分子的自我批判。他的早期作品，堅定地朝著顛覆日本帝國主義的價值觀念而篤定前進。他是最早的台灣知識分子中，少數幾位覺悟了要以文學形式來批判殖民體制。他與二十世紀所有殖民地的知識分子一樣，拒絕接受帝國主義者的思想洗腦。

在他的作品裏，對於依附於統治者的知識分子，刻意予以諷刺、嘲弄；對於抵抗殖民者壓迫、利誘的人物，他給予塑造正面的形象。〈一桿稱子〉的秦得參、〈不如意的過年〉的查大人、〈可憐她死了〉的阿金，正是殖民統治下正反人物的最佳寫照。在小說中，他往往暗藏一些批評，指出殖民地社會裏的不公平，以及積壓於人心的憤怒。文學可能不足以解決問題，卻爲那樣的時代留下見證。在〈辱〉那篇小說中，賴和不惜使用說理的文字，來闡釋野台戲之所以受到民間歡迎的理由：

戲是做俠義英雄傳的，全本戲，日夜連台，看的人破例地衆多。我想因爲在這時代，每個人都感覺著：一種講不出的悲哀，被壓縮似的苦痛，不明瞭的不平，沒有對象的怨恨，空漠的憎惡；不斷地在希望著這悲哀會消釋，苦痛會解除，不平會平復，怨恨會報復，憎惡會滅亡。但是每個人都覺得自己沒有這樣的力量，只茫然地在期待奇蹟的顯現，就是在期望超人的出世，爲替他們做那所願望而做不到的事情。這在每個人也都曉得事所必無，可是也禁不絕心裏不這樣想。所以看到這種戲，就眞像強橫的兇惡的被鋤滅，而善良的弱小的得到了最後的勝利似的，心裏就覺有無上的輕快。有著這種理由，看的人就難怪他特別衆多，不過弄尪仔的做去好，也是一個不可忽視的理由。

類似這種小說中插入作者的說理，在賴和作品裏可謂屢見不鮮。這番批判，彷彿在發抒人間不滿，實則控訴殖民地社會的苦悶與抑鬱。這種表現方式，無疑是抵抗精神的極致。

賴和後期親身經驗到左翼運動的失敗，心情也從激昂轉向低落。無論詩或小說，都呈現著前所未有的挫折感。賴和在消沉之餘留下的作品，對自己、對同時代的知識分子展開自我批判，顯然也意識到心靈的覺醒較諸批判的行動還來得重要。最後發表的兩篇小說，筆鋒掉轉過來檢討知識分子的墮落，對反抗者的主體進行精神上的檢驗。這種內在革命，雖然在形式上很頹廢，但骨子裏卻隱藏了另一種奮發的力量。賴和從此進入封筆的時期，但最後兩篇作品帶給人的反省，反而還更深沉。

做爲賴和追隨者的楊逵與王詩琅，分別採取對外批判與自我批判兩種不同的途徑，無疑是受到賴和的引導。楊逵作品的迎頭抨擊，以及王詩琅小說的內斂自省，顯示台灣左翼文學從此有了雙元的發展。從楊、王兩人提供的範例，充分說明了台灣社會主義信仰的作家不必然都是孕育了飽滿的撻伐之氣。殖民地知識分子有其抵抗的一面，也有挫折的一面。這兩種性格倒映在文學創作裏，都同樣具備批判的精神。與楊逵、王詩琅同一時代的作家，包括楊華、楊守愚、朱點人等，似乎都可從這明暗兩面的風格來觀察其作品主題。這種傳承的源頭，當推賴和無疑。

註釋

❶有關賴和批判精神的正面評價，參閱李篤恭編《磺溪一完人——賴和先生百年紀念文集》（台北：前衛出版社，一九九四）。

❷林瑞明〈賴和與台灣新文學運動〉，收入氏著《台灣文學與時代精神——賴和研究論集》（台北：允晨出版公司，一九九三），頁七九—八〇。

❸關於台灣左翼文學誕生的時代背景之討論，參閱陳芳明〈先人之血，土地之花——日據時期台灣左翼文學

的背景〉，《放膽文章拚命酒》（台北：林白出版社，一九八八），頁一三五—五五。更爲詳細的研究，參閱黃琪椿《日治時期台灣新文學運動與社會主義思潮之關係初探（一九二七—一九三七）》（新竹：國立清華大學文學研究所碩士論文，一九九四）。

❹參閱林瑞明〈賴和與台灣文化協會〉，前引書，頁一四四—二六三。

❺有關二林蔗農事件的討論，參閱林柏維〈二林事件（一九二五）——日治時期台灣農民運動的發軔〉，《南台工商專校學報》第十六期（台南：一九九一年十月），頁三九—四八。

❻賴和〈覺悟下的犧牲〉，收入李南衡主編《賴和先生全集》（日據下台灣新文學·明集1，台北：明潭出版社，一九七九），頁一三九—四二。

❼有關《台灣大衆時報》的創刊背景，參閱陳芳明〈台灣抗日運動史上的兩份重要左翼刊物——《台灣大衆時報》與《新台灣大衆時報》〉，《台灣史料研究》第二號（台北：一九九三年八月二十日），頁六〇—七二。

❽被捕的左翼知識分子在報紙上的動態紀錄，後來都收入黃師樵編《台灣共產黨祕史》（新竹州，一九三三）。

❾王錦江（即王詩琅）〈台灣新文學雜誌始末〉，原載《台北文物》第三卷第三號（台北：一九五四年十二月十日），後收入李南衡編《文獻資料選集》（日據下台灣新文學·明集5，台北：明潭出版社，一九七九），頁四〇二—〇五。

❿陳虛谷〈贈懶雲〉，收入《賴和先生全集》，頁四〇八。這首詩也被引用於葉榮鐘的未完稿〈詩醫賴懶雲〉，同上，頁四五〇。

⓫施淑對賴和的〈隨筆〉散文有很好的解釋，參閱施淑〈稱子與稱錘——論賴和小說的思想性〉，收入張恆

豪編《賴和集》（台灣作家全集，台北：前衛出版社，一九九一），頁二七七。又見〈賴和小說的思想性質——代序〉，施淑編《賴和小說集》（台北：洪範書店，一九九四），頁五。

⓬楊逵〈憶賴和先生〉，收入《賴和先生全集》，頁四一六—一七。

⓭陳芳明〈放膽文章拚命酒——論楊逵作品的反殖民精神〉，前引書，頁三五—六〇。

⓮參閱黃惠禎《楊逵及其作品研究》（台北：麥田出版社，一九九四）。

⓯王錦江著、明潭譯〈賴懶雲論〉，收入《賴和先生全集》，頁四〇〇。

⓰有關王詩琅〈沒落〉與〈十字路〉兩篇小說的討論，參閱本書第五章〈王詩琅小說與左翼政治運動〉。

第四章
楊逵的反殖民精神

一位歷史性的人物

楊逵的一生，跨越了兩個時代。在四十歲以前，他受到日本帝國主義的高壓統治；四十歲以後，他又遭到國民黨政權的統治。楊逵生命中的崎嶇與坎坷，正是一部近代台灣人民歷史的寫照。

要了解楊逵的作品，則不能不先認識他的時代。而通過對他的作品的了解，我們也可體會到近代台灣人民所遭遇的痛苦。楊逵作品的可貴，不僅僅在於他對日本殖民政權的控訴，而且也在於對監禁他、迫害他的所有統治者提出直接的抗議。

具體地說，楊逵作品的精神是超越時代的。只要什麼地方有壓迫，他的作品就在什麼地方放出光芒。楊逵的小說，在今天的台灣受歡迎和尊敬，這種現象就不僅止於他個人的事情而已，而是整個社會潮流的具體浮現。

今年將近八十歲的楊逵，仍然挺著不妥協、不屈服的精神。歷史將會告訴我們：楊逵的反抗精神，最後一定勝利。這不是預言，而是歷史的定論。

楊逵，原名楊貴，台南人，生於一九〇五年，他的筆名是取自《水滸傳》裏好打不平的「黑旋風」李逵。據說，這是台灣抗日小說家賴和向他建議取名的。楊逵的重要作品有二：一是《鵝媽媽出嫁》（台北：香草山出版社，一九七六），另一是《羊頭集》（台北：輝煌出版社，一九七六）。有關楊逵作品的評論，目前彙集成書者，則有楊素絹主編的《壓不扁的玫瑰》（台北：輝煌出版社，一九七六）（按：楊素絹係楊逵的次女。另外，一冊關於楊逵生平傳記的書也已出版，這是林梵所寫的《楊逵畫像》）。

在他的作品中，《鵝媽媽出嫁》與《羊頭集》，正界定了他生命中的兩個階段：前者是總結他反抗日本殖民政權的經驗，後者則反映了他在國民黨政權下的不妥協精神。《羊頭集》中，有許多文章寫於綠島監獄的拘禁時期，字裏行間充滿了微言大義。楊逵的傲骨與風範，都在這本書中徹底表現出來。

農民運動的主將

楊逵之所以成為歷史性的人物，不僅在於他紀錄了歷史，而且也在於他創造了歷史。

在他一生中，對他的政治思想和文學生活衝擊最大者，莫過於一九一五年在台南西來庵由余清芳、江定、羅俊等人所領導的革命運動，此即日據時代台灣人發動的最後一次武裝鬥爭。楊逵在以後，便常常提及這場悲壯的噍吧哖事件。他說：「我十歲時，噍吧哖抗日事件發生，我親眼從我家的門縫裏窺見了日軍從台南開往噍吧哖的砲車轟隆而過。」待他長大以後，讀了一冊日本人編寫的《台灣匪誌》，其中紀錄的十餘次「匪亂」中，噍吧哖事件也包括在裏面。統治者對於台灣歷史的扭曲醜化，使楊逵內心產生很大的震盪。他自己承認：「我決心走上文學道路，就是想以小說的形式來糾正被編造的『歷史』，歷來的抗日事件自然對於我的文學發生了很大的影響。至於描寫台灣人民的辛酸血淚生活，而對殖民殘酷統治型態抗議，自然就成為我所最關心的主題。」

他要糾正的，便是要把暴政和義民的地位顛倒過來。這種努力，即使在八〇年代的今天，仍有其正面的、積極的意義。

出身於中產知識階級的楊逵，在他從事小說創作之前，就以實際的行動參加了農民運動。

這種實際的抗爭經驗，豐富了他日後所致力的文學內容。無可否認的，不了解楊逵的農民運動的經驗，讀者就難以理解他整個文學思想的基礎。更進一步來說，他的農民運動的經驗，不僅決定了他在日據時代的生活方式，而且也影響了他在國民黨統治時期的坎坷遭遇。

日本殖民者開始推行「工業日本，農業台灣」的政策時，正是楊逵開始接觸世界思潮之際。根據林梵的《楊逵畫像》說：「影響楊逵的首先是日本的社會主義運動，其次是，台灣本島文協的『左右傾辯』，再者是中國大陸南方國民黨的新興力量。」很清楚的，楊逵所信奉的便是社會主義；其中所說的「中國南方國民黨的新興力量」，正是國共合作時期所宣揚的共產主義，時在一九二七年。

一九二五年楊逵到達日本，一九二七年即加入了台灣留日學生的政治組織「社會科學研究部」。這個研究會成立時，還發表了一篇檄文。其中提到成立組織的宗旨：「了解這個混沌社會的所有問題，把握一切現象的根源，是爲對付它的先決條件。我們面對的民族問題和殖民地問題，台灣總督獨裁政治的內幕等的究明，以及我們對策的深入探究，正是本研究部的使命，我們應該對與它有密切關係的所有問題，用科學的方法加以分析研究。」

顯然，楊逵在介入政治運動之初，就立刻採取一個極其不同的角度。他所參與的組織認爲，要解決問題之前，必須要先認識問題的所在。楊逵從這個出發點來看台灣的問題，自然就透視了所謂「工業日本，農業台灣」的政策，乃是整個殖民地的癥結所在。

一九三〇年代開始，日本殖民者加強它在台灣的土地掠奪，以便擴充農業力量，支援它本土的工業發展以加速資本主義的成長，也支援它進軍侵略中國的「大陸政策」。

在土地掠奪中最顯著的，便是製糖資本家和台灣人買辦資本家的攜手合作，聯合對台灣蔗農採取高度的壓迫剝削。像「林本源製糖會社」和「陳中和物產株式會社」，就是典型的與殖民者合作壓榨的台灣人資本家。

一九二七年回到台灣的楊逵，立即參加了台灣文化協會所舉辦的巡迴民衆演講。也就在這一年，文化協會因左、右派的爭執而分裂，亦即右派主張議會運動，左派強調工農運動。楊逵乃毫不遲疑地加入「台灣農民組合」，這一點成爲他一生的重要分水嶺。

楊逵參加農民運動，首先認識了台中的趙港，後來又認識鳳山農民組合的簡吉和葉陶。一九二八年便當選了台灣農民組合的中央委員。同時也參加該組合的「特別行動隊」，隊員還包括簡吉、趙港、陳德興、葉陶等十三人，楊逵負責了政治、組織、教育等工作。

行動中的楊逵，參與了實際的鬥爭，他們組織台灣農民，向日本統治者要求無償收回土地、反對土地與竹林的掠奪、確立生產物管理權。凡此種種高潮，楊逵都奮不顧身地介入，這也說明楊逵在一九二八年分別於竹山、梅山、朴子、麻豆、新化、中壢等地被捕的原因。

農民運動的主要任務，在積極方面是保護農民的權益，在消極方面則是反對資本主義的剝削。楊逵參加農民運動雖只有一年餘的時間，但這些經驗對他以後的文學創作是極其寶貴的。一九二八年，楊逵與簡吉的意見不合，因而所有的職務完全被剝奪（台灣農民組合在一九三一年結束）。

楊逵雖然沒有繼續參加農民運動，但是他仍當選新文化協會的中央委員，並進一步加入工人運動，組織讀書會。無疑的，這個階段中，楊逵對社會主義的信仰日益加深。從他給第一個孩子所取的名字：「資崩」，就可了解他的用心。資崩者，資本主義崩潰也。楊逵對日本殖民者的反抗，亦由此略見一二。

人道的社會主義者

一九八一年四月，楊逵接受台灣新生代的訪問，當記者問他信仰什麼思想時，楊逵很簡單地回答：「人道的社會主義者。」[1]以他這句話來印證他的小說，誠然是顛撲不破的。

楊逵之走向文學的道路，肇因於一九二九年與抗日作家賴和的認識。從此，他跨入了文學界，成爲台灣文學史上重要的一部分。

楊逵小說中的精神便是：不妥協、不屈服。《鵝媽媽出嫁》一書，最先成書出版是日文，亦即《鵝鳥の嫁人》（台北：三省堂，一九四六）。經過了三十年的光陰，此書才以漢文的面貌出現。其間他經過國民黨的折磨、監禁、迫害。由於一九七〇年代以後，台灣本土文化崛起，因此日據時代台籍作家的作品，也隨著受到重視。楊逵乃是第一位受到注意的抗日作家，研究台灣文學甚力的張良澤，在一九七三年便努力譯介他的作品，終於造成很大的衝擊。

一九七六年，《鵝媽媽出嫁》成書出版，共計收集七篇重要的短篇小說，包括〈鵝媽媽出嫁〉、〈種地瓜〉、〈無醫村〉、〈萌芽〉、〈送報伕〉、〈模範村〉、〈春光關不住〉，最後一篇是在戰後寫的。

《送報伕》的社會基礎

楊逵小說的動人之處，在於緊密結合了他所介入的農民運動的經驗。無可否認的，楊逵的作品牢牢建立在當時的現實基礎上，通過他的小說，我們可以清楚認識到三〇年代台灣農民運動的背景。當然，楊逵並非是日據時代第一位把農民運動寫入小說的台籍作家；在他之前，賴和就寫過一篇題爲〈豐作〉的短篇小說，強烈地指控日本帝國主義者對台灣蔗農的壓榨。

基本上，楊逵的創作深受賴和作品的啓示；但是，楊逵的觀察與筆觸，較諸賴和還要深刻尖銳。以他的第一篇小說〈送報伕〉爲例，楊逵便描寫了一位出身於農民階級的留日學生，在痛苦被削剝的過程中，產生了積極的反抗意識。其中詳細揭露日本資本家是如何蠶食台灣農民的最後一個據點——土地。因此，以〈送報伕〉做爲了解楊逵反殖民思想的起點，可以說是非常恰當的。

〈送報伕〉是以一位名叫楊君的台籍青年爲中心，反映台灣一個農民家庭在層層剝削之下，而無可避免地走向衰敗的途徑。

楊君的父親是一位自耕農，生活一直沒有困難。「到幾年前，我們家鄉的××製糖公司說是要開辦直營農場，爲了收買土地，大大地活動起來了。」這簡單的幾句話，便清楚地交代了整篇小說的背景。矢內原忠雄在其《帝國主義下之台灣》就直接指出：「甘蔗糖業的歷史就是殖民地的歷史。」日本政府既然是爲了鞏固它的殖民統治，並加速其帝國主義的擴張，那麼它在台灣積極發展糖業，乃是必然的措施。日本殖民者在台灣瘋狂發展糖業的主要手段，便是進行土地掠奪和勞力壓榨。

楊逵的〈送報伕〉，對於土地掠奪的殘忍過程，有著極其生動的描述。小說中楊君的父親，在某一天接到警察的通知，必須隨身攜帶圖章出席家長會議。到了開會那天，數百位農民馴服地聚集在一起，聆聽製糖公司代表的動聽演講。演講者要求出席的農民在土地讓渡的紙上蓋章，否則便是有「陰謀」。經過一番威迫利誘之後，一名日本警察又登台演講。日本統治者的眞正嘴臉就在這時暴露出來了：

……糖業公司這次的計畫全是爲了本鄉的利益著想的。想想看，現在你們把土地賣給公司……而且賣得好價錢，很多很多的錢便流到這鄉裏來。同時公司在這裏建設規模宏大的示範農場以後，本鄉便名揚四方，很多人會到這裏來參觀，因此，本村一定會日益進步，一天一天地發展。你們應該把這當作光榮的事情，大家好好地感謝糖業公司才是道理。然而，有些人正「陰謀」反對土地收買，這是如何道理！這個計畫既是本鄉的利益，又是「國策」，反對國策便是「非國民」，是絶不寬恕的！

無疑的，這種苦口婆心的勸誘，正代表統治者的殘酷無情。它一方面盡情搜刮土地，一方面又要受害者表示感激。一夜之間，數百戶農家都被趕離了耕地，有的出外做零工，有的則經營小買賣，也有人留下來在糖廠的示範農場賣力，直接受到大資本家的剝削。誠然，整個農村經濟改變了，鄉村也跟著繁榮了；但是，受益者乃是進行土地集中的資本家，並不是被迫出售土地的農民。楊逵小說中的糖廠農民，實際上只不過是農奴罷了。在土地集中以前，蔗農與製糖者的利害關係是相通的，因爲一方是提供原料，另一方則提供資金與生產工具，在某種程度上，他們地位是對等的。土地集中以後，蔗農變成糖廠的僱農，任由廠方予取予求。〈送報伕〉有更眞切的描寫：「……因爲公司擁有大資本，土地又集中在一塊，犂地他們用的是機器，連牛都失業了。他們要的只是很少很少的打雜工人而已，優先被雇用的也是一做一停，大家都得靠出賣這個，出賣那個來補貼生活，只是賣的速度有分別而已。等賣地的錢用完了，可以賣的東西也賣光了，就只好冒險遠走了。」於是所謂「鄉的發展」的美麗謊話，就變成名副其實的「鄉的離散」了。

受到這種環境的驅使，楊君不得不離鄉背井，到日本半工半讀，以期待有改變命運的一天。但是到了日本，又為環境所迫，不得不去擔任送報員。他的送報經驗，使得他更進一步認清資本家的眞面目。

一個歷史的方向

楊君在東京爲了謀生，甚至夢想資助台灣的家人，終於成爲街頭的送報員。但是，報社的日本僱主，用盡心機剝削他的勞力，使他不但一無所獲，他的求職保證金也一併被呑沒。楊君陷於生活的絕境時，幸運地獲得援手，那是來自同樣是送報伕的日本勞工田中君。

田中君和楊君都是被壓榨勞力的工人，但田中的處境較楊君好些，所以常常幫助他，使他度過困境。這使得楊君體會到現實的殘酷和溫情，他開始思索：「至於田中，他比親兄弟還要好，……不，想到我那當過巡查捕的哥哥，什麼是親兄弟，拿他來做比較都覺得對不起田中。」他更進一步得到結論：「如此看來，和台灣人裏面有好壞人一樣，日本人裏面竟也如此。」

顯然，這時楊君所面對的事實並不是國籍的問題，而是階級的問題了。田中不僅在生活上幫助他，也介紹他參加各種集會。小說中並未交代這是什麼集會，但很清楚的，那是日本工人運動的重要一環。楊君參加日本工人運動以後，認識了一位叫伊藤的日本人，他代楊君找工作，使他的生活安頓下來。這位日本工人，向楊君揭露日本統治者的本質，他說：

不錯，日本的工人，大多數就像田中君一樣，待人很客氣，沒有什麼優越感。日本的工人也反對日本政府壓迫台灣人。糟蹋台灣人。使台灣人吃苦的是那些有特權的人，就像騙了你的保證金之後又把你趕出來的那個派報所老闆一樣的人。到台灣去的日本人，多數就是這一類的人。他們不僅對於你們台灣人如此，就是在日本內地，也是叫我們吃苦頭的人呢……。

伊藤所說的話，畢竟是台灣人所面臨的歷史方向的問題。受壓迫的台灣人，是不是應該與受壓迫的日本人聯合起來呢？

以楊君的立場來看，他自己有位親兄弟，竟然變成日本統治者的工具──警察；而他在東京遇到的日本工人，則想盡辦法幫助他。那麼楊君應該選擇哪一方呢？無疑的，他必然站在工人的一邊，因爲他想到：「家鄉的鄉長雖然是一個台灣人，我的哥哥也是台灣人，可是，爲了個人的利益，他們便依附了他們，做了他們的走狗來欺騙、壓迫鄉人。叫我們吃了如此的苦頭。」從這段告白看來，這時楊君的階級意識自然是強過他的台灣意識。

但是，楊逵所寫的〈送報伕〉，並未把故事寫到這裏就結束。他進一步描述楊君參加日本的工人運動，而且他的努力又獲得勝利。例如，從前把他趕出來的報社就爆發了罷工；在各方壓力下，報社老闆不得不改善工人生活的條件，並且不敢再招搖撞騙，剝削新來的勞工。

楊君的階級意識畢竟是覺醒了。但是，小說並沒有安排楊君被這種意識沖昏了頭，因爲，楊君仍然記得苦難中的台灣，他必須回台灣奮鬥，完成歷史的使命。〈送報伕〉的最後一段是這樣寫的：「我滿懷著信心，從巨輪蓬萊號的甲板凝視著台灣的春天——這寶島，在日本帝國主義的統治之下，表面雖然裝得富麗肥滿，但只要挿進一針，就會看到惡臭逼人的血膿迸流！」

楊逵在撰寫這篇小說時，多少有些自況的意味；而且他能夠在高壓統治下，寫出這樣具有強烈抗議精神的作品，其膽識一定有過人之處。更值得注意的，楊逵的這篇小說也指出了台灣的一個歷史方向，那就是要推翻外來的殖民政權絕對不可依賴別人的力量，而必須靠自己的努力奮鬥才有實現的可能。

〈送報伕〉中的楊君，雖然很感激日本工人的協助，並且也參與了日本工人運動的集會；但是他並不因此而認同了日本人。他在東京參加各種運動，其實是抱著學習的心情。歸根究柢，他的理想與抱負必須要回到台灣才能實現。日本工人的處境，畢竟是和台灣人不一樣：日本工人只受到資產階級的壓制，台灣工人則受到資產階級與殖民統治的雙重壓榨。僅此一點，楊君就不可能認同日本人。在將半世紀以後的今天，捧讀〈送報伕〉時，我們似乎是攬鏡自照，彷彿看到了一個活生生的歷史事實。

決裂與結合

楊逵的另一篇小說〈模範村〉，基本上是〈送報伕〉的延續。

所謂模範村，從字義上看，自然是示範的村莊，它的建設與規畫值得其他村子效法；但是，在這篇小說中則具有反諷的意味，模範村其實就是日本人與台灣買辦階級攜手壓迫台灣人的典型村莊。例如：在官方的勒令下，鄉民建起了整齊的道路，結果鄉民的牛車居然不能通行。又如：「農人們種了甘蔗，糖業公司要七除八扣，因低價收買，農人們自然是不甘心的，就想盡辦法來避免種甘蔗。所以糖業公司便要勾結地主，共同來壓迫農民。」

在這樣的模範村裏，由於錯綜複雜的利害關係，於是便形成壓迫者和被壓迫者的對立。在雙方的對峙中，楊逵安排了兩位知識分子的角色，他們都面對了階級的認同問題。

第一位是陳文治，他出身於沒落的漢學家庭。雖然他也接受日文教育，但是通過文官的資格考試之後，竟然找不到工作。陳文治只好留在家裏胡亂種些農作物度日，閒暇時，則義務教導村中的青年識字。在生活的壓力下，陳文治變得毫無鬥志，再加上前途的無望，他的沒落似乎是無可避免的了。

第二位是阮新民，他的父親是村中的大地主。他父親每年都向佃戶收回墾熟的荒地，而轉租給糖業公司。阮新民則是留日學生，在東京接受了新的世界思潮，而且也交結了許多抗日志工。所以，回鄉後，第一個和他發生衝突的，自然是他的父親。

阮新民與他父親雖有骨肉之情，但是他不能坐視種種壓迫剝削的事實。阮新民就明白告訴他的鄉人：「日本人奴役我們幾十年，但他們的野心愈來愈大，手段愈來愈辣，近年來滿洲又被她占領了，整個大陸也許都免不了同樣的命運。這不是個人的問題，是整個民族的問題。我父親這種作風確是忘祖了。他不該站到日本人那邊去，這是不對的。我們應該協力把日本人趕出去，這樣才能開拓我們的命運！」

阮新民的每句話，可以說是針對當時的現實環境而發的。第一，他指出日本人奴役台灣人的事實；第二，他承認他父親對鄉人的剝削；第三，他強調這不是「個人問題」，而是「整個民族的問題」。阮新民顯然認清台灣前途的癥結所在；值得注意的，他知道自己如果要拯救台灣，第一件事情必須做的，就是背叛自己的階級。那麼，阮新民與他父親的決裂，乃是勢必所趨。

以阮新民來對照陳文治，就看出日據時代台灣知識分子的兩條不同的路線。陳文治代表的是苦悶的一面，他抱殘守缺地活在他的漢學傳統裏。他只知道自己是被壓迫者，但是他並不知道壓迫的根源在那裏，更不知道所謂改革的希望在那裏。在舉債和避債的日子中，陳文治的衰敗與沒落是可想而知的了。相形之下，阮新民的路線就完全背道而馳。他雖出身於暴發戶的地主家庭，但並不因此而矇蔽了對現實問題的認識。阮新民與他父親衝突之後，便離家出走了。他往何處去？小說中並未明確交代，不過楊逵似乎在暗示他潛往中國抗日去了；因爲，阮新民「本想在城裏準備當律師，爲窮苦同胞爭取一點權益的。但是，砲聲在蘆溝橋響了。他說，做律師是無濟於事的……」

阮新民無疑是比陳文治還更具戰鬥性。然而，他與家庭決裂之後，並沒有留下來和鄉民結合在一起。他在「祖國之夢」的指導下，跑到中國抗日去了。究竟這條路是正確的，還是偏差的？許多史實已有詳細的旁證，在此暫且置而不論。

楊逵小說的重點，乃在於敍述模範村的居民如何受到日本殖民者的欺壓和凌辱。表面上，駐在當地的日本警察似乎要改善村中的環境，諸如修築道路、保持村容整潔等等；事實上，他們只是爲了向上級邀功而已，而完全不顧村民的實際生活情況。

官員與地主的剝削與歧視，才是這篇小說所要揭露的。農民遭到悉數壓榨之後，他們所賴以生存的村莊終於被選爲「模範村」了。在慶祝會上，「照例是先懸掛日本國旗，接著由郡守和警察局長、糖廠廠長各發表一篇演說。無非是祝賀得獎和讚譽本村的一切的話。最後由阮老頭代表本村致詞。他一躬到地感謝來賀的美意，勉本村的農人當更加努力。末了又說，正擬設一個『部落振興會』來推展本村的興建事務。」

全村農民經過終年的辛苦之後，結果榮譽都歸於統治階級。至於所謂的「部落振興會」，正是下一步繼續剝削農民的行動計畫。這種情景，在半世紀以後的今天，不也是對台灣人民相當熟悉嗎？楊逵小說之偉大，乃在於它超越了時空的限制，對於一切的壓迫者，提供了一面擦亮的鏡子。

〈模範村〉中，另一值得注意的人物是陳文治。他原是一個無可救藥的墮落的知識分子；但是，他和農民日夜相處，終於也為他們的活力與朝氣所感動。當然，陳文治也閱讀了阮新民所留下的書籍，包括《報紙的讀法》、《農村更生策》等書。其中有一段很生動的描寫：

忽然，他翻到了一紮報紙，是日本農民組合的機關報，叫《土地與自由》。他一張張翻著，裏面卻有一段寫著「千葉農民對於收回耕地的鬥爭」。好像抓到癢處似的，他仔細地讀了一遍，興奮地用台灣話翻譯給大家聽。

「千葉是什麼地方呀？」

「在日本哪……，哦，在日本竟也有這回事！這好像是……天下的烏鴉到處一樣黑啦！」

「這是眞的事情嗎？」

這段描述可以說是對全世界的壓迫階級提出控訴。在台灣壓迫台灣人民的日本殖民者，即使是對於本土的人民，也是千方百計地進行土地掠奪。陳文治受到這些書籍的衝擊，同時也受到村民的幫助，他終於也覺醒了，因爲「他們在我困苦的時候，拯救了我。我也得拿出我最大的力量，爲他們……」顯然，這篇小說結束時，充滿了無限的暗示。

勇敢的台灣人

楊逵在另一篇〈鵝媽媽出嫁〉中，更加針對日本壓迫的事實，予以嘲諷、揶揄。

首先，楊逵在小說中塑造了兩個人物，一是實際參與行動的「我」，一是主張和平改革的林文欽。楊逵交代了小說中的思想背景：「那時正是馬克思經濟學說的全盛時代，血氣方剛的學友們都著了迷一樣，叫喊著階級鬥爭，跑上實踐運動去了。」但是，書中的林文欽則主張，透過「協調」和「非鬥爭」的方法，就可達到改革的目的。「因此，他以全體利益爲目標，考察出一個共榮經濟的理想，從各方面找資料來設計一個龐大的經濟計畫。對於原始人的經濟生活研究盡詳的他，總以爲『要是資本家都取回了良心，回到原始人一般的樸實純眞，共榮經濟計畫的切實實施一定可以避免血腥的階級鬥爭』」。

這位林文欽無疑是日據時代的「革新保台」者，在他的主觀願望裏，只要資本家回心轉意，歸向「樸實純眞」的境界，世界上便沒有所謂的剝削與掠奪，而階級鬥爭就可避免了。然而，林文欽是注定要失敗的，因爲他假想中的資本家，並沒有他預期的那麼理想。以他的父親爲例，雖然繼承千餘石的祖業，最後也不免在殖民經濟的擴張中崩潰。當時，「抗日風起，民族文化與要求民主自由的民衆運動開展，而文化工作者需要錢用時」，他父親更是有求必應。

誠然，林文欽與他父親都是站在台灣人的立場，卻因爲世界觀的不同，而導致無可挽回的悲慘命運。林家的財產終於都落在一家公司的手裏了。而剛過三十歲的林文欽，就在蒼白與幻想的日子中結束了生命。他死時，還留下一疊厚厚的原稿，題目是：「共榮經濟的理念」。無疑的，在他剩下最後一絲氣息時，還沒放棄他自築的象牙塔世界。

如果從文學結構的眼光來看，林文欽的這段記載，事實上和〈鵝媽媽出嫁〉整個情節的發展，很難拉上關係。如果有的話，我們只能這樣解釋：林文欽之死，是殖民地時代和平改革者的縮影，他忽視壓迫的事實，終於自身也被壓迫致死。和平改革者死了，殖民地的壓迫仍繼續存在，而且還變本加厲。

小說中的「我」，是以種植花卉維生。當地醫院的日本人院長，來訂購樹木，講好價錢時，卻又看中他所蓄養的母鵝。因此，他去醫院收帳時，院長顧左右而言他。最後，言明要他附贈已看中的母鵝後，才悉數付帳。

在這篇小說裏，沒有醜化的字眼，也沒有激動的口號。他寫出「我」的遭遇，「我」的頓挫，便反映了統治者的嘴臉。

其他如〈無醫村〉和〈植地瓜〉，都具體刻畫了帝國主義下的台灣，是極其痛苦、艱難地生存著。

然而，我們從小說中的人物，都認識了並體會到台灣人的勇敢精神。在一篇題爲〈萌芽〉的小說中，楊逵模擬一位台灣女性的語氣，以書信體表現出台灣人堅毅不屈的精神。

小說中的寫信者是一位煙花女子，她寫信給一位獄中的台灣文藝青年。她的男人因「思想問題」而坐牢，她並不懊悔，反而感到無比的驕傲。她對當時的皇民化文學也提出抗議。他說：「台灣的文藝界，最近墮落了，有許多眞實地擎著日本侵略主義的提燈在露頭角。」她在信中勉勵「爲了台灣民族運動」而入獄的青年，要他把「目前的一種民衆運動的潛力印在心上」。楊逵在這篇短文中，既一方面諷刺了爲日本侵略者「提燈」的文藝家，一方面又不忘與民衆站在一起。這正表現了他當時撰稿的心情與思想狀態。

閱讀這些小說時，我們不能忘記，楊逵是生活在高壓的帝國主義統治下。他所發表的文章，以及主編的文學刊物，都必須受到日本當局的檢查。在那麼困難的環境中，楊逵仍持續不斷地表達他的反抗思想。這種行動實實在在地呈露了一股不可搖撼的勇氣。誠然，楊逵的小說中沒有科學的分析。但是，做爲一個實際的農民運動者，做爲一個行動中的小說家，他並不必分析整個社會的結構；因爲，他已準確看清了問題的所在，而且他所提出的問題，正是當時知識分子所應深思熟慮的。

更值得一提的，楊逵是一個社會主義者，他沒有爲了傳播他的思想而吶喊一些口號，更不會處處玩弄一些名詞遊戲。閱讀他的小說，我們只看到他以循循善誘的態度，使讀者了解問題的所在。自稱是「人道的社會主義者」的楊逵，可能是台灣的第一位社會主義思想的文學家，而且也是第一位寫社會主義的作品而能夠在台灣公開流傳。像他這樣堅持信念，而又毫不屈服的文學作家，已爲台灣文壇留下可以效法的典範。

一場新的鬥爭

楊逵常常說的一句話是：「我領過世界上最高的稿費，我只寫了一篇數百字的文章，就可吃十餘年免費的飯。」

這句話含有無限的辛酸，也有無限的抗議。楊逵在日據時代參加農民運動和文學活動，前後加起來只坐過十餘天的牢獄。但是，國民黨來台以後，他和朋友撰寫一篇〈和平宣言〉，主張「大陸人」和「台灣人」應融洽相處；結果竟因此而被判十年的徒刑。楊逵在偏遠的綠島度過十年的歲月，與家人完全隔絕。在此期間，他並未停止思想，也未停止創作。他在獄中撰寫的部分文章與信箋，都收在一九七六年的《羊頭集》裏。

胡秋原為楊逵的《羊頭集》寫序時，曾說：「看了楊逵小說——雖是短短的幾篇，我毋寧有『先進的台灣，落後的大陸』之感。」胡秋原的話主要在於指出，楊逵小說中的鄉土性，較諸三〇年代的中國小說選集來得真切。胡秋原說：「他以一顆誠實的心，一支樸質的筆，描寫他身受的或目擊的人生，也就是一般平民的生活。」

以「先進的台灣，落後的大陸」來概括台灣與中國文學之間的差異，或許失諸粗疏；但是，以「誠實」、「樸質」、「平民生活」來界定楊逵作品風格，則是相當持平的。

《羊頭集》裏面所收的文章，除了〈首陽園雜記〉、〈泥娃娃〉寫於日據時代之外，其餘都完成於綠島監獄和釋放以後。為什麼這本書叫做《羊頭集》呢？他說：

這集子，我想把它題為《羊頭集》。

這集子，不一定要出版，自然沒有掛羊頭的必要。

其實，近來狗肉很吃香，據說它能補強不補弱的，所以賣狗肉的都稱為香肉舖子，「掛羊頭賣狗肉」這句話似已不合時宜了。不久的將來也許會有「掛狗頭賣羊肉」的舖子出現也說不定。

那麼，楊逵有沒有在這本書中「掛羊頭賣狗肉」呢？讀過這本書的人，自然是寸心了然。我們在字裏行間體會到他的用心，他的精神，以及他的鼓勵。

在〈園丁日記〉中，有一篇文字是記載他們在牢外做勞役的情形。文中提到砍樹的過程中，曾與螞蟻奮戰。日記的最後是這樣寫的：

我們都有一點得意忘形，在睡覺前的一段時間，我向同學們誇耀了今天與螞蟻作戰的經過，讓他們看了滿身紅點斑斑的記號。

「啊，你們帝國主義……」

老吳把指頭戳到我額頭說。

「帝國主義?!……」

「可不是嗎？螞蟻們在山上過著和平安靜的生活，你們都把它搞得巢破蟻亡，難怪他們要反抗，打游擊以保衛自己……」

這篇並不醒目的日記，可以說發揮了文字上巨大的象徵作用。楊逵以「帝國主義者」自況，又以螞蟻影射「弱小民族」。他寫這段文字沒有其他目的，而只在強調一句話：「有壓迫，就有反抗。」坐在牢中的楊逵，流露出的不屈精神，到現在仍使人感到熱騰騰的。

不僅如此，他還寫信給他的孩子，勉勵他堅強起來。他在獄中以信件勸勉他的孩子說：「宇由間雖然還有許多未解決的問題與矛盾，但人類的努力不斷在打開智慧之門，使我們能夠把複雜的問題一項一項得到了合理的解決。科學的精神是實事求是的，今天解決不了的可以等待明天，這一代解決不了的可以讓下一代來繼承、來完成。在這裏不容有迷信和幻想。」

這段話指的「人類」似乎顯得空泛，但是落實一點來說，豈不指的就是「台灣人」。他提示了一個反抗的原則，即「實踐與行動」，而且是「不斷的」行動。那麼，以這個觀點來看牢獄中的楊逵，國民黨並沒有擊敗他。眞正的失敗者才是施用枷鎖的統治者，因爲他們充滿了「迷信與幻想」，誤以爲監禁一個人，就可以連帶監禁他的思想。但是，事實證明這只是統治者的錯覺。楊逵並沒有從此就偃旗息鼓，卻反而成了一名「不朽的老兵」。

讀《羊頭集》時，我們可以細心體會他的一字一句。具體地說，他的每個字可以說都是經驗的結晶，雖然他的文字看來是如許樸素，平淡。

結語

只要不公不平的體制繼續存在台灣一天，楊逵作品中的反抗精神就繼續發揮它的力量。

從純文學的眼光來看，楊逵並不玩弄文字技巧，也不崇奉華麗的詞藻。在台灣，仍然有些文評者，嫌其作品過於粗糙。但是，文學之所以成爲文學，並不是給予感官上的滿足，而在於思想上的說服。

楊逵之所以要用文學形式來表達他的思想狀態，是因爲了解文學的感動力量。不錯，他的文學仍很粗糙。然而，粗糙也是一種風格。楊逵一篇粗糙的小說，竟能使人過目不忘，更使人傳誦再三，那麼他的思想說服力必然是極其強烈的。既然有說服力，又有何他求？果眞如此，大家都應該虛心捧讀楊逵的小說了。

註釋

❶林進坤〈楊逵訪問記〉，《進步雜誌》創刊號（一九八一年四月）。

第五章
王詩琅小說與左翼政治運動

前言

左翼運動，在台灣現代史上，有其不堪回首的一頁。所有參與這個運動的知識分子，幾乎都不能倖免於被告、被捕、被殺的命運。穿越了日據時期與戰後初期的兩次政治整肅，左翼運動者的理想追求，可謂凋零破敗。當歷史的浪潮席捲過去之後，他們的名字與事蹟也隨著擦拭淨盡。即使是存活下來的左翼運動者，對於自己曾經有過的反抗紀錄，也極力掩飾或塗改。這是因爲客觀的政治條件不容他們說出眞相。

王詩琅是殖民地時期重要的抗日作家。他同時參加政治運動與文學運動，對於日據時期台灣知識分子的心靈活動與思考狀態頗爲熟悉。他在新文學發展史上之所以受到注意，並非只是因爲他參加過幾份文學雜誌的編輯；更值得重視的，乃是他撰寫了數篇小說，觸及當時左翼運動者的一些側面。在有關左翼史料頗爲匱乏的研究領域裏，王詩琅的作品誠然爲後人留下了部分生動的形象。

這篇短文，並不探討王詩琅的生平與思想，文學評論家張恆豪已經有過頗爲精闢的議論❶。本文希望透過王詩琅小說，窺探台灣左翼抗日運動的歷史經驗；同時，也企圖從史實的左翼政治運動，評估其對文學工作者所產生的影響。在悲愴荒蕪的左翼史上，王詩琅究竟提出了怎樣的證言，顯然值得深入探討。

王詩琅小說的社會關懷

王詩琅開始介入文學創作，是在台灣抗日運動到達顛峯狀態的一九三〇年。跨過這年之後，日本就發動對外軍事擴張的行動。一九三一年爆發的九一八事變，足夠說明日本軍國主義已經臻於成熟階段，而必須進行國外的資源掠奪。爲了使整個對外武力行動不致受到牽制，東京的軍閥決定對內採取鎮壓政策，以免有後顧之憂。

包括日本本土與殖民地在內的所有政治運動，都毫無倖免地遭到逮捕取締。日本警察在一九三一年，先後解散了台灣民眾黨與台灣文化協會，並且對台灣共產黨黨員進行有計畫、有系統的緝捕❷。

從歷史事實來看，王詩琅的文學活動，正好趕上崩壞前夕的左翼政治運動。熟悉王詩琅生平的人，都知道他在一九二七年因參加無政府主義的「台灣黑色青年聯盟」而被捕❸。基本上，台灣的無政府主義運動與共產主義運動往往混淆在一起。究其原因，不僅是因為無政府主義運動者橫跨了共產主義的組織。王萬得、蔡孝乾、翁澤生就是具體的例子，他們既是台灣共產黨黨員，又是無政府主義組織的成員。同時，也是因為無政府主義者強調對社會弱小者的關心，遂導致與社會主義者劃分不出清楚彼此的界線。

青年王詩琅可能並不在意無政府主義與共產主義之間的差異，在不公平的殖民地社會裏，他所關心的無疑是被壓迫的、無助的弱者。他在獲釋出獄後，正逢左翼文學刊物大量出版的時候。創辦刊物的編輯，都是與他的無政府主義運動有密切關係。王詩琅在晚年曾經如此回憶：「這時候，台灣陸續辦了很多雜誌；比如以民族運動為主流的，由黃白成枝和謝春木所辦的《洪水報》；由王萬得、周合源等合辦的，有共產主義傾向的《伍人報》；由黃天海辦的，有無政府主義色彩的《明日》等，所謂三大思想鼎力時代，成了台灣文壇的熱潮。我和這些人都是朋友，經他們的慫恿，每個雜誌我都寫了稿；有的是新詩，有的是論文。」❹王詩琅認為這三份刊物代表了三大思想的鼎立；事實上，這些刊物編者都與無政府主義運動者有關。黃白成枝、王萬得、黃天海全部都是無政府主義者。

無論如何，王詩琅投稿的文學刊物，毫無例外都以關懷社會爲出發點。因此，王詩琅作品之帶有強烈的左翼色彩，就不是意外的事了。以《洪水報》的發刊詞爲例，清楚表達了對資本主義的反抗：

> 何因取洪水爲我們最愛的報名呢？兄弟們！試看我們的身邊的資本主義的狂風，倒壞我們的家屋，資本主義的暴雨，流失我們的田園，我們的居住將近要亡了，說我們的食糧將近沒有了，我們所處的情景，豈不像前月末的狂風暴一樣嗎？我們冒著風雨而計畫此報，其心理有幾分悲壯，其決心有若干的血氣，所以取洪水爲名，以表現我們同人的心志。洪水猛獸，自古以來，人人所惡，惡其物而取其名，這是什麼意義？……[5]

這段發刊詞，毫不掩飾它對資本主義的批判立場。在三〇年代，「洪水」是一句雙關語，一方面是資本主義對社會的泛濫成災，一方面則是指「失工的洪水」，亦即失業的浪潮。「洪水」又寓有赤潮之意，等於是紅色社會主義的暗示。因此，在《洪水報》上發表作品，幾乎已表明了作者的政治立場。王詩琅在《洪水報》上刊登的詩作，恐怕是目前所能發現的他最早的文學作品。這首題爲〈冬天的監獄〉的新詩，並非成功之作；但它卻是王詩琅入獄經驗的最好寫照[6]。試以此詩的最後兩節爲例：

隔房的悲傷慟哭，
　對面房的怨恨嗟嘆；
對面的被打的叫嚷，
　唉！兄弟們不要怨嘆！
你們爲何不明白教你受
　縲絏的原因。
牆外嘹亮的喇叭，
　威嚴的隊長的號令，
房外看守的佩劍響，
　唉！可憐的奴隸們，
你們替誰辛苦地努力呢？

這兩節只是以「犯人」與「獄卒」的處境做爲對比。那些發號司令的牢頭，其實只是爲主子擔任奴隸而已，並沒有比受難的坐牢者有任何崇高之處。王詩琅在稍早之前坐過一年六個月的監獄，對於日本殖民者的本質可以說認識得非常透徹。經過這種意志上的鍛鍊，王詩琅的創作方向自然而然是與被壓迫者站在一起。

王詩琅從事小說創作，集中在一九三五、一九三六的兩年[7]。全部的作品，其實只有五篇短篇小說，亦即：

1.〈夜雨〉，《第一線》第一期，一九三五。
2.〈青春〉，《台灣文藝》二卷四號，一九三五。
3.〈沒落〉，《台灣文藝》二卷八號，一九三五。
4.〈老婊頭〉，《台灣新文學》一卷六號，一九三六。
5.〈十字路〉，《台灣新文學》一卷十號，一九三六。

這些小說發表時，台灣抗日政治運動已全部宣告終止。知識分子的精神抵抗，開始從政治運動漸漸轉移到文學運動。一九三五年五月，台灣文藝聯盟正式宣告成立，代表著新文學運動到達一個新的分水嶺。王詩琅並沒有參加這個文學組織，因爲他認爲「文藝必須堅守自由獨立的立場，不需要這種不分畛域、一統天下的聚會」[8]。王詩琅的創作性格，由此可見一斑。文學是一種不受任何外來干涉的儼然存在，也是一種追求解放的象徵。這種自我要求，顯然也強烈投射到他的小說創作之中。

王詩琅的五篇小說，事實上只有兩種類型。一是集中描述台灣女性的黯淡命運，她們在沉悶的殖民地社會，尋找不到未來的出路，如〈夜雨〉、〈青春〉、〈老婊頭〉。另一種是描述左翼青年的抑鬱，終而淹沒在時代的狂潮裏，如〈沒落〉、〈十字路〉。這些小說，都帶有濃厚的社會主義傾向。尤其是第二類型作品，直接以左翼政治運動的事實爲主題，揭露當時知識分子心靈的挫折。小說鋪陳出來的景象，較諸歷史文字的紀錄還要來得眞切。

陰翳的筆調之所以貫穿王詩琅的作品，自然是與他所處的三〇年代有著密切的關係。以史實來印證的話，王詩琅小說誠然倒影著當時政治社會的面貌。以〈夜雨〉而言，小說中的人物有德因罷工失敗而失業時，面臨必須讓女兒去從事女招待的選擇。有德是一位印刷工人，爲的是爭取星期日也必須獲得工資，因此參加了罷工的行動。

在撰寫這篇小說時，顯然是受到當時工人事件的啓發。一九二九年二月，台北印刷從業員組合提出待遇改善的要求，其中的要求條件是，每月的第一、第三星期日以及一般假日，雖然沒有上班，業主仍需發給工資。印刷工與業主談判後，悉數遭到否決❾。這場罷工行動，最後宣告失敗。官方的紀錄上，並沒有解釋失敗的原因。然而，在〈夜雨〉中，王詩琅卻有如此的描述……「雖是惡劣的業主對抗工人，向內地大量的移入工人及新雇台灣人，買收內奸，來攪亂陣營。就是自己們的團結不固，指導方針不好，任幾個人操縱，也不能說沒有其責，他覺得什麼人都恨不得的。」

透過小說的鋪陳，王詩琅讓我們透視歷史背面的實相。罷工失敗的眞正原因，竟然還是由於台灣工人本身的不團結。雖然有德沒有責備，但小說裏王詩琅其實已代爲做出了責備。這篇小說的可貴性，就在於進一步描述失業工人的困境。當有德不能維持家庭生計時，只好被迫允許自己的女兒去做女招待的工作。女招待有什麼不好？依照有德的想像，做了女招待之後，「慢慢地，教她學京曲，做藝旦」。對有德來說，「他雖是兩袖清風的工人，少時卻曾在書房裏念了幾年書。他很輕蔑藝旦、娼婦、鴇母、烏龜一類之人」。

換句話說，有德已經預見到，他的女兒似乎就要墜入煙花巷了。這種絕望式的敗北主義，恐怕是台灣知識分子所能發出的最深沉哀嘆吧。罷工的行動，原是對資本主義殖民體制表達強烈抗議。結果，罷工失敗等於代表資本主義的獲勝。如今，女兒又即將成爲資本主義的商品，殖民體制的獲勝於此又得到證明。小說中顯現出來的工人運動的失敗，不也就是做爲知識分子的王詩琅的挫折？

〈夜雨〉中的女性，全然毫無掌握自我命運的機會。在另一篇小說〈青春〉，紀錄的是一位追求藝術理想的女性月雲，卻因罹患不治之症，終至陷入絕望深淵。這篇小說雖然沒有批判資本主義，但對於女性企圖突破傳統藩籬的心情，卻有著深切的刻畫。月雲最後還是沒有克服病魔的糾纏，懷抱著未遂的夢告別人間。

爲什麼選擇女性來表達他的思考？王詩琅從未在其他地方做過任何解釋。然而，可以推見的，以女性隱喻台灣命運的悲慘，幾乎是日據時期台灣小說的共同基調。王詩琅的〈夜雨〉，重點固然放在罷工之上，但是眞正被犧牲者反而是女性。〈青春〉充滿了光與影的追逐，但小說中的女性終究還是抵不過黯淡命運的安排。女性之做爲一個隱喻(metaphor)，乃是殖民地作家所共同接受的。通過這一個隱喻，王詩琅透露他對社會的關懷。縱然這樣的關懷，是何等悲觀。

他不是嘶聲吶喊的作家，而是透視事實眞相的冷靜觀察者。以〈夜雨〉爲例，王詩琅後來就承認：「大家都在謳歌罷工，高唱罷工勝利，但是我卻指出相反看法，像那種無用的團體，連事先準備都沒有的罷工行動，是注定要失敗的。」❿如果這就是他創作的出發點，那麼他寫的這些小說似乎還有更爲深層的意義。他希望勇於批判者能夠採取行動前，應該有抗爭到底的決心，而不是停留於表面的吶喊。果眞如此，他對台灣人的責備，豈非就是對日本殖民體制的強烈批判？這種表現方式，與賴和、楊逵作品的積極精神比較起來，正構成鮮明對比。

虛構小說中的共產運動

王詩琅作品中比較値得注意的，應推〈沒落〉與〈十字路〉兩篇小說。大概還沒有一位日據時期的作家，在日本軍閥對外發動侵略戰爭之際，敢於選擇共產主義者做爲小說的題材。這兩篇作品寫於一九三五年與一九三六年之交，正是日本總督府加緊控制台灣社會的高壓政策階段。王詩琅爲什麼要觸探屬於思想禁區的主題，自是値得推敲。

台灣共產黨的組成，有其曲折艱辛的一頁[11]。這個革命型的地下黨在一九二八年成立於中國上海後，就漸漸介入台灣的抗日運動組織之中。由於謝雪紅的卓越領導，台共終於影響了當時的兩大政治團體，亦即台灣文化協會與台灣農民組合，使其走向左傾化的道路。正因爲台共的成長茁壯，而引起日本警察的注意。一九三一年，日本總督府下令採取行動，日警展開全島大逮捕。當時被檢舉的可疑者，高達五百名左右；以後被審問判刑者，則有四十九名。台共大逮捕，無疑是抗日政治運動史上的大事件。但是，在黨員被捕之初，整個事件不容許在報紙披露。直到一九三三年七月，台灣報紙才獲得日本當局的解禁而開始報導事件經緯[12]。被捕者名單被公布之後，台灣知識分子中間產生了極爲巨大的震撼。王詩琅的小說，便是以台共事件爲背景，勾勒了當時一些左翼運動者的心境。

「滿洲事變前後，這小島上的社會運動像在颱風前的燈火一起熄滅。」這是〈沒落〉這篇小說其中的一段文字，點出了整個時代的光景[13]。正如前面提及，日本帝國主義在經過經濟大恐慌之後，爲了維持統治基礎的穩定，不得不對外進行軍事的擴張，以取得更爲廣闊的經濟資源。一九三一年在中國東北發生的九一八事變，代表了日本軍閥具體落實的侵華政策。台灣總督府在殖民地施行高度控制，禁止所有社會、政治的運動。燈火一起熄滅那般，台灣進入了屏息的狀態。

〈沒落〉中的男主角耀源，是小布爾喬亞家庭出身的新興知識分子，「他的師範學校在校時代，正是一切異了思想的系統共同合作。」這分明是指文化協會組成的初期狀況，當時各種不同意識形態的信仰者，都以聯合戰線的方式結合在一起。耀源在學校就因爲內台人差別待遇的問題而參與學潮，因此被開除學籍。

就在被除學籍後，「他也毫沒有顧戀地，跑到廈門去插入中學，畢業後就進入上海大學去了。他在廈門的時候已由漠然的民族意識把握馬克思主義。到上海後，他充滿滿腔的鬥志，時常掩瞞父母的眼睛往還上海台灣間活躍，台灣也漸由啓蒙的文化活動進入本格的社會運動之分化期的當兒，他們無產青年一派計畫的文化協會占領也成功了」[14]。從這樣的描寫，耀源幾乎已經不是一位虛構的人物，而是被放在現實發生過的歷史經驗裏塑造出來的。

台灣知識分子在殖民地社會的成長過程中，很難避開政治運動的影響。耀源在學校時期參加學潮，最後被迫遠走留學讀書，進入上海大學進修，以至成爲社會主義的信仰者。這樣的道路，是許多左翼運動者走過的。根據日本警方紀錄，在上海大學讀過書的台灣青年，包括林木順、翁澤生、蔡孝乾、洪朝宗、李曉芳、莊泗川、潘欽信等[15]。〈沒落〉裏的耀源，乃是在這種歷史背景下所衍生出來的形象人物，他可能不是一位特定的現實人物，但類似耀源這樣的知識分子，確確實實存在於台灣社會中。

左翼運動的崛起，並非只是起因於台灣人與日本人之間的差別待遇，同時也是因爲資本主義在台灣進行剝削掠奪而造成的連鎖反應。一九二一年台灣文化協會成立時，基本上是從文化運動的立場出發，最初成立宗旨，係以提升台灣文化之向上爲訴求。台灣文化協會漸漸不能擔負政治運動的任務，主要原因在於資本主義在台灣取得高度的發展，使得社會運動必須要求更爲細緻的領導出現，近代式的產業次第出現，大規模的工廠也紛紛設立，這種情況立即產生兩種影響。第一，大資本家開始土地兼併的行動，迫使許多農民放棄土地所有權。瘋狂式的土地掠奪，終於促成農民意識的成熟，從而農民運動也緊接著發生。第二，大工廠的設立，也製造了大批的近代城市型的工人。在不公平的勞資關係下，使無數的工人產生了工人意識。階級意識誕生之後，反抗性的工人運動自然而然就被刺激產生了。一九二五年以後台灣之所以漸漸見證了工人運動與農民運動的蓬勃發展，便是由於這種社會轉型期的變化而引導所致。台灣文化協會的青年知識分子，不再滿足於原有的文化運動使命，於是他們走向民間，密切與工人、農民運動結合起來。左翼運動的速度因而加快，既造成台灣文化協會的分裂，也使台灣的抗日運動獲得前所未有的突破。

充滿理想抱負的知識青年如耀源者，雖然是在小資產階級的家庭裏長大，卻因爲信奉了社會主義思想而走入了民間。他的積極介入，未料竟被日警注意，在上海期間被捕，接著又送回台灣坐牢。這次的入獄經驗，使他在意志上發生動搖。甚至，在服完兩年的懲役時，他還向檢察發誓要與左翼組織斷絕關係。對於一位社會主義者而言，在政治立場上與意識形態上，無論是被迫或自動「轉向」，都是相當可恥的事。王詩琅以〈沒落〉來爲小說命名，正是描寫一位曾經主張革命的知識青年的墮落。

在通往沒落途上的耀源，不僅背叛自己，也不敢去認識舊有的同志。王詩琅特別安排這樣一幕：他那些被捕的同志在法院開庭，耀源懷著忐忑不安的心前去旁聽。坐在旁聽席上，耀源看到昔日的同志以被告身分走進法庭。面對著同志，耀源不能不對自己責備：「他是自己一樣師範學校的罷學被開除後就到廈門去，廈門畢業後到上海大學去的。五卅慘案風潮勃發，自己和他是怎樣熱熱地雜在怒號的示威遊行的民衆中吶喊呢。同時上大閥的理論家的他還不斷前進著。但自己呢？」[16]內心裏的痛苦掙扎，莫過於如此的自我審問。這裏提到的「上大閥」，指的就是那些在上海大學讀書的「上大派」。眼看著同志仍然繼續堅持原有理想，他對自己的退卻不免是感到羞慚的了。

耀源不能不這樣爲自己辯護：「英英烈烈從容就義，大聲疾呼痛論淋漓那有什麼稀罕。但耐久地慘澹辛苦，走充滿荆棘的苦難之道，卻不是容易的。路是明而且白。只是能夠不怕險阻崎嶇，始終不易，勇往前進的現在有幾個人？自己已是宣告自己的無能了。拋棄父母朋友妻子，還要貫徹主張，做擔負未來的階級前衛，和密網滿布的資本主義的拚命，不是像自己的意志薄弱能做到。所以由戰線篩落也是當然的。但醉生夢死地過去又是不可能了。」[17]耀源之所以陷於矛盾的困局裏，無非是意志不夠堅定。在抵抗精神受到強烈挑戰時，他選擇了屈服的方式。做爲一位沒落的革命者，卻又不甘於醉生夢死，因此他只有處在不斷自我審問、自我鞭撻的境地。

在無以自遣之餘，耀源終於躲到咖啡店去逃避。在那裏，耀源遇到當年同是上大派的同志，一位吳姓朋友。從對話中，可以察覺吳姓同志早已揮別當初的理想，而投入紅塵滾滾的風月場所了。先前才看到一批同志面對帝國法庭的審判，接著又看到另一批同志墜入花叢，耀源內心湧起無可名狀的悲哀，究竟是繼續沒落下去？還是應該振作？小說的結尾，傳來了耀源心底的呼喊：「剷除這頹廢！」他必須去迎接黎明：「不知道是那裏的雄鷄，朗朗亮亮底抑揚的啼叫聲，鮮明地透進車窗來。」王詩琅收筆的寫法，自然暗含了他的期待。沒落了的左翼青年是不是從此就擺脫猶豫掙扎，當有待推敲。不過，在太平洋戰爭前夜，思想禁制特別緊縮的時期，王詩琅的筆調似乎透露了一種晦澀的抗議。

王詩琅雖是無政府主義者，但是對共產主義者並不帶有絲毫宗派的偏見；相反的，他投以最大的同情。在短篇小說〈十字路〉裏，王詩琅塑造了另一位張姓的知識分子。張雖不是左翼人士，卻有一位表兄萬發與朋友定秋，都是屬於台灣共產黨黨員。張與定秋都在銀行裏服務，只是定秋較具理想主義的熱情，積極介入了社會運動。張與定秋之間的對比，可以從下列的文字鋪陳獲知：「他（定秋）那黑赤稍長的理智的臉龐，有決斷力的炯炯眼光，不高不低而敏捷的身材。他和自己雖不是主義上的同志，在銀行內卻算是心腹之交。當年他頻繁地在各勞動組合和社會運動出入的時候，自己誠懇地勸他。他不但不聽，反講什麼我們無產階級前途，社會的矛盾，他們是遂行什麼階級使命，還暗暗裏含酸說自己的青雲雄志是個空中樓閣，他這遭入獄中的六個年間，自己也十分變了。自己的意志也不算薄弱，但生活的砲火之包圍裏，那幻影似的青雲雄志任你怎樣也不得不拋棄的而消滅了。」[18]

這位張姓青年，與〈沒落〉裏的耀源相較之下，不能算是意志薄弱的人。但是，他之沒有介入社會運動，並不是受到任何政治欺壓，而是因爲生活的負擔。無論如何，王詩琅筆下的左翼運動者，總是具有超乎常人的情操抱負，總是對社會不公不義表示反抗，他們的熱情誠然是投入運動的主要力量。另一位他的表兄萬發，行動則更深入。萬發的身分由下面的文字可以窺見：「新聞揭載開禁後，他才知道他（萬發）在台灣××黨中比定秋占更重要的地位，且是帶了國際共黨遠東支部對台灣××黨的改革指令的使命回台的。」[19]這段敍述，顯然又是從現實的歷史經驗中提煉出來的。

所謂「台灣××黨」，當然指的就是台灣共產黨。按諸史實，台共在一九三〇年以後，內部就形成一個「改革同盟」，成員大多是上海大學的台灣青年，他們同時也兼具中國共產黨黨員的身分。「改革同盟」的成員，並不服原來黨中央謝雪紅的領導，遂假借改革的名義，準備篡奪謝雪紅的領導權。當時，有一位黨員陳德興，就是接受上海同志翁澤生的指示回到台灣。陳德興攜帶的文件，正是國際共黨遠東支部的指令[20]。王詩琅的小說構思，必然是從當時有關台共事件的報導而獲得的。這篇小說裏的萬發，自然不是歷史人物陳德興的翻版。不過，依照報紙的文字去創造小說人物的可能性，則無需質疑。

張、定秋與萬發，祕密一起去洗溫泉。在風聲鶴唳的大逮捕行動中，他們獲得暫時的放鬆。在避難的溫泉鄉，張姓青年開始了內心的自我批判：「他不覺地這幾年來，鬱在心坎上的一種不可名狀的無可發洩的憤慨和悲哀，又再湧上起來。什麼『適才適所』、『不論學歷、人材拔擢登用』簡直是欺瞞。自己自給式任用行員以來，可也已有十年以上了。自己拚命的努力之代價，依然是個下級行員。不看事務之能不能，那些後進的大學、高商畢業的個個跨過頭上去。想了每日唯唯是諾，像狗子搖尾乞憐，奉侍上司還不夠，且不時戰戰兢兢被馘首，自己老實覺得自己可憐的很。但去了勢的自己，要另找別途，又怯、又害怕，老實也是不可能的事。就是這個現在懷起了疑念的人生社會，在痲木了的神經，已沒有去探求和鬥爭的精神和勇氣了。」[21]

類似這種反求諸己的苛責，雖是對個人進行無情的批判，實際上，不也就是對帝國主義者的殖民體制提出嚴厲的抨擊？張姓青年在進入銀行工作後，追求的是虛榮、物欲，有時甚至是不照顧自己的家庭。這種生活上的角逐，與左翼人士對理想的追求相較之下，人格情操的高下，判然分明。

〈沒落〉與〈十字路〉這兩篇涉及殖民地時期左翼運動的小說，都同樣企圖從頹廢的知識分子的自我批判，尋出精神的出路。小說的左翼運動者，面貌與性格都是模糊不清的；反而是那些難以振作的青年，其形象被刻畫得較爲鮮明。爲社會主持正義的革命人士，身影都在暗處；暴露於沉淪現實的，則是面目清楚的知識青年。如此明暗對比的寫法，與一般英雄式傳奇小說的技巧可以說截然不同。王詩琅的撰寫策略，很明顯是「反英雄的」。恰恰就是因爲使用「反英雄的」撰寫模式，他的小說才使人覺得更爲眞實。

傳統小說的英雄式人物，通常都是形象輪廓分明，縱橫天下，具有無可搖撼的堅實意志。相形之下，王詩琅的英雄人物塑造，是非常人性的。他們四處躲避，在地下與殖民統治者對抗，而且也有恐懼的時刻。如果期待從王詩琅小說尋獲性格剛強的傑出人物，必然徒勞無功。王詩琅寧可從挫敗的另一面，去觀察左翼運動的起伏消長。很清楚的，他不會意淫式的在小說中渲染得勝的景象，也不會抽象地以空洞的口號呼喊出政治運動的氣勢。處在三〇年代受挫的台灣社會，王詩琅僅能使用隱晦、迂迴的方式，間接表達他反抗的心情。周遭人物的沒落，豈非就是整個社會的沒落？然而，那些隱藏於暗影中的革命人物，不也代表了台灣社會另外一種復起的力量？王詩琅小說，不能帶給讀者暢快的宣洩，但也不致於給讀者予以精神的壓抑。他只是平實地把他所處時代的心情呈現出來，有時更是忠實地把眞正的歷史經驗鋪陳出來。選擇左翼運動的一些側影做爲小說的重心，似乎已足夠透露王詩琅用心之良苦了。

結語

在小說中考證歷史事實，是很離奇的。小說創作畢竟是建基於虛構的想像。然而，從文學史的角度來看，這種做法並不離奇。事實上，有時候小說的描述較諸歷史事實還來得可靠。以左翼運動的歷史爲例，在官方紀錄上，歷史人物留下來的只是一些組織上的從屬關係，活動出入的過程，以及被捕判刑時的口供。這些文字紀錄，絲毫不存在人性的味道。

王詩琅的小說，正好填補了歷史紀錄遺留下來的空白。他讓後人看到當年左翼運動的一些生活實況，以及他們內心的掙扎糾葛。在殖民體制的高壓政策下，他清楚凸顯了台灣知識分子的心靈是如何受到創傷。這是小說創作比起歷史紀錄還能突破時代格局的地方。

在討論王詩琅作品時，不免會推敲小說中的微言大義。他的文學思想受賴和的影響很大。台灣新文學之父賴和，是左翼文學的奠基者。王詩琅寫〈沒落〉與〈十字路〉時，似乎有激勵賴和之意。因爲，賴和的創作到一九三五年時，已呈現疲軟的現象。王詩琅的一篇討論賴和的文字，便是寫於一九三六年。他如此表示：「時代在不斷的推移，往往台灣社會運動的一切陣營和派別，終歸於潰滅。目前，思想界正漂流著由於險惡的國際情勢所醞釀的一股令人窒息的空氣。這樣的一個時代，便要求舊有意識形態的解體。而由於賴懶雲並不是一個先行於時代的英雄人物，就有一份更多、更大的苦痛。被遺棄了的、失去了理想的他，又當然不能不尋求痲醉的途徑。於是醇酒和美人成了他唯一的去處。」[22]

王詩琅以這種方式來討論當時的賴和，彷彿寓有責備之意。他甚至還舉出賴和的作品爲例：「他的隨筆〈赴了春宴回來〉（載《東亞新報》新年號）中有『不時敢違我母命，美人情重極難違』之句，坦白無傷地寫出了他最近的心境。在長時停筆後的近作〈一個同志的批信〉（載《台灣新文學》創刊號），便是一個被時代遺棄而又失去希望的人的自嘲。」[23]在王詩琅眼中，賴和誠然不再是參與政治運動的行動者，僅能以劍筆與不公的體制搏鬥。如果失去了鬥志，則賴和作品的精神必然爲之萎頓。

賴和所寫〈赴了春宴回來〉與〈一個同志的批信〉，其風格與早期〈一桿稱子〉、〈鬥鬧熱〉等作品似乎有很大的不同。昔日那種堅定而又銳利的批判，直指殖民統治者本質的筆鋒，已不復見[24]。王詩琅顯然是見證了賴和的轉變而寫出〈沒落〉與〈十字路〉的。如果這樣的推測是正確的話，則王詩琅對左翼運動的同情將不止於那些參與者，恐怕還間接對賴和有所期許。

王詩琅的小說創作，在發表〈十字路〉後就宣告中止了。必須要等到戰後的一九八〇年，才又寫出一篇〈沙基路上的永別〉，中間留出空白長達四十五年之久。王詩琅的作品由於數量少，所以很難評估他的成敗。以他有限的成績來看，他並不是一位卓越的小說家。然而，他爲後人留下左翼運動的證言，是日據時期台灣作家中的特殊存在。他沒有創造波瀾壯闊的虛構場面，但他保存了生動的人物雕像。因爲撰寫這些小說，王詩琅在左翼文學史上就占有一席位置。

註釋

❶參見張恆豪〈黑色青年的悲劇——王詩琅及其小說意識〉，原載《現代文學》復刊第十三期（台北：一九八一年二月）。後收入張恆豪主編《王詩琅、朱點人合集》（台灣作家全集，台北：前衛出版社，一九九一），頁一〇三—三三。

❷有關台灣共產黨員被捕的史實，參閱陳芳明《謝雪紅評傳》（台北：前衛出版社，一九九一）第八章〈從分裂到崩壞〉，頁一九一—二二六。

❸王詩琅參加無政府主義組織的事實，參閱台灣總督府編《台灣總督府警察沿革誌》，現在改名爲《日本統治下的民族運動》（東京：台灣史料保存會複刻，一九六九），以下簡稱《警察沿革誌》，頁八八九—九〇。

❹王詩琅〈我的早年文學生活〉，收入張炎憲、翁佳音編《陋巷清士——王詩琅選集》（台北：弘文館出版社，一九八六），頁二一〇。王詩琅接受日本學者下村作次郎的訪問時，也提到他最初撰稿的情形。參閱下村作次郎〈王詩琅が語る「台灣新文學運動」〉，收入氏著《文學で読む台灣——支配者・言語・作家たち》

（東京：田畑書店，一九九四），頁三〇三。

❺本社同仁〈說幾句老婆仔話（代爲創刊詞）〉，《洪水報旬刊》（台北：一九三〇年八月二十一日），頁一。《洪水報旬刊》失佚已久，最近我的學生黃一舟尋獲慨贈，特此向他感謝。

❻王詩琅〈冬天的監獄〉，同上，頁三。

❼參閱張恆豪〈王詩琅生平寫作年表〉，收入張恆豪編，前引書，頁一四〇。

❽下村作次郎，前引文，頁三〇五。

❾《警察沿革誌》，頁一二六一—六二。

❿王詩琅〈夜雨〉，張恆豪編，前引書，頁二二。

⓫有關台灣共產黨的組成過程，參閱陳芳明〈林木順與台灣共產黨的建立〉，《台灣史料研究》第三期（台北：一九九四年二月），頁一二〇—五一。以及盧修一《日據時代台灣共產黨史》（台北：自由時代出版社，一九八九）。

⓬有關這次事件經緯的紀錄，當時都寫入黃師樵的《台灣共產黨祕史》（新竹州，一九三三年十月七日）。

⓭王詩琅〈沒落〉，張恆豪編，頁四八。

⓮同⓭，頁四七—四八。

⓯《警察沿革誌》，頁七三。

⓰王詩琅〈沒落〉，頁五一。

⓱同⓰。

[18]王詩琅〈十字路〉，頁七五。

[19]同[18]。

[20]有關改革同盟的史實，參閱陳芳明《謝雪紅評傳》，頁一九七—九八。

[21]王詩琅〈十字路〉，頁八二。

[22]王詩琅〈賴懶雲論〉，原載《台灣時報》二〇一號（一九三六年八月），後收入張炎憲、翁佳音編，前引書，頁一四一—四二。

[23]同[22]，頁一四二。

[24]有關賴和作品的討論，筆者詳述於另一篇論文〈賴和與台灣左翼文學系譜〉，《聯合文學》（一九九五年四月號）。

第六章

史芬克司的殖民地文學

——《福爾摩沙》時期的巫永福

引言

巫永福先生在一九九四年的「賴和及其同時代作家」國際學術會議上，曾經有過這樣的發言：「眼見日據時代作家一個一個凋零，我內心常常有寂寞的感覺。」[1]巫永福的喟嘆，其實也曾經在私人聚會的場合，多次做過類似的表白。誕生於一九一三年，今年（一九九八）已邁入八十五歲的他，與同時代的評論家劉捷，是《福爾摩沙》時代碩果僅存的歷史見證者。巫永福吐露寂寞的心聲，固然在於表達他對時光逝去的感傷；然而，他的孤獨，正好也凸顯了畢生不懈的鬥志。從三〇年代到九〇年代，除了戰後初期有一段沉潛期之外，巫永福從未在文學運動中缺席過。他的年紀越大，創作力越旺盛；憑藉他的創作成績，足以預告他在文學史的鞏固地位。

台灣新文學運動邁入三〇年代以後，出現兩個重要的特色，一是純文學的社團開始蓬勃活躍，一是純文學雜誌也開始積極出版。一九三三年正式成立的「台灣藝術研究會」，以及由此組織發行的《福爾摩沙》，可以說是建立這兩種特色的奠基者。稍帶左翼色彩的《福爾摩沙》，不僅開創了新文學作家結社的風氣，並且也刺激了日後「台灣文藝聯盟」的組成；其重要性，由此可見。因此，對於在這段時期參加台灣藝術研究會活動的巫永福，不能不予以恰當的注意。

葉笛曾經把巫永福的文學生涯劃分成三階段：第一階段從一九三二年到一九四一年，亦即在《福爾摩沙》、《台灣文藝》與《台灣文學》發表小說與詩的時期。第二階段從一九四二年到一九六六年，這是他冬眠蟄伏的時期。第三階段從一九六七年迄今，他參加《笠》詩社，並且開始他後期大量創作的時期❷。如果葉笛的分期方式是可以接受的，那麼這篇論文要探討的，應該是巫永福文學生涯的第一階段。不過，第一階段又可分爲東京時期與台灣時期的話，則本文集中討論的重心將放在東京時期，也就是巫永福參加文學活動的初期。在這最初階段，他發表第一篇小說與第一首詩於《福爾摩沙》，稍後又在《台灣文藝》繼續發表小說；亦即始於一九三二年，止於一九三五年。本文探索的重點有二，一是東京台灣藝術研究會成立的過程中，巫永福所扮演的角色；一是這個時期巫永福發表的文學作品，呈現了何種思想光譜的意識形態。從這兩個議題進行討論，以便尋索出殖民地社會台灣的知識青年是如何形塑自我，以及如何爲自我的政治意識形態定位。

一九三二年成立的東京台灣藝術研究會，在台灣文學史上是有特殊的意義。它是第一個純粹留學日本的台灣學生組成的文學團體，其機關雜誌《福爾摩沙》也是第一份純粹以日文發表文學作品的刊物❸。更値得注意的是，這份文學刊物首度觸及了意識形態的問題。來自殖民地社會的作家，他們積極討論什麼是屬於台灣的文學，並且也討論文學應該走怎樣的路線。這樣的文學思考，爲三〇年代台灣左翼文學開啓了原始的想像。

台灣藝術研究會籌組的前夜，有兩個主要的背景不能不予以注意。第一、在一九三〇年與一九三二年之間，台灣島內發生了一場鄉土文學論戰。在這場論戰中的參與者，包括黃石輝、郭秋生、廖毓文等人，探討台灣文學創作應採取何種語文的議題，同時也思索台灣文學是否要走大衆文學的路線❹。第二、台灣左翼知識分子王白淵，聯合林兌、葉秋木、吳坤煌、張麗旭等人於一九三二年組成東京台灣文化同好會，決定「藉文學形式，啓蒙大衆的革命」。這組織成立的目的，在於強調台灣固有的獨特文化發展❺。但這組織旋即因政治理由，立即被迫解散。

這兩個背景之所以值得注意，主要是因爲台灣新文學運動發軔以來，文學工作者第一次觸及台灣文學的性格、路線、意識形態等問題，如果沒有三〇年代鄉土文學的論爭，就沒有後來《福爾摩沙》雜誌之討論如何爲台灣文學定位。同樣的，如果沒有東京台灣文化同好會的組成，就沒有後來東京台灣藝術研究會的籌組，因爲，前者的重要成員，隨即加入後者的組織，這裏有必要指出的是，無論是鄉土文學論爭，或是東京台灣文化同好會，都提出了左翼路線的問題。尤其是後來加入《福爾摩沙》的王白淵與吳坤煌，其文學思考具有高度的社會主義色彩。了解了這兩個背景，才能淸楚說明東京台灣藝術研究會在成立過程中所出現的意識形態的困擾，也才能理解巫永福在這個時期所抱持的政治信仰。

巫永福是在一九二九年抵達日本讀書，那年他十七歲。一九三二年，他考入明治大學文藝科，立志以文學家爲追求的目標。在他的不同文章裏，多次提到明治大學帶給他的文學啓蒙和教養。即使在最近的一次訪問裏，巫永福再度提到大學時代日本文學家給他的影響。他說：「山本有三先生給我的是精神上的啓發，他是當時日本有名的文學家，和菊池寬齊名。橫光利一先生則是直接指導我寫作的老師，他是新感覺派作家，強調將個人對外在事物的感覺描述出來，注重心理的描寫，我的小說創作受到他的影響。小林秀雄是日本名評論家，後來被稱爲『評論之神』，他的言論儼然是金科玉律，他的評論有深刻的理論基礎，文學十分優美，可以當作文學作品閱讀。」❻

這段自白，頗能反映文學青年巫永福的思想狀態。具體言之，他文學生涯的出發點與當時的左翼思潮並未有任何聯繫關係，而毋寧是比較傾向於現代主義的信仰。這樣的思考方式，與當時殖民地台灣的左翼文學色彩顯然有扞格之處。二十歲的巫永福沒有走上社會寫實主義的左翼道路，恐怕與當年東京的「文藝復興」思潮有極其密切的關係❼。日本的文藝復興運動，是指日本左翼運動者悉數被逮捕之後，特別是左翼作家小林多喜二遭到虐殺之後，普羅文學運動逐漸趨於沒落。於是，轉向者陸續復出，包括宇野浩二、德田秋聲、廣津和郎等，提倡純文學的創作，從而有新雜誌《文藝》的發行，一時純文學蔚爲風氣❽。巫永福在其後的回憶文字裏，未嘗一字提及文藝復興運動的事實。不過，在當時大環境的營造下，身爲文學青年的巫永福，想必受到純文學思潮的推波助瀾。

當時的台灣文學評論家劉捷，後來在《福爾摩沙》撰文評估台灣文學界時，也特別指出包括《福爾摩沙》在內的台灣作家，能夠在三〇年代有躍遞式的蓬勃現象，其原因是不難推測的。這種活躍現象，與內地日本文藝復興聲中的純文學主張有著極其密切的關係❾。這個現象是值得注意的。三〇年代的台灣文學運動具有濃厚的社會主義色彩，重要作家如楊逵、王詩琅、吳新榮、楊守愚等人，都在這個時期發表引人議論的作品，純文學運動的出現，恰好與左翼文學構成鮮明的對比。巫永福沒有走上左翼的道路，恐怕不能單純由台灣殖民地文學的脈絡來觀察，而必須結合當時日本的文學潮流來理解，才有較爲眞實的掌握。

因此，巫永福會參加大多數成員是左翼作家的文藝團體，不能不說是令人相當訝異的事。

一九三二年九月，台灣文化同好會解散後，該組織的舊有成員擬議重建，巫永福便是在這個時候，受邀參加籌組的工作，這個團體的發起人大多數是留學生，包括蘇維熊（東京帝大英文系）、曾石火（東京帝大法文系）、張文環（東洋大學）、施學習（日本大學）、楊基振（早稻田大學）、吳坤煌（明治大學），以及在盛岡女子師範任教的王白淵。根據巫永福的回憶，在籌組過程中，這些發起人「曾經多次的磋商，因左翼及中間路線之爭未獲解決，最後還是參加的學生占多數，都有學業的顧慮不肯走極端，終於以中間路線妥協，以共同的宗旨共襄盛舉」[10]。誠如前述，巫永福的文學信念，與當時的左翼色彩作家有很大的分歧。

籌組過程中的兩條路線之爭執，根據日本警察檔案，大約是以下述的事實呈現出來。籌組發起人的左翼路線者魏上春、柯賢湖、吳鴻秋等人認爲，這個組織「應歸屬於日本普羅列塔利亞(proletariat)文化聯盟，作爲非法組織來成立」。但是，支持中間路線的吳坤煌、張文環則認爲：「若以非法組織再出發，我們參加不僅將立即受到鎮壓，且一般台灣人學生也會躊躇不前。因此，當前暫定方針，仍用合法組織的形態爲宜，在發展期間，可並用非法的實質運動。」[11]這兩條路線，相當具體反映了台灣留學生的政治立場。其實，他們都是左派運動者，在意識形態上並未有多大的歧異。不過，在運動實踐的技術上，他們才劃分成「非法」與「合法」的兩種策略。所謂非法的，自然是依照社會主義者的反體制運動方式，採取較爲激進、批判的態度；同時，在組織方面，直接隸屬於日本左翼文學聯盟。支持中間路線的張文環與吳坤煌，則考慮到組織的生存問題。

這個團體的第二次籌備會議，是在巫永福的東京住處召開。主張非法路線的柯賢湖等人，再次強調：「在左翼運動中，害怕官方鎮壓的分子，勢必會給我們的運動帶來障礙。」不過，張文環、吳坤煌也再次堅持他們的態度說：「不能適應客觀形勢的主張，會阻礙普羅列塔利亞文化運動的發展。」[12]他們的辯論，縱有分歧，但同屬社會主義信仰者，則無可否認。經過雙方反覆的討論，他們終於決定採取合法的中間路線。從左翼運動的觀點來說，這是一種聯合陣線的策略；亦即在文學開展的過程中，團結一切可以團結的力量，使整個陣容顯得更爲龐大。

聯合陣線一旦成立，巫永福加入組織的意願才更爲堅定。他自己是主張成立合法的組織，因爲「參加非法組織而被退學時，無法向父母交代」[13]。這是相當現實的一個理由，同時也是當時留學生的共同心境。一九三三年三月二十日，東京台灣藝術研究會正式宣告成立，揭示該會的目的在於「謀求台灣新文學、藝術之進步發展」[14]。

東京台灣藝術研究會成立之後，也決定發行文藝雜誌《福爾摩沙》。在出版之前，這個團體發表一份〈發刊宣言〉，公開檢討台灣到底有沒有自己的文化。宣言承認在殖民統治下，台灣文藝已經衰墜不堪。因此他們表明這個研究會的努力方向：「在消極方面，想去整理研究從來微弱的文藝作品，來脗合於大家膾炙的歌謠傳說等鄉土藝術；在積極方面，由上述特種氣氛中所產出的我們全副精神，從心裏新湧出我們的思想及感情，決心來創造眞正台灣人所需要的新文藝。」[15]在宣言裏，他們主張願意重新創作「台灣人的文藝」。這樣的理念，既是台灣鄉土論爭中所得到的一個共同議題，也是稍早台灣文化同好會有意追求的目標。

發展出台灣人的文藝，幾乎是三〇年代台灣文學刊物的一致願望。問題在於要使用怎樣的語言，才能達到這個願望。一九三〇年與一九三二年之間的鄉土文學論爭，便是就文學語文的問題進行公開辯論。在論戰過程中，他們都使用漢文表達各自的觀點。但是，對於留學日本的《福爾摩沙》成員而言，漢文的使用顯然是一件困難的事。因此，《福爾摩沙》揭櫫台灣人文藝的主張，重點似乎不是放在語文方面，而在於文學創作的內容。一份以日語爲唯一表達工具的文學刊物，終於在台灣文學史上誕生。《福爾摩沙》是第一份標榜台灣人的文藝，而又純粹以日語爲書寫主體的文藝雜誌[16]。這是它突破稍早鄉土文學論爭的格局，而企圖以使用日語的表達，來完成建構台灣人文藝的目標。

《福爾摩沙》創刊號發表一篇署名楊行東的文章〈對台灣文藝界的期望〉，清楚指出台灣文學的建立必須通過和文「日語」的表達，因爲這是未來最活躍的「唯一武器」[17]。可以理解的，這份純日語的文學刊物出版時，距離日本統治台灣伊始的時間，已達到三十八年之久。台灣知識分子接受的幾乎都是日語教育，他們的思考模式已很難脫離日語的影響。《福爾摩沙》成員又清一色是留日學生，日語的使用乃是無可避免的選擇。正是這樣的背景，決定了巫永福走日語創作的路線。《福爾摩沙》的創刊辭也說得很清楚，這份刊物，將以全副精神，決心創作眞正的「台灣純文藝」⑱。純文藝一詞的誕生，可能是左翼運動者爲了掩飾意識形態的一個假面；不過，這個概念似乎也預告了台灣文學的一個新階段，巫永福日後在《福爾摩沙》發表作品和風格，或多或少可說接受這種信念的影響。

三〇年代文學與巫永福

東京台灣藝術研究會的主要同仁，大多是具有左翼色彩的思想。巫永福可以說是左翼色彩最淡的一位成員；說他是最淡的，並不意味他對左翼運動有任何的排拒。在他往來的朋友中，林兌、林添進都是屬於台灣共產黨員。他最崇敬的詩人王白淵，也是具有濃厚的左翼思想。巫永福與他們的交往，可以顯示他意識形態的兼容並蓄。在這段時期，他的作品風格誠如葉石濤所說：「他的小說風格近似自然主義，銳利地解剖醜惡的層面。」⑲巫永福在這段時期發表了下列的作品：

一，〈首與體〉（小說），《福爾摩沙》創刊號。

二，〈乞食、他二篇〉（詩）、〈紅綠賊〉（劇本），《福爾摩沙》第二期。

三，〈黑龍〉（小說），《福爾摩沙》第三期。

這些作品全部以日語完成，如果要在這些小說裏找到批判殖民體制的語言，幾乎是不可能的。但是，他的詩〈故鄉〉則帶著抗議的精神。放在他全部作品裏來觀察的話，這首詩儼然有值得討論之處：

踏出永遠昏闇的路吧
尋出一線衆生的光吧
負了殖民苦難的重架
故鄉　勇開冥門的扇呀
看過苦難的荊棘之道
雖會流出多少辛酸血淚
故鄉呀　步步　探索　勇敢求取
爲你子孫代代的榮光

從全詩使用的意象來看，巫永福把焦點放在「苦難」之上。走在幽暗道路之上的故鄉，對他而言，是苦難的象徵，要克服苦難，就必須蓄積勇氣。短短八行詩，他同時使用了「勇敢」兩次。就創作技巧而言，這首詩並沒有出奇制勝之處。不過，對於一位來自殖民地的知識青年而言，巫永福的作品確實頗富反殖民的意味。

以純文藝的眼光來衡量這首詩，大約可以發現巫永福的情緒稍嫌過於緊張。「昏闇」、「苦難」、「重架」、「荊棘」、「辛酸」、「血淚」等等負面的用語，正好顯示他的想像仍停留在沉鬱的狀態。「衆生的光」與「子孫代代的榮光」卻只是他的期待與憧憬而已。這樣的表現方式，是否就是巫永福在稍後所說的「宿命的必然遺傳」？

他在一九三四年發表的〈我們的創作問題〉曾說：「我們是台灣人，我們是我們出生的同時，就有著宿命的必然遺傳的諸性向。我們的性向顯示著與表現其氣質和體質的他種族不同。」他更指出：「我們的活動形式、習慣、言語、我們的能力、我們的食物和呼吸，在在受到外在的印象總是在反覆著。亦即我們不能不想我們擁有遺傳性的諸性向，同時也有著根深柢固的後天性的。」最後他又強調，「我們的言語就是現在還是台灣語、日本語和支那語混雜在一起的，由於我們的時代和環境，以及我們是台灣人之故，才處於這個境地的。我們要注意我們的是在一切影響之下的，我們是台灣人式地行動著，感覺著。這是極其自然的事，這是應該大爲注意的，因此一理論派生出來時，我們就有鄉土文學了。」⑳

這是巫永福極爲深刻的分析，即使放在今天的文學史研究，它仍然是一篇極爲值得注意的文字。他指出，台灣人這個人種是被殖民者，但是被殖民者的文化主體，並沒有一成不變的本質，也沒有全然缺席的本質。他認爲文化主體由其固有的遺傳性格，亦即先天性，表現在活動形式、習慣、言語、食物、呼吸之上。但是這種遺傳性格受到殖民體制的影響之後，也開始添加了新的文化性格。以語言的使用而言，除了原有的台灣語與支那語之外，台灣他必須兼採日本語。因此，台灣文化的主體於此又具備了後天性。台灣人之所以成為台灣人無非是遺傳與後天兩種性格的構成。

從後殖民論述的觀點來看，巫永福其實點出了殖民地文學的兩難處境。因為，台灣作家並不可能全然維持其固有的文化遺傳性格。在殖民體制的支配下，台灣作家被迫要挪用(appropriate)殖民者的語言，從而，其文化性格自然而然就具備了兩面性，因此，台灣鄉土文學絕對不可能是純粹由台灣語來撰寫，台灣作家既然不可能避免使用日語，則鄉土文學滲透了殖民者語言，顯然是很自然的，也是無法擺脫的。使用日語之後的文學作品，巫永福認為，那也是屬於鄉土文學。

巫永福在此討論的創作問題，似乎是在為使用日語的台灣作家進行辯護。猶如前述的楊行東所說那般，日語已成為台灣文學的唯一武器，〈故鄉〉一詩寫的是台灣的苦難，但其語言使用卻不能不選擇日語，這樣的困境大約就是巫永福及其同時代作家共同面臨的問題吧！

殖民地文學所具備的兩面性格，巫永福在這時期寫的小說〈首與體〉，應該是典型的具體寫照吧[21]！這篇小說的情節與布局，不免予人一種鬆懈的感覺。不過，在探討殖民地知識分子的思想（首）與行動（體）之間的相剋、矛盾，這篇小說有其令人省思之處。〈首與體〉描寫的留學東京的台灣青年有心繼續留在日本，但是台灣的家裏卻來信命他回去完成結婚大事。

小說的其中一節是這樣寫的：「事實上，我知道我們近期間就要分別了，可是他卻不願意離我而去。這是首與體的相反對立狀態。因爲他自己想留在東京，可是他的家卻要他的『體』，一封接一封的家書頻頻催他『返鄉』，理由是要他回家解決重大的結婚問題。所以他想留在東京。」

這裏正好顯示殖民地青年文化主體的顚倒錯亂。如果從正常的角度來看，台灣才是他的「首」，留在東京才是他的「體」，然而小說的描寫卻剛好調換了位置，留在東京反而是「首」，返鄉卻成了「體」，巫永福的寫法，絕對不是反諷，他描述的相反對立狀態，並非是虛構，而是事實。這其實是巫永福的自況。巫永福年表指出，原來在一九三五年他還繼續留在東京，卻因父親突然去世，而不得不返鄉。〈首與體〉寫於他返台之前，他想留在日本的念頭，自是可以推見。

如果繼續觀察當時的大環境，也可以發現爲什麼台灣作家都願意留在日本？劉捷的另一篇評論指出，台灣作家都希望能夠像韓國作家張赫宙那樣，有朝一日進軍東京的日本「中央文壇」[22]。歷史事實證明，一九三五年楊逵與呂赫若的分別獲獎，恰好可以證明當時台灣作家志在東京的決心。這個事實又可回到巫永福在〈我們的創作問題〉一文指出的，台灣鄉土文學以日語創作，應該是無可避免。那麼，鄉土文學能夠打進日本中央文壇，也應該是不會失去其鄉土文學的性格吧！

〈首與體〉這篇小說，與其說在於描寫巫永福個人思考上的苦惱，倒不如說是當時台灣殖民地作家的共同困境。誠如施淑指出的，這種首與體的對立狀態，正是台灣知識分子「輾轉於理想與現實、自我與傳統、精神與肉體的矛盾」[23]。巫永福小說中的人物，是希望留在東京欣賞戲劇、音樂，上咖啡屋，享受著留學生的生活。這是一種理想的境界。而當時台灣作家要進軍東京，其理想目標則是要打進中央文壇。殖民地作家的文學成就，竟然要通過殖民地母國的承認，這無疑是一種巨大的矛盾。從另一個觀點來看，台灣作家若只是在台灣發表作品，其影響力或批判力將只局限於台灣，如果能在東京揚名立萬，則其作品的批判精神或許因此而得到更大的擴散。這也是殖民地作家挪用東京中央文壇的一個具體例證。僅賴台灣固有的遺傳性尚不足以發揮影響力，如能藉助日本提供的後天性，文學的影響自然就大大增加了。但是這樣的實踐，卻使台灣的主體地位受到顛覆了。首與體的矛盾，於此充分暴露出來。

巫永福的另一篇小說〈黑龍〉，通篇也都表達小孩世界的兩面性格。名爲黑龍的男孩，在年幼時期就失去了父母，因此不得不被寄養於姨母的家。在父母生前，黑龍從未聽從雙親的話，待父母去世後，他才憶起雙親對他的情深。特別是來自母親的關愛使黑龍懷念不已。在姨母家寄人籬下，他受盡排斥與歧視，黑龍在忍無可忍的情況下，離家出走，竟然在母親墳前過了一夜，這種神祕的行爲，甚至黑龍自己也無法解釋。

黑龍回憶自己是如何走到母親的墳前：「記得黑暗的竹林與稀疏的星光遠遠向我招手，犬吠聲淸晰而恐怖，梟在林梢嘶叫，我覺得孤苦無助，彷若即將窒息，不覺間就睡著了。今早有一老人喚醒了我，太陽當空照耀，老人微笑地注視我，並且領我回家。啊！我是在母親的墳前睡著了，眞是在母親的墳前睡覺了，一直睡到今早。」[24]

這段男孩的自白，形同一篇淒美的散文。爲什麼巫永福要在「母親」的形象刻意著墨？如果「母親」是刻意的隱喻，這是不是意味他對台灣母體回歸的意願？小說中，黑龍一直不能釐淸自己爲何會走到母親的墳前，而只是說那是「母親指引我的吧」，是一個解不開的謎。台灣對他的呼喚，不也是屬於一個解不開的謎，如果這個解釋可以成立的話，台灣在小說中又恢復了主體的位置。至於排斥他、歧視他的姨母家，大約就是暗喻著日本。不過，台灣若是屬於主體，小說中的母親則已經去世，這是否又意味著台灣主體已經淪亡，而被殖民者篡奪？

巫永福的這篇小說是自然主義的寫法，卻有現代主義的矛盾效果。處在那個殖民地時期，他以精神分裂的狀態，況喻台灣知識分子主體身分的錯亂，想必有他深沉的思考。殖民地的大環境造成價值觀念的混亂，從而對於自我的認識也產生混淆不清的情境。巫永福初期的文學創作與文學理念，無疑倒映當時台灣作家的苦惱與困惑。

結語

台灣文學發展到了三〇年代，左翼批判的風氣為之增強，這是可以解釋的。因為左翼政治運動在一九三一年悉數受到摧毀之後，包括台灣共產黨、台灣農民組合、台灣文化協會（左傾）在內的社會主義信仰者被捕的被捕，逃亡的逃亡，幾乎已經到了凋零不堪的地步。具備左翼思想的作家，為填補政治運動遺留下來的眞空，遂發願以左翼文學作品的形式繼續針對日本殖民體制展開批判。從《洪水報》、《伍人報》、《台灣戰線》的次第出版，一直到《福爾摩沙》、《先發部隊》、《第一線》、《台灣文藝》、《台灣新文學》的相繼問世，左翼文學的薪傳不絕如縷。就在左翼思潮特別濃厚的時期，巫永福躋身於左翼作家之間，卻以現代主義的姿態跨進台灣文壇，他所扮演的角色不能不引人注意。

初登文壇的巫永福，從平實的角度來看，其文學成就並非可觀。不過，他提出的文學觀點，以及為了實踐文學理念而創作的詩與小說，都是足以代表台灣知識份子的兩難處境。就像他在〈首與體〉刻畫的：「『有獅子頭、羊身，跟有獅子身、羊首』的二頭怪獸，以加速度疾駛過來，猛烈地衝撞成一團。我忍不住眼睛一閉，眼前立刻出現埃及的史芬克司（人面獅身獸）。二頭怪獸還沒有決勝負，倒出現了史芬克司，不由得讓我有些張惶失措。」[25]這是相當富於意識流的現代主義寫法。兩頭怪獸的對決，其實就是兩難處境的對立。何者才是台灣主體，甚至巫永福也有感到茫然的時候。

台灣社會全然暴露於殖民體制的一切影響之下，何者屬於台灣，何者屬於日本，似乎是殖民地作家最感困擾的問題，巫永福以史芬克司（Sphinx）自況，想必有極其沉痛的感受。他討論創作問題時，固然在於合理化自己使用日語的創作實踐，然而作品內容卻又不時流露他的矛盾衝突。

巫永福不是孤立的例子，即使是左翼作家如楊逵、呂赫若、張文環等人，批判殖民體制不遺餘力，卻被迫必須使用日語創作，不僅如此，他們也效法韓國作家張赫宙，銳意向東京中央文壇進軍，以便取得殖民母國承認的地位。這種思考與行動方式不能說高度具有史芬克司的性格。

左翼作家以強烈的批判精神從事創作，至少可以克服內心的矛盾。但是，現代主義作家的巫永福，似乎就難以掩飾精神上的衝突，而終於在《福爾摩沙》發表了最初的兩篇小說〈首與體〉和〈黑龍〉。這兩篇作品都同樣呈現了巫永福思考的兩面性。在他的小說中，可以發現理想的消逝與主體的淪亡，也可以發現他在精神上的掙扎與憧憬。那種進退失據、左右躊躇的文學理念，充分表現於這個時期的巫永福身上。

歷來討論到台灣文學史的研究者，酷嗜在殖民時期的作品中尋找抵抗與批判的精神。但是，並不是每一位殖民地作家永遠都具備了戰鬥的性格。巫永福在文學生涯初期所表現出來的兩面性，其中有畏怯，也有自我反思，更有矛盾衝突。這才是充滿人性思考的文學；從人性的角度切入，也許可以開啟殖民地文學研究更多的想像空間。

註釋

❶一九九四年由清華大學主辦的「賴和及其同時代作家——日據時期台灣文學國際學術會議」邀請了數位日據時期作家出席座談，包括巫永福、楊千鶴、周金波、葉石濤、林亨泰等人，筆者在會議上親聆巫永福先生的發言。

❷葉笛〈巫永福的文學軌跡〉，《台灣文學巡禮》（台南：台南市立文化中心，一九九五），頁六三—六四。

❸葉石濤先生指出：「從一九三三年創刊的日文文學刊物《福爾摩沙》開始，逐漸有日文作家的抬頭，這離一八九五年的台灣割讓已經流去了三十多年時光。在日本天年的事實下，台灣民眾不得不接受異民族語文，依靠日文去吸收西方國家的文化和新知識，以開展更現代化的反日運動。」見氏著《台灣文學史綱》（高雄：文學界，一九九一），頁五〇。

❹關於這場論戰的內容，可參閱松永正義著、葉笛譯〈關於鄉土文學論爭（一九三〇—一九三二）〉，《台灣

學術研究會誌》第四期（一九八九年十二月），頁七三—九五。

❺台灣總督府編《警察沿革誌》，中譯本改名爲《台灣社會運動史》，第一冊《文化運動》（台北：創造出版社，一九八九），頁六一—六二。

❻莊紫蓉採訪記錄〈自尊自重的心靈——巫永福訪問記〉，《文學台灣》第二十四期（一九九七年冬季號），頁二九。

❼有關日本文藝復興的討論，筆者承蒙日本天理大學下村作次郎教授的指教，在此特致謝意。參閱下村作次郎未刊稿，〈「文藝復興」（昭和八、九年）的台灣文學の波及——『フォルモサ』創刊の意味するもの〉，發表於一九九五年十月七日，立命館大學「日本中國學會第四十七回大會」。原稿第十頁。

❽參閱小田切進編《日本近代文學年表》，轉引自下村作次郎，同上。

❾劉捷〈一九三三年的台灣文學界〉，《フォルモサ》第二號（台北東方書局複刻本，一九三三年十二月），頁三一。

❿巫永福〈台灣文學的回顧與前瞻〉，收入沈萌華編《巫永福全集》第六冊《評論卷‧I》（台北：傳神福音，一九九五），頁一七一。

⓫《警察沿革誌》，頁六五。

⓬同上，頁六五—六六。

⓭沈萌華編〈巫永福年誌〉，《巫永福全集》第九冊《小說卷‧I》，頁一六二。

⓮《警察沿革誌》，頁六七。

⑮施學習〈台灣藝術研究會成立與福爾摩沙(*FORMOSA*)創刊〉,原載《台北文物》第三卷第二期(一九五四年八月二十日),後收入李南衡編《文獻資料選集》(日據下台灣新文學·明集5,台北:明潭出版社,一九七九),頁三五九。

⑯有關以日語來創作台灣文學作品的討論,參閱賴香吟《台灣文學の成立序說——就社會史的考察(一八九五—一九四五)》(未刊稿,東京大學大學院綜合文化研究科地域文化研究專攻修士論文,一九九五年十二月),頁三五—三六。

⑰楊行東〈台灣文藝界の待望〉,《フォルモサ》創刊號(一九三三年七月十五日),頁二一。

⑱〈創刊の辭〉,同上,頁一。

⑲葉石濤《台灣文學史綱》,頁五一。

⑳巫永福〈吾夕の創作問題〉,《台灣文藝》創刊號(東方書局複刻本,一九三四年十一月),頁五四—五七。本文所採譯文轉引自葉笛〈巫永福的文學軌跡〉,頁六五—六六。

㉑巫永福〈首與體〉,《巫永福全集》第十冊《小說卷·II》,頁一—一八。

㉒劉捷〈台灣文學の鳥瞰〉,《台灣文藝》創刊號,頁六二。

㉓施淑〈日據時代台灣小說中頹廢意識的起源〉,《兩岸文學論集》(台北:新地文學出版社,一九七七),頁一一七。

㉔巫永福〈黑龍〉,《巫永福全集》第十冊,頁四五。

㉕巫永福〈首與體〉,頁一七—一八。

第七章
日據時期台灣新詩遺產的重估

沒有詩的民族是寂寞的

沒有詩的社會，是一個寂寞的社會；沒有詩的民族，是一個寂寞的民族。在世界文學史上，許多苦難的土地，往往會孕育出成熟滿飽的詩篇。在俄羅斯、在愛爾蘭、在西班牙、在古老的中國，我們都可以發現許多豐富的、璀璨的、令人感動的詩文學。這些民族在漫長的、困頓的歷史旅程中，因爲有了詩，而使黯淡的社會發光，也使抑鬱人民的心聲發抒出來。

台灣，是傷心之地，是一塊充滿受創心靈的土地。台灣的先民，在荊棘的土壤上寂寞地開墾了三百餘年，終於也知道選擇恰當的形式唱出自己的歌聲。苦難的台灣社會，在日據時期受到殖民統治者的高度鎮壓，竟然也鍛鍊出無數又淒美又堅韌的詩的花朵，這是所有台灣子弟應該引以爲傲的。

受到異族迫害欺凌的台灣先人，以含蓄的內斂的文字，表達出他們生命中的歡愉與痛苦；即使在半世紀以後的今天重新捧讀，仍然可以強烈感受到他們所處環境的險惡和艱難。日據時期的台灣詩人，在都市、在田間、在水澤之畔、在山林之蔭，甚至在鐵窗的陰影之下，都留下無數足堪敲擊靈魂的作品，即使有些作品在詩行之間，充塞一些粗糙蕪雜的字句，但那正是樸素的台灣人性格的最直接反映；而有一些傑出的詩篇，即使放在同一時期亞細亞的任何一個國度，都可躋身於上乘的行列。

然而，我們對這分豐碩的新詩遺產，必須等到度過曲折的三十餘年之後才予以重新體認，不能不說是相當遲緩的了。日據時代的作品，可以視爲台灣文學史上的一個完整的時期，這個時期因一九四五年戰爭的結束而告終。可是，在戰後卻由於官方的偏頗政策和文化上的偏見，使得此一時期的文學未能獲得正面的評價。

坦白說，日據時期台灣文學史料的整理，乃是七〇年代台灣本土運動崛起以後才開始進行的。三十餘年來，台灣社會長期受到西方文化和腐朽文化的侵蝕，到達了一定的程度，終於逼使本土運動迸發出來。這種現象，在任何第三世界的國家都可以看到。台灣的本土運動是全面的，它不僅表現在政治社會的層面，而且也深入了思想、文化的層面。做爲台灣文化主流之一的文學運動，自然也匯入這股波濤壯闊的潮流。

台灣文學本土運動有兩個主要的表徵：一是現階段重要新生代作家的不斷出現，一是台灣文學史料的不斷出土。前者是創造的，後者是繼承的；創造與繼承正是任何文化本土運動最重要的力量。

日據時期的新詩史料，不如小說方面的資料受到重視，這一方面是當時出版詩集非常不容易，一方面則是新詩發表的地方相當分散。不過，足堪告慰的是，台灣子弟之中是不乏有心人的。到現在為止，我們能夠接觸的日據時期新詩史料有兩部：一是李南衡主編的《日據下台灣新文學》（台北：明潭出版社，一九七九），其中第四冊便是詩選集；另一是羊子喬和陳千武所編的四冊詩選，收入《光復前台灣文學全集》（台北：遠景出版社）。

李南衡主編《日據下台灣新文學》的詩選集，是由梁景峰選輯的。這是戰後三十年，日據時期台灣詩文學第一份較為完整的出土文物。此集所收，都是當時台灣詩人以漢文寫下來的；從這本書可以看出日據時代台灣詩人操作中文的能力。這本詩選的出版，對七〇年代中期以來的台灣文學本土運動頗具推波助瀾之功。

一九八二年五月，羊子喬和陳千武主編的《光復前台灣文學全集》新詩部分，共計四冊，包括：《亂都之戀》、《廣闊的海》、《森林的彼方》，和《望鄉》。羊子喬和陳千武在編選時，除蒐集中文作品之外，也全面擴及日文作品，並將其中佳作一一翻譯出來。無疑的，這四本詩選出版之後，我們對日據時期的新詩傳統，便有了比較深入的了解。

在我們手頭上既已擁有這兩部厚實的詩選，那麼應該以什麼態度來對待呢？以現在的眼光來看，台灣先人的創作技巧自然不能拿現代的標尺來衡量。因此，在評估時，應儘量以當時情況而定。

本文的撰寫，係以羊子喬、陳千武所編的新詩史料爲基礎，試圖探討日據時期台灣新詩的特性和精神，從而尋出此一時期的新詩傳統對日後台灣文學的影響。

抵抗的詩・詩的抵抗

要在豐富繁複的日據時代新詩作品中，找出那個時代特定的文學精神，並不是一件容易的事。桓夫（即陳千武）曾經寫過一篇〈光復前新詩的特性〉（一九八二年二月二十一日《自立晚報》副刊），以追風（即謝春木）的四首模仿詩作爲台灣新詩的原型，這是相當精闢而犀利的見解。

追風的作品，已是公認的台灣新詩的始祖，他寫的〈詩的模仿〉發表於一九二三年五月二十二日的《台灣》雜誌上。在他之前，似乎再也找不到更早的新詩作品。因此，把追風的詩視爲台灣新詩文學的濫觴，並不爲過。

陳千武指出，〈詩的模仿〉對新詩寫作還不能有效把握，所以才說是一種模仿。他說，這四首台灣最初的新詩，分析其主題之後，可以發現這四首詩各具有「抵抗」、「批判」、「愛」、「花」等四種詩的原型。第一首詩〈讚美番王〉，以山胞的歌頌揭示對烏托邦的嚮往；作者係站在被殖民的立場，羨慕建設烏托邦的理想，顯然有暗示對殖民政治抵抗的作用。第二首詩〈煤炭頌〉，以煤炭的性格來強調廉潔的氣質，從而暗示社會上有許多只顧自己的利益爲非作歹的人物，具批判的意義。第三首詩〈戀愛會茁壯〉，寫出傳統封建性的愛的表現，這種愛的主題是十分鄉土的。第四首詩〈花開之前〉，表現花蕾包含著豐盈的思想，等待五月雨的轉晴，顯然是處於被殖民的悲哀中抱持著一種希望，以花表示內在意願，具有作者本身的思考特性。

桓夫用這四首詩做爲台灣傳統的基調，提供了有跡可循的道路，足可供人探討。基本上，他的看法是可以同意的。如果再進一步分析，這段時期的新詩其實都是具有反抗性的，只是反抗程度強弱不同而已。即使是一首個人的情詩，詩人對於愛情的頌讚和咒詛，必然都是從他所處的環境出發。一首至誠的詩，一定是受到環境的制約而醞釀出來；台灣的詩人即使從愛情中汲取些微的甜味，那也是在困苦的遭遇中爲了尋求慰藉。

以新詩的形式來發抒個人的意願，或者是表達台灣整個民族的渴望，從一開始就隱含濃厚的抵抗精神了。爲什麼可以說得這樣肯定呢？原因無他，台灣最早寫新詩者，大多是參加抗日政治運動的積極者，如謝春木、施文杞、張我軍、楊雲萍、翁澤生、楊華、賴和、王白淵、王詩琅等人。他們的文學生活，其實就是他們參加政治活動的一面倒影。把他們的詩，從政治活動的脈絡裏分離出來，都不足以認識詩的眞實內涵。

詩選的編者之一羊子喬，在書前發表一篇〈光復前台灣新詩論〉，把新詩傳統劃分爲三個時期：

一，奠基期：一九二〇年至一九三二年。這段時期的詩人，往往是小說家兼從事新詩創作，包括張我軍、楊雲萍、江肖梅、楊守愚、朱點人、王白淵、楊華、郭水潭、吳新榮等人。

二，成熟期：一九三二年至一九三七年。此時期專事新詩創作的詩人已經出現，接受新詩理論的來源不只擴大，而且發表詩作的地方也增多。此期的重要詩人有蘇維熊、楊基振、水蔭萍、李張瑞、林修二、王登山、吳坤煌、巫永福、董祐峰等人。

三，決戰期：一九三七年至一九四五年。此時期日本統治者完全禁止使用漢文，使得台灣詩人用更曲折的方式來表現他們的感情，此期間的重要詩人有邱淳洸、張冬芳、吳瀛濤、陳千武、陳遜仁、林清文等人。

羊子喬的分期，係從文學本身的流變來觀察。但是如果從詩的抵抗的意義來看，台灣新詩的成熟期，應該在一九三〇年就開始了。把一九三〇年視爲新詩成熟的起點有如下的理由：

第一，台灣的抗日政治運動到達了高潮，台灣文化協會、台灣農民組合、台灣民衆黨、台灣共產黨的活動，都不約而同進入蓬勃的階段；就在這一年，震驚世人的霧社起義事件也同時爆發。這種震撼性的政治運動，對當時台灣知識分子的衝擊是無可估計的，文學工作者表達他們對日本統治者的厭憎，在作品中相當徹底而直接。賴和所寫的〈南國哀歌〉，便是這段時期台灣詩人反抗精神的具體浮現。

第二，台灣新詩的寫作技巧，到這一年也大致宣告成熟，例如陳奇雲的詩集《熱流》、王白淵的《荊棘之道》，都在這一年出版。其中王白淵的詩集，還受到日本左翼詩壇的高度評價，證明台灣新詩的寫作技巧並不遜於當時日本詩人的成就。從一九二三年發展到這時，只有七年的時光，然而，台灣新詩所呈現的境界，已臻於圓滿成熟的程度，此不能不歸因於艱苦的環境逼使詩人早熟。

自一九三〇年以後，台灣的新詩進入另一沉潛內斂的階段，這一點也可以用客觀的環境因素來解釋。

一九三一年是台灣政治運動最爲凋零不堪的一年。首先，台灣民衆黨遭到日本統治者的悍然解散；其次，民衆黨的領導者蔣渭水也在這一年病逝，對當時的台灣知識界和政治界是一沉重的打擊。緊接著，日本統治者開始全面搜捕台灣共產黨黨員，台灣的左翼領導者在這一年內幾乎都一一落網，對島內的左翼運動構成巨大的挫折。受台共領導的台灣農民組合之活動也從此陷於停頓；而左傾以後的新台灣文化協會也至此一蹶不振。其他如謝春木在這年離台，台灣工友聯盟的停滯，都足以說明一九三一年在台灣政治運動史上標誌著由盛而衰的分水嶺。

政治運動的抑揚頓挫，與文學運動的消長，實有密不可分的關係。當時政治界的風聲鶴唳，使得詩人作品的表現也不得不轉趨內斂。一九三四年郭水潭所寫的〈故鄉的書簡——致獄中的S君〉，便是值得注意的一首詩。郭水潭是鹽分地帶詩人的主將之一，他的這首詩便是寫給台灣共產黨被捕的一位領導者蘇新。這首詩寫得極爲含蓄，但內心的反抗意志卻又那樣熾烈，詩的最後三行：

> 不爲歷史的車輪碾碎心坎
> 故鄉的天空仍舊在世紀的
> 黃昏燃燒

台灣人所處的被統治時代已接近黃昏，而故鄉的天空仍在燃燒，這種話暗藏多少熊熊的火花啊。

政治運動者的文學武器

以文學作品做爲抵抗殖民統治的武器，乃是日據時期台灣政治運動的重要特色之一。台灣新文學的發展，與中國新文學運動有一最大的不同之處，便是前者的新文學的推動，有很大部分是由政治運動中的積極者奠下基礎；而後者的新文學運動與知識分子的思想運動關係較爲密切。

無可否認的，中國的五四運動對台灣新文學的發展，具有一定程度的衝擊。但是，當年台灣所處的環境與中國是很不一樣的；台灣與中國雖同樣受到帝國主義的侵略，但中國並沒有像台灣那樣，直接受到帝國主義的殖民統治。所以，中國的五四運動可以享有思想開放的自由，而台灣的新文學運動就受到很大的羈絆。

日據時期的台灣政治運動者，由於在殖民體制下不能獲得充分表達言論的自由，因此，文學道路自然就成爲發抒心聲的途徑之一。正因爲環境是這樣制約的，所以台灣新文學一開始就奠下入世的傳統。台灣的政治運動者，以詩和小說來表現他們對日本統治者的控訴，這種文學性格基本上是載道的，載道的文學，乃是和現實、和鄉土密切結合；基此，以現實文學一詞來概括台灣新文學傳統的全部，並不爲過。

在台灣新詩的奠基期，許多作品的反抗傾向是相當強烈的。創作者急欲要把他們的所思所感表達出來；因此，奠基期的詩，其主題往往太露，而文字也失諸粗糙。究其原因，乃是詩人緊張地要把文學當作一種直接反抗的武器。

兩種典型：楊華和賴和

觀察一九三〇年以前的台灣新詩，可以拿三個人的作品做爲此期的新詩類型，他們是楊華、賴和、王白淵。無疑的，他們都是政治運動的介入者，他們的作品以代表當年新詩起步時的挫折、昂揚和成就。他們三人都曾坐過日本人的監牢，他們對台灣政治運動都有一定的貢獻；然而，他們作品所表現出來的卻具不同的面貌。楊華的詩，陰沉而消極；賴和的詩，熱情而飛躍；王白淵的詩，外柔而內剛。其中以王白淵的詩，最能表現新詩草創期的成績。

楊華，原名楊顯達，屏東人，一九〇六年生，另有筆名楊花，楊器人等。他在詩壇嶄露頭角，是一九二七年以〈小詩〉和〈燈光〉，入選《台灣民報》徵詩的第二名和第七名。此後他的作品散見於《台灣民報》、《南音》、《台灣文藝》和《台灣新文學》等報刊雜誌。

一九二七年二月，楊華曾因被疑觸犯日本人的「治安維持法」而入獄，監禁於台南刑務所。後來傳世的《黑潮集》，便是他在獄中完成的。楊華的一生坎坷，生活貧苦，他所留下的兩篇小說〈一個勞動者的死〉和〈薄命〉，主角都走向死亡的結局；而楊華本人，也在一九二六年懸樑自殺。

楊華的詩，與賴和、王白淵一樣，都是走左翼政治的路線。然而，楊華卻以悲觀消極的態度爲小人物發抒心聲，不能不視爲一個異數。綜觀他的作品，計《黑潮集》五十三首，《心弦》五十二首，《小詩》十二首，都是以短詩的形式出現，最短只有兩行，最長不超過六行。捧讀這些詩，使人有檢視珍品的感覺，令人心痛不已。

楊華作品的性格，整體上是極爲柔弱的，其中最堅強的，也不過是如下的詩行：

洶湧的黑潮有時把長堤沖潰
點滴的流泉有時把磐石滴穿

但是，楊華的生命是太短暫了，他並沒有如洶湧的黑潮或點滴的流泉那般，把長堤沖潰，把磐石滴穿。他匆匆的三十歲，只爲我們留下這樣的悲歌：

和煦的春天，
花兒鮮豔地開著，
草兒蒼蘢地長著，
何方突然飛來一陣風雹，
將她們新生的生命，
摧殘得披靡零亂。（《黑潮集》第十七）

命運！
是生命的沙漠上的一陣狂飈
毫不憐恤的
把我們
——不由自主的無數量的小沙——
緊緊的吹揚鼓蕩著
飄飄地浮懸在空虛裏
飄浮飄浮永沒有止息之處。（《黑潮集》第五十）

類似這樣的字句，可以說充塞了詩行之間。對楊華來說。台灣這塊土地原是世外桃源，花草茂盛地開著，象徵台灣的安詳與寧靜。他把日本的據台，視爲「何方飛來一陣風雹」，把台灣人的命運形容爲「披靡零亂」。他的詩，就只是要呈現當年的客觀環境；對他而言，只要把悲劇感表現出來，詩的任務就完成了。

又如，他把台灣人說成「不由自主的無數量的小沙」，隨著狂飈的命運，在空虛裏飄蕩。他的詩便是以灰色的筆調來描摹自己的心境。在他的世界裏，只有下沉，並沒有上升。因此，觀察他的詩，令人陷於極端無助的深淵，很難看到希望。

楊華以悲觀的語調，對他的時代表示最大的控訴。在半個世紀以後的今天，我們對楊華是不能過於苛責的；事實上，他在那個時代所看到的世界，也確實如他詩中的表現那樣，像議會請願運動，一而再，再而三地受到拒斥，其間「治警事件」、「二林事件」的爆發，都代表當年台灣人政治運動的挫折，這種現實都無可避免地倒映在他的詩境裏。何況，楊華本人的生命也不斷受到折磨。所以，無論從小我的經驗或大我的遭遇來看，楊華實在尋找不出他的時代的出口。

他對時代的控訴，與他處於同一時代的人們可能感覺不出來；時間拉長以後，我們台灣子弟予以回顧時，便強烈感到他的痛楚，也可揣摩出那個時代的苦悶。

相形之下，賴和的表現就比楊華堅強。賴和，原名賴河，彰化人，一八九四年生，他生得比楊華早，從事政治運動的經驗也比楊華豐富。賴和的一生，雖然數度入獄，遭到日本人的迫害，但他一直是以戰士的角色出現。

在文學創作方面，賴和的小說比詩好。不過，他的詩和小說，都同樣是爲社會中的弱小者發言。賴和文學的可貴，在於他的放膽和傲骨。從他粗糙的文字中，可以觸撫他粗獷不馴的性格。把他的詩，放在初期詩壇的行列中，他確實是盤據了一個極大的席位。

賴和憑一首〈南國哀歌〉，便足以傳世。詩人作品的不朽，並不決定在他的產量，而是決定於他提供的品質。〈南國哀歌〉是哀悼一九三〇年的霧社事件而作，這首詩不只是爲弱者講話，而且是爲弱者中的弱者發抒心聲。霧社山胞在一九三〇年的一年一度運動大會中，集體起義，反抗日本人對他們的欺壓。經過兩個月餘的抵抗，霧社山胞犧牲了七百餘名；日本軍隊在這場「討伐」戰爭中，除動用飛機大砲轟炸之外，還施放毒氣瓦斯，其手段之殘酷，震驚全世界。

〈南國哀歌〉這首詩並不是完整的，因爲發表於一九三一年的《台灣新民報》時，已經被日本新聞檢查單位刪去了一部分。即使如此，我們仍可窺見賴和當時的悲憤之情，詩的最先四行是如此開始的：

所有的戰士已都死去，
只殘存些婦女小兒，
這天大的奇變，
誰敢說是起於一時？

以倒敍法來破題，是這首詩的成功之處。它首先點出事件的結局，然後再回溯事件的經過，使人產生錯愕與震撼。緊接著，他以霧社山胞的命運，來對照他同時代的人們：

在和他們同一境遇，

一樣呻吟於不幸的人們，
　那些怕死偷生的一羣，
在這次血祭壇上，
　意外地竟得生存，
便說這卑怯的生命，
　神所厭棄本無價值。
但誰敢相信這事實裏面，
就尋不出別的原因？

賴和以譴責的語氣，抨擊同時代的痲木不仁者。因為，在事件發生時，有人認為山胞的命運與他們無關，甚至說山胞的犧牲，是「神所厭棄」。賴和並不持這樣的看法，他認為所有的台灣人都是「一樣呻吟於不幸的人們」。這種命運的連帶感，便是詩中所要強調的。因此，詩的最後以這樣堅決的語氣來結束：

兄弟們來！來！
捨此一身和他一拚！
我們處在這樣環境！

只是偷生有什麼路用，
眼前的幸福雖享不到，
也須爲著子孫鬥爭。

賴和寫這首詩時，並不是只站在他的時代來看霧社事件，他也超越了自己的時代，爲台灣的後代子孫設想。這樣粗糙的一首詩，因了他的堅決意志，而使個人的感情提升到大我的層次，使後人領受到的境界，乃是一顆炙熱而博大的靈魂。

王白淵的藝術成就

在評估台灣新詩草創期的作品時，王白淵的詩是不能輕易放過的。他在處理詩的主題時，並沒有像楊華或同時代的詩人那樣透明，他對文字的運用，也沒有像賴和那樣粗枝大葉。在短短的期間內，台灣就能塑造出如此傑出的詩人，足證在日本統治下的台灣社會所蘊藏的文學創造力是非常旺盛的。

王白淵，彰化二水人，一九○二年生。他在台灣文壇的重要性，並非從事新詩運動和美術運動而已；他也是當年台灣左翼文學的重要創始者之一。他所寫的《荊棘之道》，頗受日本左翼文壇的佳評，由於這一本詩集，使他在一九三二年成爲日本東京「台灣人文化サークル」(Taiwanese Cultural Circle)的重要領導人之一；後來這個組織被解散，他又與張文環、吳坤煌、蘇維熊、楊基振、巫永福等人，在一九三三年組成了左翼的「東京台灣藝術研究會」，並發行《福爾摩沙》文學雜誌（以上參閱《台灣總督府警察沿革誌》中卷）。從這些史實來看，王白淵對台灣文學運動的貢獻，不只在於作品的介入，同時也在於行動的介入。

企圖從現有譯成漢文的王白淵新詩，來窺探他的左翼思想，確實是相當困難的。但是，從他新詩創作的思維來看，可以獲知他並沒有與羣衆脫節。他知道，他自己的詩便是現實的產物。他在〈詩人〉一詩中，最能表達他所扮演詩人角色的分量：

薔薇默默開著
在無言中凋謝
詩人活得默默無聞
吃著自己的美而死

蟬子在空中歌唱
不問收穫而飛去

詩人在心中寫詩
寫了又擦掉

月亮獨個兒走著
照亮夜之黑暗
詩人孤獨地歌唱
道出千萬人情思

這樣的詩句，實在可以讓我們用感動的心情來低吟。王白淵爲了表白自己的謙卑，他以薔薇、以蟬子、以月亮做不同角度的襯托，但是他這首詩，並不是爲了呈現詩人卑微的心懷，而是在描述一首詩的誕生之痛苦，以及一首詩的綻放在於發抒羣眾的心聲。

詩分三節，第一節先說一首詩之死。詩從孕育到誕生，並非一般人想像那麼簡單，只要將文字分行就可完成。詩，也有胎死腹中的時候，猶薔薇在無言中凋謝，王白淵說，詩人「吃著自己的美而死」。

第二節則在陳述一首詩的醞釀，像農人之反覆耕耘，像蟬子歌唱，不問收穫。王白淵則說他「在心中寫詩，寫了又擦掉」。這麼簡潔的詩行，便足以反映他在構思一首詩時的艱難。

乍看之下，第一、二節的詩行似乎是非常個人式的，好像詩的播種與現實環境無關。王白淵在第三節才點出一首詩存在的意義，因爲詩人的心思表面上看來很孤獨，其實他所關心的卻是外面的廣闊世界。一首發光的詩，猶孤獨的月光，能夠照亮夜的黑暗；同樣的，詩人雖然孤獨地歌著自己的詩句，他的聲音卻是千萬人情思的發抒。

王白淵利用暗喻，利用高度迂迴的手法，把一顆謙虛的心和人間廣大的情思貫穿起來，使我們看到詩人的想法不再是他個人的，而是屬於羣衆的。他的詩，放在一個平常的社會可能不具特別的意義；然而，把這樣精緻的作品置於殖民地社會裏，就不能不產生豐富的象徵意義。

以〈詩人〉這首詩，當作王白淵新詩創作的基調，就可判斷他所有的創作絕對不是爲了表達他個人的理念而已，而是要表達他所處的環境與時代。所以，當我們看到他歌頌大自然的景物，歌頌生命與愛情時，他是在爲他的時代而寫而唱。例如他寫了一首〈風〉，在最後數行他以如此的句子結束：

自由之子　勇敢的兒子
風呀　我也希望像你飛翔
燃燒著五尺凡軀　成爲靈之微風

一蹴痛苦與命運
自一顆星飛到另一顆星
穿過月亮宮殿
返回我們祖先之家太陽

王白淵把風形容爲「自由之子」和「勇敢的兒子」，等於是說出那個時代台灣人民的意願。他並沒有明言他的時代是黑暗的，但是他說要「返回我們祖先之家太陽」，很清楚就暗示他所身處的時代是怎樣的時代了。

王白淵的藝術成就，代表二〇年代台灣新詩創作者的成果。他爲後來的詩人留下可貴的典範：他把詩的形式（技巧）和詩的內容（思想），做了較爲完整的結合，突破新詩草創期那種稚拙的路線。設若要檢討這段時期新詩的得失，王白淵的作品必然會得到應有的重視的。

鹽分地帶詩人的貢獻

從一九三〇年到一九三七年，台灣新詩進入另一新的階段。這個時期之所以能稱爲成熟期，乃是台灣詩人已經能夠把自己的感情放開，擴充個人的視野，使現實生活中的任何事物都能入詩。不僅如此，詩人在構築詩境方面，已懂得使用更圓熟的技巧來處理。另一值得注意的，便是從事新詩創作的人大量出現，作品也更加豐富；在質和量，堪稱豐收。

在這段時期的衆多詩人中，鹽分地帶詩人的貢獻，實應予以審愼評估。所謂「鹽分地帶」，是指台南佳里、北門帶有鹽分的貧瘠土地。他們在困苦的環境中，竟能釀造出甜蜜文學果實，以至成爲台灣文學的奇葩，這是不能不使我們特別注目的❶。

鹽分地帶詩人的主要成員有：郭水潭、吳新榮、徐清吉、王登山、林精鏐等人。他們的作品，帶有強烈左翼的色彩；最主要的原因是，他們的作品是由現實環境提煉出來的，所以詩中的滋味自然就具有鹽分地帶的苦澀和堅毅。他們透露的心聲絕對不是他們個人，而是屬於羣衆，屬於他們的時代。

郭水潭的詩，寫的大多是集中於友誼和親情。但是，他詩中所表現的情操卻極其自然、博大、和煦。例如他的兩首詩：〈蓮霧之花〉和〈廣闊的海〉，都是寫給已出嫁的妹妹。在〈蓮霧之花〉詩中，他看到家裏的蓮霧開花時，便聯想到嫁到遠方的妹妹，他的愛護與關心是這樣流露出來的：

今夏　蓮霧的花開滿了
不久　果實會結得滿枝

妳就決定六月回娘家好了
那個時候像新鮮初夏的果實
妹妹啊　能再一次恢復天真的少女了

在詩中，郭水潭沒有明言他和妹妹的情誼如何，也沒有交代他是如何思念妹妹。但是，他在蓮霧花開的時節，就寫信邀妹妹回娘家採擷果實。在他的想像裏，他對妹妹的印象，仍然如「新鮮初夏的果實」。這種詩句，不就暗示他對妹妹的思念之強烈嗎？他把台灣人那種含蓄的倫理感情，透過蓮霧的花朵來表達，等於是過濾了感情的雜質，呈現給讀者一幅潔淨的景象。

郭水潭表現的感情，是平民的感情；相形之下，吳新榮則較富知性，他的詩，則在傳達平民的思想。吳新榮於留日期間，曾在東京參加左翼的「社會科學研究部」；返台後，對鹽分地帶的文化非常關切。鹽分地帶能在台灣文壇上開闢出一塊豐碩的領土，吳新榮實在功不可沒。

他關心鄉土，也關心下層階級的生活；所以，在詩中常常可以看到工人和農民的影子。他與台灣共產黨領導之一的蘇新，結成至交，便是因爲他們在友誼上、思想上能夠和諧交融。他所寫的〈故鄉的輓歌〉、〈煙囪〉、〈農民之歌〉等詩，最足以表現他的思想狀態。例如在〈農民之歌〉之中，他就稱讚農民是祖先薪火的繼承者。當別人譏笑農民是無智時，吳新榮抗議說：「讓我們重來一次，空手握鋤拚拚看」。這首詩結束得很有力：

啊，想起我們祖先的往昔吧
當他們初臨大地時
雙手空空，什麼也沒有
有的只是一葉扁舟與一把鋤頭

吳新榮所說的祖先，便是指駕駛扁舟，渡海而來的移民。台灣社會從無到有，豈非由農民的鋤頭開創出來的！

徐清吉、王登山、林精鏐的詩，在精神是與吳新榮同條共貫的，不僅替弱者發言，而且也向強者抗議。鹽分地帶詩人所寫的作品，大多是帶著這種不屈的性格；讀他們的詩，就可聯想到那個時代的折磨與困頓。

評估鹽分地帶的新詩，不能只從他們的文字來了解，而必須從他們所處的地理環境去認識。他們不同於其他都市的詩人，在他們從事文學工作的同時，還必須與貧瘠的環境奮鬥。在殖民地社會，他們承受的壓迫是多重的，也因爲這個原因，品嚐他們的詩中滋味，就不能不覺得十分珍貴。

成熟的花朵，豐碩的果實

如果鹽分地帶詩人在下層社會爲我們找到了詩的花朵，那麼風車詩社的集團，則又爲台灣新詩創造了另一種可能。風車詩社也是由台南的詩人所組成，但他們的詩風是非常小布爾喬亞式的，與鹽分地帶正好成爲強烈的對比。

風車詩社的主要成員有，水蔭萍（原名楊熾昌）、李張瑞（筆名利野倉）、林水修（筆名林修二）、丘英二（原名張良典）。這個詩社成立於一九三四年，正是台灣新詩運動的另一成就。

一個文學運動，發展到一個階段，必然會從粗糙走向精緻，從單純演成繁複。風車詩社的作品，呈露了當時台灣文學中細膩感情的一面。他們的作品具有超現實的傾向，卻並未完全與現實脫節；他們的風格雖有出世的味道，但骨子裏卻是入世的。這裏試舉林修二的〈山村〉爲例：

好不容易　我回到湖畔的山村時
天已黑了

在看得見湖　山中小屋黑暗的一隅
我解開旅裝
回想走過一天的山路
我不會嗅到留在我身軀強烈的高原腥味
不久美麗星星的光映影在湖上
狹窄的房裏將點燃古式的洋燈
那麼我也該點燃小小的思念吧
　在燈光下
　我可向遙遠的朋友寫信

這首詩從第一行開始，便細緻地在製造一種氣氛，他似乎在描景，又好像在訴說旅途的疲憊。或許，讀者會以爲他在寫一首無所謂的詩；但是，讀到最後一行時，才知道他向朋友告別，孤獨地走上旅程。他看到那麼多的山色，其實內心思念的卻是朋友。所以，他所見到的山村，小屋、湖泊、星光、洋燈等等，都會寫到他給朋友的信中。

這種寫詩的技巧，是一種聲東擊西的手法。在前面的詩行裏，他成功製造了一種出世的氣氛；我們感覺到高山的孤絕，湖泊的寧靜，但這一切卻因他寫信給朋友，使我們的心靈又拉回到現實。

因此，風車詩社的作品，確實是爲日據時期的新詩，尋找了另一創作的途徑。要探討他們的詩風，有必要另闢專章予以深入觀察。因爲，他們的技巧和內容，是當時新詩中的一個異數。

成熟期的新詩，當然不能以鹽分地帶和風車詩社的作品來概括。這個期間的其他詩人如吳坤煌、董祐峯、吳坤成、江燦琳、巫永福等人的作品，都是應該謹慎研究的。由於他們的創作，使得台灣人的感情和思想能夠全面表現出來。

「銀鈴會」的承先啓後

自一九三七年以後，日本發動了太平洋戰爭，台灣新詩不能夠再使用漢文，而必須用日文來表達當時台灣人的情思，羊子喬將這段時期稱爲「決戰期」，這自然是從時代的意義來看；不過，如果從作品本身來看，由於詩人不能放膽表達他們的想法，綜觀整個時期的面貌，似乎可以稱爲「內斂期」。在戰火的時代，詩人受到政治的箝制，他們在發抒心聲時，好像有一隻無形的手扼住他們的喉嚨。

在創作技巧上，當然以這段期間最爲圓熟。其主要原因是，他們是完完整整在殖民地文化體制下被教育長大，他們對日文的駕馭能力凌駕前期的詩人。他們對時代的體認，也是自成一個時期，因為他們距離武裝抗日的時代已經稍為遙遠；而他們所見證的政治運動也全然凋零殆盡。在烽火中，並不能看到任何新的前景；因此，他們的詩就反映了那個時期的願望。王昶雄、黃得時、邱淳洸、龍瑛宗、吳瀛濤、陳千武、詹冰、周伯陽、張彥勳、蕭金堆等詩人，就是戰後台灣詩壇所稱的「跨越語言的一代」。

跨越語言的一代，是心靈受創最為深鉅的一代。他們負荷了兩個時代的陰影，使他們在思想上和價值觀念上，必須做急遽的調整；而更殘酷的是，他們還必須調整詩中所使用的語言。跨越語言的一代，崛起於太平洋戰爭期間，受挫於戰爭結束時的時代轉折，而晚熟於戰後的二十年之後。

正因為他們帶著兩個時代的創傷，他們的新詩作品，從現在來看，就更覺得可貴。在這羣帶傷的詩人中，「銀鈴會」詩人集團的作品，很能代表那個時代的性格❷。

「銀鈴會」成立於戰爭末期的一九四二年，其成員包括張彥勳、詹冰、林亨泰、蕭翔文、錦連、許育誠等人。他們出版同仁刊物，互相品評，是戰後台灣詩社的一個原型。

從他們的詩，並不能看到戰火；尤有甚者，那個動亂的時代似乎與他們毫不相干。為什麼會這樣發展呢？這是因為日本人所發動的太平洋戰爭，並非是他們的意願；而且，當年他們都只是二十餘歲的青年，隨時都有可能被遣送戰地充當砲灰。在這種苦悶的環境下，使他們的內心產生了反動。

這段時期的作品，大多較具個人的風格。他們並不能寫出反戰的詩——雖然沒有表達反戰的自由，但至少他們有拒絕頌揚戰爭的自由。所以，「銀鈴會」的作品，就自然而然走向個人抒情的道路。試以詹冰的〈五月〉爲例：

五月
透明的血管中
綠色球在游泳著——
五月就是這樣的生物
五月是以裸體走路
在丘陵，以金毛呼吸
在曠野，以銀光歌唱
然而，五月不眠的走路

這是個人抒情的代表作。以這種技巧來對照當初草創時期的作品，實有天淵之別。詹冰把五月人格化，用抽象的描述，發揮出具體的頌讚。我們可以看到，他個人的胸懷已與整個大自然融成一片。賴和的時代，恐怕不會想像到新詩竟能以這樣的面目出現吧！

「銀鈴會」的主要成員，後來都成爲戰後《笠》詩社的重要創辦人，爲台灣六〇年代的新詩再創新頁。

預告一個新的時期

從一九二三年至一九四五年，日據時期的台灣新詩只有二十二年發展的時光。從播種、萌芽，一直成長到枝葉茂盛，速度是相當驚人的。在巔峯時期，詩人在生活中，幾可點石成詩。這一個完整的時期，因太平洋戰爭的結束而結束，但詩人的靈魂卻因戰爭的結束而再生。

日據時期台灣詩人在困難環境下，企圖在沒有出路的歷程中尋找出路，結果都成功獲得突破。這種嘗試的性格，無疑又傳給了戰後誕生的詩人。

台灣的新詩傳統留給我們最大的啓示是：詩是不能脫離現實而單獨存在的。在六〇年代的台灣，有一羣詩人曾經鼓吹詩是可以超脫時空的；然而，發展到最後，如果不是走向絕境而停止創作，便是另闢蹊徑，再找新生。日據時期的新詩遺產明明白白告訴我們：現實中到處都有詩的根鬚，無論環境有多艱辛，詩的花朵仍然會堅持綻放的。

註釋

❶參閱林芳年〈鹽窩裏的靈魂——光復前的鹽分地帶文學〉，《自立晚報》副刊，一九八二年七月三十日。

❷參閱張彥勳〈探討「銀鈴會」時代的重要詩人及其創作路線〉，《笠》詩刊第一一一期，一九八二年十月。

第八章
吳新榮：左翼詩學的旗手

生命之鹽‧文學之花

延伸於台南海岸線的貧瘠土地，在一九三〇年代初期，奇蹟般地盛開了詩的花朵，對於殖民地社會的文學而言，可以說是具備了高度抗議意味的象徵。他們是鹽分地帶的詩人，是台灣新詩運動史初期最具規模的一股創作力量。由於有鹽分地帶詩人的加入行列，使得日據時期的台灣文學顯得更爲強悍有力。

鹽分地帶在台灣文學史上之成爲一個重鎭，自然與三〇年代當地左翼詩人的努力有很大的關係。到今天爲止，鹽分地帶文學已經成爲一個固有名詞，而且還繼續放射其特殊的魅力，這都必須追溯到最初的文學領導者吳新榮（一九〇七—一九六七），沒有吳新榮的掌旗，恐怕鹽分地帶文學的風格很難建立起來。

何謂鹽分地帶文學？吳新榮出身台南佳里，他參加文學活動後與台灣南北作家建立了密切的聯繫。但是，他的投入並非只是單獨一人而已，而是結合佳里附近的作家一起從事文學工作，終於蔚爲風氣。他的同輩文人郭水潭，對於這個地區的文學有較明確的解釋：「一九三四年台灣文藝聯盟結成時，成立佳里支部，常在文藝雜誌或新聞副刊發表文藝作品的，計有：郭水潭、吳新榮（筆名兆行，史民）、王登山、王碧蕉、林精鏐、莊培初（筆名青陽哲）等，我們傾向普羅文學，故被世人稱爲『鹽分地帶派』。」[1]

在同樣的文章裏，郭水潭繼續如下的解釋：「其所謂『鹽分地帶』另有原由。唯佳里本來是個富庶的地方，但其接鄰的鄉村，如七股、將軍、北門等鄉，臨近海邊，土壤多含鹽分。嘉南大圳未開鑿以前，在行政劃分上稱爲『鹽分地帶』，而佳里鎮上的文學同人，其文藝作品多取材於『鹽分地帶』，且帶有濃厚的鹽分氣質。所以文藝批評家，冠以『鹽分地帶』文學，我們也樂於接受這一名詞，由來如此。」[2]

從郭水潭的解釋，可以知道鹽分地帶並非是以吳新榮的故鄉佳里爲主，而是以其周遭鄉鎮所構成的鹽分氣質去下定義的。那麼，鹽分氣質所涵蓋的意義應該有二，一是在地理上以鹽分地帶的生活爲中心的文學活動，一是在思想上以具有普羅思想色彩的文學作品爲主。其中較値得注意的，自然是「普羅思想」一詞的出現。所謂普羅(proletariate)，指的是無產階級，亦即富有社會主義傾向的。這種精神，正是台灣左翼文學運動的支柱。

鹽分地帶文學的另一特色，郭水潭未及提到的，便是他們在新詩方面的成就都很受矚目。遠在一九四一年，左翼小說家呂赫若對鹽分地帶作家就抱有極大的期待。在一篇報導當時台灣文壇動態的文章裏，呂赫若是這樣表示的：「南部的佳里有許多年輕的文學家。如吳新榮氏、郭水潭氏、王登山氏、林精鏐氏等。……五年後，十年後，或五十年後，他們一定會做出一番大事業吧。」[3]呂赫若的預言，終於在歷史的檢驗中得到印證。台灣左翼作家王詩琅也曾說過：「佳里這地方，地雖偏處一隅，可是開發較早，文化發達，文學青年特別多，除了新榮兄之外還有郭水潭、徐清吉、林精鏐、王登山、莊培初、王碧蕉等人。這些青年主要都是寫日文的自由詩，因爲佳里是屬於鹽分地帶，所以人家都把它稱爲『鹽分地帶的詩人』。」[4]王詩琅以「日文的自由詩」來概括他們的文學作品，足夠顯示鹽分地帶作家的文體乃是以詩爲重心。

新詩文體在文學運動中可能是較晚成熟的，這是因爲台灣詩人在語言方面所遭遇的困擾相當難以克服。在台灣新詩發展史上，從來沒有一個地區，以一羣文學工作者的集體力量，如鹽分地帶詩人集團那樣，認眞在詩體方面全心經營，而且是以集體的意志闡揚社會主義的精神。吳新榮的創作，帶動了台南海岸線的作家，爲台灣文學開闢了全新的空間。他的新詩道路，可以追溯到他留學生活的時期。

左翼青年的文學道路

生於一九〇七年台南佳里的吳新榮，在晚年曾經有過如此的回顧：「我對新詩發生興趣，及所試作的內容，和年齡的增加（時代的變化）及人生觀（環境性）而變化，至現在可分三期。第一期青年時代也可謂浪漫主義期，第二期壯年時代也可謂理想主義期，第三期老年時代也可謂現實主義期。」[5]以這段自白檢驗吳新榮的創作，自然可以了解他文學發展的軌跡。他一生的新詩作品，大約有九十餘首左右[6]。僅憑這少量的創作，就能帶動一個文學集團，毋寧是一種奇蹟。

吳新榮與左翼思潮的接觸，稍晚於文學生涯的出發。從現存的詩稿來看，最早發表的年代是在一九三〇年，亦即台灣左翼思想臻於成熟的階段。現在要找到他浪漫主義時期的作品，恐怕是不易的事。有一個事實可以確信的是，吳新榮先有左派的政治活動，才有左翼的文學創作。因此，要認識他的文學性格，顯然有必要探究他早期政治意識的形成。

他在十九歲赴日就讀金川中學，時在一九二五年至一九二七年，正是日本社會主義運動最爲蓬勃發展的時期，也是日本警方大肆搜捕左翼人士的階段。中學畢業後，吳新榮考進東京醫學專門學校，思想開始發生變化。他後來回憶說：「戶塚是近早稻田大學的郊外街，那時候日本的學生運動分爲左右派，對立非常激烈，而因左派的教授大山郁夫住在這條街上，自然左派的勢力非常浩大。在這樣的環境中，有一天一位台南人來訪我，並勸我加入台灣青年會及學術研究會。因爲我曾在金川受過新自由主義者服部純雄校長的薰陶，我也很容易接受了他的提議。這就是在這個日本社會裏最高潮的一段時期中，一個殖民地台灣的青年最初所受的衝動。」[7]這是發生在一九二八年的事情，充滿理想主義精神的吳新榮與社會主義運動正式銜接起來。從他的回憶，可以發現他之參加左派運動，乃是有一定的思想基礎，而並非如後人所說「不知不覺捲入思想鬥爭之中」[8]。

從政治發展史的觀點來看，左翼思潮之衝擊殖民地知識分子，戰爭無可避免。俄國革命在一九一七年成功之後，橫跨國際的社會主義思想就洶湧澎湃傳播到世界各國。一九一九年俄國革命領袖列寧在莫斯科創建「第三國際」（The Third Communist International），又稱「共產國際」（Comminterm）。通過這個機構，社會主義運動有系統、有組織地在資本主義國家與殖民地完成共產黨的組黨，並且也相當深刻地把左翼思想與運動策略推廣到被壓迫的殖民社會。台灣留學生到達日本時，在二〇年代晚期正好遭逢社會主義思潮的崛起。吳新榮就是在這段時期，迎接了這一股強大的浪潮。

吳新榮在一九二八年到東京醫專讀書時，台灣青年會剛剛完成了左右分裂的過渡階段。

台灣青年會原是台灣留日學生的組織，由於受到馬克思主義的影響，許多留學生逐漸熱中於社會科學的研究。早期左翼運動的先驅者包括許乃昌、商滿生、高天成、楊貴、楊雲萍、林朝宗，在台灣青年會裏成立了「社會科學研究部」，開始吸收左傾的學生[9]。這批學生的崛起，對舊有的青年會領導權威構成重大挑戰，而終於占領了台灣青年會。

一九二八年四月，台灣共產黨在上海建黨成功，並在東京成立一個特別支部，由留學生陳來旺主持。經由這個組織，台共與台灣青年會社會科學研究部建立了聯繫關係，在留學生中間擴大了左翼思想的影響力[10]。社會科學研究部在成立不久後，即遭日警解散。因此，同樣的一批學生緊接著成立了「台灣學術研究會」，成員繼續擴大而吸納林兌、蕭來福、何火炎、蘇新等成員。台灣學術研究會終於變成台共東京特別支部的外圍組織，負責人正是陳來旺[11]。吳新榮自述他參加台灣青年會與學術研究會，指的就是這段時期的活動。縱然他本人並非台灣共產黨的成員，但是，他與台共關係之密切，則無可否認。從以下的史實，自然可以窺見他的政治信仰與政治活動之一斑。

吳新榮在台灣學術研究會的組織中，被編入戶塚町班。誠如他自己所說，當時有一位台南人來吸收他，此人乃是黃宗堯，負責戶塚町班的領導[12]。一九二九年，學術研究會在台灣青年會的組織調整中重新獲得領導權，其班底如下：委員長黃宗堯，宣傳部林兌、何火炎，教育部陳火土、鄭昌言，調查部黃宗堯、賴遠輝，會計部吳新榮、林有財，書記部郭華洲、楊景山、蘇新。在這些成員中，吳新榮、蘇新都出身於台南佳里，同樣屬於鹽分地帶的重要知識分子；而蘇新不僅參加台灣共產黨，後來還成爲台共的領導人之一[13]。吳新榮參加學術研究會的這段期間，相信一定熱中於閱讀左派的書籍，甚至還聲援台灣島內的工人與農民運動。

一九二九年四月，日本發生了「四一六」事件，許多日本共產黨員被捕。台共的東京特別支部也遭到日警大逮捕。陳來旺、林兌……等人入獄，台灣青年會的許多成員也被搜捕、拘禁，整個組織活動幾近瓦解癱瘓。身爲醫專學生的吳新榮，也被拘捕；但是，在這段期間他不但沒有畏縮，反而在出獄後挺身出來進行援救的工作。他與其他未入獄者以「東京台灣學術研究會」與「東京台灣青年會」的名義發表了宣言，其中的主要內容如下：「被壓迫的台灣民衆啊，現在擺在我們面前的道路，有兩條可以選擇：一是朝向違背正義的道路，甘於成爲彼輩統治階級的忠僕奴隸而滅亡，或者是敢於痛擊社會的虛僞，爲了自己的解放而戰鬥。這兩條道路是我們所周知的。殖民地被壓迫民族的解放，乃是全日本無產階級解放的前提；而日本大衆的解放，也是台灣、朝鮮被壓迫民族解放的前提。我們要向彼輩展現我們全體被壓迫大衆的腕頭與拳頭。以大衆的力量，恢復學術研究會與青年會，我們誓與彼輩進行再一次的決戰。」[14]

宣言裏表達出來的意志與精神，頗爲準確地反映了吳新榮在這個時期的思想狀態。非常清楚的，吳新榮的反帝國主義思想，乃是以台灣爲中心，結合日本、朝鮮的左翼力量，一起行動。這種強烈的國際色彩，正是二〇、三〇年代左翼知識分子的共同基調。他自己在隨筆裏就說過：「我們的時代無疑地是要打倒強權主義的時代，我們的鄉土無疑是被榨取的殖民地台灣。」[15]顯然，吳新榮非常強烈意識到自己是殖民地知識分子的身分，誰是支配者與被支配者，在他內心有著分明的界線。當他提出戰鬥的主張時，絕對不是停留於呼口號的層面，而是付諸實際的行動。

對於這次入獄經驗，吳新榮在戰後有過如此的回憶：「當時日本帝國主義者，眼看日本社會運動的發展這麼厲害，而且爲要實現對華侵略起見，他們竟造成三一五及四一六兩大事件，徹底地掃清一切的反政府分子。台灣青年會也受這四一六事件的打擊，重要的幹部都被警視廳拘去了。夢鶴（吳新榮自傳的化名）也不能免受這大虧，而被提到淀橋警察署，初次嚐到監禁的滋味，經過二九工（日）的受苦，才釋放出來。」[16]

經過了被捕之後，吳新榮開始受到日本警方的監視。這個事件對他的打擊，不可謂不深，雖然在後來的自傳裏，他說這次被捕「卻不能使夢鶴對民族愛、祖國愛有何灰心」；但是，在一九二九年發表的一篇散文中，吳新榮有著刻骨銘心的喟嘆：「我備嚐一切的苦痛與恥辱，並不曾有絲毫的反抗。」他甚至還這樣描繪自己：「有時，我回憶著故鄉——遙遠的南國——的父老，他們飢餓，他們無智。也許他們的眼底描寫著我一定會解放他們痛苦的幻想，而且我的腦裏也曾夢想著我一定會給予他們的安慰，而今因爲我的頭上掛了一個『你是弱小民族』的名銜，所以我懊惱！自棄！甚至墮落！」⑰他以〈敗北〉爲主題所寫的這篇散文，便是在被捕後情緒低落的典型產物。「弱小民族」的意識，貫穿他的思想，成爲他日後從事文學創作的主題。

在日警的紀錄裏，吳新榮的政治活動止於一九二九年。他的投身介入雖然只是短短的一年，但已經把他鍛鍊成爲一位有信念、有方向的左翼青年。曾經陷入挫折深淵的他，因爲經歷了政治的衝擊，使他確立社會主義的信念。也許只有從這個觀點來看他的新詩，才能看得更爲眞切吧。

弱小民族的聲音

吳新榮開始發表新詩，是在一九三〇年。當時，他正準備接受醫師的國家試驗，漸漸與政治運動疏離。不過，恰恰就是因爲離開政治，他才選擇文學的形式來表達他的信仰。

他的作品，往往是以弱小民族的立場來表達抗議的聲音。他關懷弱者，批判強權，與三〇年代世界左翼文學的精神主題毫無二致。吳新榮從殖民地台灣到東京求學，非常能體會自己的命運，也能夠認識整個台灣的命運。現在所能看到的第一首詩，便是一九三〇年霧社事件發生後，他以唱山歌調的形式寫出〈霧社出草歌〉[18]。雖然全詩形式都以七言表現，頗有古典詩的味道，但內容卻是白話文：

> 搶我田地占我山，奪我妻女做我官；
> 高嶺深坑飛未過，冬天雪夜餓加寒。

這是詩的第二節，深刻描述了日本警察對霧社原住民的欺凌。詩中蘊藏的反殖民精神，儼然可見。這首短詩，記錄了一九三〇年原住民在霧社的抗暴事蹟。由於日警對原住民的長期欺壓剝削，終於在台灣中部的深山裏點燃了革命的火花。日警對霧社地方進行滅種方式的生物戰，震驚了世界各國[19]。遠在日本留學的吳新榮，受到事件的搖撼，終於提筆寫下了詩篇。

三〇年代台灣左翼詩學，與當時其他地區反帝國主義的文學，精神上大致是共通的。其重要特色，都在強調擺脫殖民地社會的桎梏，富有濃厚的現實主義精神。處在那個時代的吳新榮，遵循的正是現實主義的道路。左翼的寫實主義，基本上執著於「階級」與「正義」的主題，在階級問題上，壓迫者與被壓迫者、統治者與被統治者、資本家與無產大衆，是對立的雙元概念。離開階級問題，社會主義思想的基礎就發生動搖了。在殖民地，階級問題還帶有強烈的民族主義色彩。因爲，在殖民地社會，台灣所有的階級，包括民族資本家在內，都是被壓迫者。表現在文學裏，殖民者與被殖民者的分野是極其清楚的。殖民者是少數，被殖民者是多數，這樣的統治違反了正義的原則。站在「弱小民族」的立場，自然寓有維護正義、追求正義的意味。〈霧社出草歌〉正是弱小民族中弱勢者之微弱聲音，吳新榮表現出來的左翼精神，於此可以印證。

滯留於東京期間，吳新榮的作品都沒有偏離這種弱小民族的立場，例如〈不但啦也要啦〉，便是對「南方青年」的召喚，要台灣的子民起來奮鬥。又如〈新生之力〉，也是對陷於考試壓力下的台灣留學生勿忘創造的力量。這些作品的內在張力往往過於鬆弛，不免淪於口號式的吶喊。在他結束留學生涯之前，較值得注意的詩作大約有二，一是〈試中雜詠〉，一是〈徬徨的亡靈〉，都完成於一九三二年。這兩首詩流露創作技巧之端倪，採取反諷的方式，對殖民者予以批判。

〈試中雜詠〉，想必是作於考試期間，藉以發抒胸中的苦悶。詩的最後一節，有如此轉折的表現手法：

預言者在叫：
奴隸於解放之前必站起，
因爲他們於被解放之時，

便是死日。

奴隸們在唱：

預言者是預言的奴隸，

要是他們的預言僅止於預言，

他們的人生便不如奴隸。

正如前面提及的，以雙元對立的意象來表現，頗合乎左翼詩人的正反辯證思考。這首詩也不例外，「預言者」與「奴隸」是兩種相反的地位，是互相剋制的兩種階級。所謂預言者，無非是指預言統治者終有掙脫枷鎖的一天，而刻意施放種種脅迫性的語言。然而，這種語言若果未能實現，則統治者終將永遠困守於他們所創造出來的語言囚房。

另外一首〈徬徨的亡靈〉，則以生與死的對比，來嘲弄人間的桎梏。浪漫主義期的作品，雖然他沒有闡述這首詩的背景，不過，詩中表現的音色，顯然與一場愛情的終結有密切的關聯。爲什麼這首詩值得討論？因爲，它顯示吳新榮不是教條的左翼詩人，在緊張的政治思考中，嘗試作突破的工作。

在那森林裏擁抱而細語，

在這花園裏提攜而踊舞，

可是，地球的迴轉常起逆風，
世上的興憤時逢淚雨。

這首詩很清楚描繪愛情經驗的結束，吳新榮以「亡靈」自況，對於曾經發生過的戀情喻爲闇愚，對於自己與愛情的割捨形容爲理性。不過，對於曾經有過的擁抱與舞誦，他仍然難以掩飾自己的眷懷。內心的猶豫、矛盾、苦痛、掙扎，都匯集在亡靈的意象之上。這首詩可以說是他東京時代的總結，但這並不是他社會主義信仰的終止。相反的，當他學成返回佳里時，行醫於自己的家鄉，以行動來實踐他的左翼思想。

鹽分地帶的本土意識

吳新榮是在一九三二年回到佳里，繼承了他的叔父所開設的佳里醫院。鹽分地帶文學的建立，便是從這段時期出發。在自己的家鄉懸壺濟世，無疑是他生命中的轉捩點。他以醫生的身分接觸弱小的大衆，又以詩人的身分從事批判性的文學創作，可以說全然脫離了學生時代那種理論的推演。

在討論他回台後的詩作之前，有必要引述他在一九三二年發表的〈社會醫學短論〉一文。

他說：「政治家若不顧大衆而一己奔走，這個後果當然是可怕的，假使醫生也是做過這樣行爲，也是當然要予以排擠而加以唾棄。這樣道理我們未曾問而看過。或者有人說政治家和醫生不可同日而論，那麼他們曾否考慮到政治家和醫生的存在理由和社會意義。他們兩者均不是以大衆爲對象嗎？可是大衆不是爲他們而存在的，反之他們才是爲大衆而存在的。」[20]社會主義精神在這段話裏發揮得極爲透徹；甚至可以說，這樣的精神幾乎把他的行醫與政治運動緊密銜接在一起。

吳新榮絕對不是空幻的左翼運動者，他的醫學信念與政治信念完全無可分離。這兩種信念又與他的文學生涯結合起來，完成了醫者、政治、文學的三位一體。典型的左翼行動派，思考裏是以大衆爲重心。偏離大衆或凌駕大衆，必然違背了社會主義的精神。吳新榮這樣公開表達態度，雖然未嘗一字提及左派，但他的思考方式與左翼運動者是一致的。從這個觀點來看，吳新榮在台灣的文學創作方向，已定下了基調。

一九三五年五月六日，台灣文藝聯盟在台中成立，吳新榮受到文藝聯盟發起人張深切的鼓勵，也決定在佳里組成聯盟的支部。鹽分地帶作家的集結，應該是以這次支部的建立爲轉捩點。在台灣新文學發展史上，台灣文藝聯盟的結盟，從組織的第一天開始，就已帶有左派色彩，其成立大會的宣言便透露了這樣的信息：「自從一九三○年以來席捲了整個世界的經濟恐慌，是一日比一日深刻下去；到了現在，已經是造成舉世的『非常時代』來了。看！失工的洪水，是比較從前來得厲害，大衆的生活是墮在困窮的深淵底下；就是世界資本主義圜的一角的咱們台灣，也已經是受到莫大的波及了。」[21]在失業浪潮擊打之下，台灣文藝工作者也體會到社會所面臨的危機，而亟思以文學的方式來批判當時政治環境。

在台灣文藝聯盟佳里支部成立於一九三五年六月一日，鹽分地帶作家相當整齊地參加了這個盛會，包括吳新榮、郭水潭、徐清吉、鄭國津、黃清澤、葉向榮、王登山、林精鏐、陳挑琴、黃平堅、曾對、郭維鐘[22]。佳里支部成立大會的宣言是由郭水潭執筆的，他特別指出，「由於我們以往懦弱的、自以爲是的文學態度，終於造成越來越離開社會民衆的狀態。」他又指出，「本支部的成立，不僅是聯盟機構的擴大強化，我們也要鮮明地說出我們的地方性觀點，鼓足幹勁在這個開拓中的鹽分地帶，即使微小也無妨，種植文學的花，並且深信其結果一定是輝煌的。」[23]

郭水潭的論點與前述的吳新榮醫學論，完全相互呼應。質言之，他們都認爲社會大衆是他們要關心的，離開了大衆，無疑就是懦弱與自傲。他們對於「地方性」的觀點，也非常堅持。在貧瘠的鹽質土壤上要種出文學之花，這種野心正好反映了左翼運動者的視野。鹽分地帶文學一詞的成立，就是在這樣的心情下組合而成的。吳新榮在回顧自己的「鹽分地帶時代」時，也如此強調：「這時代我生理上的變化，使思想上也發生變化，已由乳臭時代漸變化成個主張人權的人，我內心已藏有理想主義，所以眼看日本人對台灣人橫暴的政策，自然發生一種反抗心理。」[24]

綜合上述的論點，這裏似乎可以爲吳新榮的左翼詩學抓住輪廓。第一、文學是不能離開大衆的，它與社會脈搏是一起跳動的。第二、文學是不能離開土地的，它有其一定的原鄉，無需忌諱文學的地方性。第三、文學是反抗的，對於壓迫、剝削、掠奪的政策，絕對不保持沉默。從現在的眼光來看，左翼詩學似乎談的都是意識形態，文學內容反而是一種從屬性的存在。不過，就吳新榮經營的技巧觀察而言，他並沒有因此就犧牲了詩的藝術性。在他的鹽分地帶時期，詩作的精神臻於成熟，細緻地實現了他的詩觀。

發表於一九三五年的〈故鄉與春祭〉，標題下特別附上一句：「謹以此篇獻給鹽分地帶的同志」，恰可看出吳新榮對人與土地的情感。

環繞故鄉的河流
是我身上的脈動
它激盪著我的熱情
使我永遠謳歌詩篇
難得春祭我歸鄉的時候
我必不忘訪問這條河流

在三〇年代能有這樣的表現手法，足可了解吳新榮在詩方面的天份。他把家鄉的河流與自己身上的脈動貫穿起來，以象徵他與土地之間的牢不可分。沒有原鄉，就沒有文學的泉源。〈故鄉與春祭〉是由三首短詩構成的組曲，包括〈河流〉、〈村莊〉、〈春祭〉。吳新榮以自己家鄉的風土人情爲傲，是他的精神據點。在強調鄉土文學的三〇年代，他雖然沒有參與論戰，但是，這首詩就是説服力極強的雄辯。

最能表現他對鄉土的擁抱，莫過於組曲裏的第二首：〈村莊〉。全詩由十七行構成，意象鮮明，節奏穩定，允爲鹽分地帶文學的代表作。詩的前八行，迂迴推進，把讀者帶入一個夢境：

被暮色包圍的村落
是我夢的故鄉
堡壘就在那不遠的地方
竹叢的梢間可以見到
那訴説歷史與傳統的滿苔壁上
砲眼已經崩圮
啊，從前我祖先死守的村莊

這村莊是我的心臟

夢裏故鄉，並非只是供作記憶的取暖，而是充滿深長的歷史意識。爲什麼村莊的那麼多景物中，吳新榮獨取堡壘作爲詩的焦點？最主要的關鍵，乃是爲了凸顯這「祖先死守的村莊」。不過，他不是要回顧歷史，吳新榮刻意把祖先的抵抗精神與自己的政治信念銜接，以簡單的一行詩帶出：「這村莊是我的心臟」。家鄉的河流是他的脈動，這裏又說村莊是他的心臟，在意象上可以說相當統一。吳新榮警覺到，詩的意象是不宜跳躍的，而必須兼顧到前後的呼應。當他看到古堡上的砲眼已經傾塌，並不意味歷史的傳承宣告中斷；在後面的九行詩裏，祖先的精神再次復活過來：

而我激跳的心臟沸騰著
昔日戰鬥的血
在守衛土地與種族的鐵砲倉裏
今日掛上搖籃於槍架之間
吾將安眠於妳的裙裾下
母親的搖籃歌裏
應該沒有名利與富貴

只有正義之歌、眞理之曲
飄入我夢

以故鄉做爲精神原鄉，做爲批判意識的據點，是殖民地詩人的最高策略。詩中的「夢」，絕非是脫離現實而存在，它其實是詩人理想的代名詞。這樣的理想，乃是以先人的鮮血所凝鑄的抵抗傳統爲基礎。

吳新榮的歷史意識，在這首詩裏鏤刻得非常清晰。從前的反抗精神，早在他的體內燃燒。如果他還懷抱著戰鬥的血，不就暗喻台灣人在殖民社會的抵抗意志依然牢不可撼？這裏應該注意詩中意象的轉換，從前置放武器的槍架，如今只是懸掛著搖籃。到底「搖籃」在詩裏是具體的，還是想像的，似乎模稜兩可。不過，吳新榮有意要暗示新一代的反抗精神，已經孕育誕生。吳新榮的技巧純熟，在這首詩中足可窺見。當他以「搖籃」的意象來隱喻新生代的誕生時，又立刻以這個意象與母親的搖籃歌聯想起來。這裏的轉喻並不顯得突兀，祖先、母親、搖籃的類比，環環相扣，正好顯示歷史傳承的完成。吳新榮在佳里的原鄉所獲得的抵抗精神，爲的是什麼？做爲一個左翼詩人，他要維護的只不過是正義與眞理而已。

以吳新榮的作品來檢驗日據時代的左翼詩學，可以發現在國際主義盛行的三〇年代，政治運動與文學運動仍然還是堅持本土意識的。如果失去了精神的原鄉，左翼詩人關心的對象便失去了焦點。對他們而言，如果自己家鄉的問題不能解決，就不足以解決家鄉以外的事務。文學史的論釋，可能會出現不同的立場，但是絕對不能忽略文學作品中人與土地的連帶感。吳新榮的本土意識可以定位爲地方性，不過，這種地方性並不是狹義的鹽分地帶，而是指同樣承擔歷史命運的整個殖民地台灣。論者恆以地域性爲恥，對於左翼作家而言，地域反而是光榮的印記。在他們的文學思考裏，大衆絕對不是抽象、空幻的名詞，而是生活周遭的羣衆。沒有原鄉據點的國際主義，最後必注定落空。

有土地的問題，才有人的主題，也才有文學的問題。所以，在吳新榮的詩中，他沒有遺忘對農民與勞動者的關心。階級意識的處理，在吳新榮的詩中占有重要的分量。他在一九三五年發表的〈煙囪〉，便是針對製糖會社的剝削提出強烈的控訴。他頗能營造詩中的氣氛，塑造出迫人的意象。詩的第一節，速度緩慢，循序漸進，彷佛是一首抒情詩的流淌：

青青甘蔗園連線的大草原
五月風
涼爽吹來時
葉尾顫顫
次第傳著波浪

一幢白色壯觀的屋宇
浮現於遙遠的彼方
黑高的煙囪聳立
直接碧空
青—白—黑—碧
微風與葉波
那太過於和平的光景
任何畫家也畫不出來

吳新榮全心集中於景物的描繪，彷彿是一幅寧靜農村的油畫。尤其是他著墨於鮮豔色彩的對比，頗能收到聲東擊西的效果，讀者可能以為即將投入一個畫境。出現在這首詩的色彩，包括青色、白色、黑色、藍色。在顏色的對比上，既對稱又敏銳。吳新榮的觀察力，在詩中發揮得淋漓盡致。這種手法，彷彿電影遠近鏡頭的移動，在讀者面前刷出寬闊的風景。如果沒有最後兩行的文字，這首詩蘊藏的諷刺，恐怕還會更強烈。因為，緊接的第二節，筆鋒驟然掉轉，批判的主題具體呈現出來：

這白色屋頂下

資本家嗤嗤而笑
這黑色的煙囪上
喘出勞動者的嘆息
啊，榨出甘甜的甘蔗汁
流出腥腥的人間血！

從祥和的畫面跳躍至社會的矛盾與衝突，頗具突兀的效果。對殖民地體制不能了解的人，必感動於農村景象的欣欣向榮。但是，對於左翼詩人如吳新榮者，則在美景的背後揭露醜惡的本質。階級對立的問題，終於導入詩中。甘蔗汁與人間血的對比，劃清了資本家與勞動大衆的界線。三〇年代左翼運動者關切的勞資對立、利潤問題與剩餘價值等等議題，都在這短短的詩行中呈現。他的其他作品，如〈疾馳的別墅〉、〈農民之歌〉、〈自畫像〉，都凸顯了階級問題在文學思考中的重要性。他見證的剝削與掠奪，都活生生的出現在他的鹽分地帶原鄉。他並沒有使用空洞的口號，遂行其社會主義思想。在行醫與參加政治運動之餘，他繼之以銳利的筆對殖民者予以抨擊。在台灣新詩發展史上，吳新榮誠然是兼具自覺與行動的詩人。

結語

殖民者往往以強勢的論述迫使被殖民者屈服。在後殖民理論中，有一個重要的主題便是抵抗文化的存在㉕。吳新榮表現出來的一股不可忽視的力量，便是對日本帝國主義的批判與抵抗。他強調理想的實踐，而不是夢想的沉溺。

吳新榮始終深信，詩的語言是不能與現實分家的。陷於夢境的詩人，寫出來的詩，必定是「詩屍」，吳新榮有過如此嚴厲的責備。對他而言，詩寫出來若果只停留於囈語的層面，就不能產生任何的生命活力，也自然會遭到嘲弄。所以，他在〈思想〉這首詩裏，向台灣詩人提出這樣的忠告：

從思想逃避的詩人們喲
不要空論詩的本質
倘若不知道就去問問行人
但你不會得到答覆
那麼就問問我的心胸吧

熱血暢流的這個肉塊
產落在地上的瞬間已經就是詩了

在吳新榮的作品中，〈思想〉可能是最具哲理又最代表他詩觀的一首詩。「行人」若是代表客觀的現實社會，則詩人的「心胸」則代表了主觀的意志。透過詩的表現，吳新榮清楚地鋪陳了他的文學立場，他的主觀意志與客觀現實，無疑是相互結合在一起的。這是多麼深刻而獨到的體驗。吳新榮在這裏提到的「思想」，絕對不是純粹理論的演繹，而是具有行動意義的精神指導；逃避了這樣的思想，就等於是逃避了行動。詩是什麼？詩是街頭上的芸芸衆生，是生活中的發現與提煉，是以生命與情感凝鑄出來的藝術。眞摯的生命，經過生命的鍛鍊，一旦發抒內心的聲音，就是僨張的詩了。

詩，並不是靜態的思考，而是行動的結晶。尤其在殖民體制的高壓統治下，任何突破官方的語言，本身便是一種抵抗行動的浮現。在他的作品裏，吳新榮從來沒有吐露消極、悲觀的情緒。凡是筆尖傳達出來的感情，都沒有偏離戰鬥的立場。他深深了解，弱小民族沒有悲觀的權利。吳新榮的詩觀，從弱小民族的意識出發，並且也以實際的反抗行動奠基。在學生時代就有過坐牢經驗的吳新榮，終於體認了詩的釀造必須回歸到本土的原鄉。然而，這樣的原鄉並不是情緒性的依靠，而是他生活戰鬥的堡壘。他以堅定的本土意識與歷史意識爲憑藉，對他生活中的受難同胞表達關切，進而以詩爲武器，對日本統治者與資本家進行撻伐。他的文學與政治，意識與行動，醫師與社會，都是互不偏離的結合。所以，在鹽分地帶文學中，吳新榮之被視爲領導者，並非是偶然的。

台灣文學史的詩論，可能需要從史實中去發現更多有關詩人活動的資料。畢竟，吳新榮已說得很清楚，不要空論詩的本質。因爲，吳新榮的文學生涯已充分證明，詩的本質是生活，是抵抗，是戰鬥。那麼，從史實去了解吳新榮，當會有更多的發現。他的詩，並不是最好的。不過，置放在三〇年代世界的左翼文學行列，吳新榮決不遜於其他地區的詩人，因爲有吳新榮的掌旗，台灣左翼文學成爲全球反殖民主義、反帝國主義運動不可欠缺的一環。吳新榮帶動鹽分地帶文學的傳統，爲台灣的殖民抵抗精神注入強有力的力量。左翼小說家呂赫若對鹽分地帶的詩作之所以評價那麼高，便是因爲他肯定了吳新榮所提倡的寫實批判精神。呂赫若說：「眞正寫實派的詩人，應該對現實有正確的認識，將自己眞實的感情表現於詩的眞實之中。」[26]這句話對鹽分地帶詩人是一種高度的評價，也是對吳新榮的文學志業給予最爲清晰的定位。

註釋

❶郭水潭〈談「鹽分地帶」追憶吳新榮〉，《台灣風物》第十七卷第三期（台北：一九六七年六月二十八日）；《故吳新榮先生紀念文續集》，頁五二。

❷同上。

❸呂赫若〈我思我想〉，原載《台灣文學》創刊號（台北：一九四一年六月）；後收入林至潔譯《呂赫若小說全集》（台北：聯合文學，一九九五），頁五六五。

❹王詩琅〈地方文化的建設者〉，《台灣風物》，同上，頁六一。

❺吳新榮〈新詩與我〉，收入張良澤主編《琑琅山房隨筆》（吳新榮全集2，台北：遠景出版社，一九八一），頁一七一—七二。

❻根據呂興昌的發現與研究，吳新榮的新詩作品應在九十首以上，糾正了筆者過去所認爲三十餘首的說法。在此，必須向呂興昌致謝。參閱呂興昌〈吳新榮《雲瀛詩集》初探〉（新竹：清華大學中國語文學系文學研究所主辦，日據時期台灣文學國際會議論文，一九九四年十一月），頁四。

❼吳新榮〈我的留學生活〉，張良澤主編《亡妻記》（吳新榮全集1，台北：遠景出版社，一九八一），頁九七。

❽參閱鄭善夫編撰《吳新榮先生年譜初稿》（吳新榮先生逝世十週年紀念出版，台南：琑琅山房，一九七七），頁一一。

❾台灣總督府編《警察沿革誌》第二篇，台灣有複刻本，又稱《台灣社會運動史》（東京：台灣史料保存會複刻，一九六九），頁三七—四〇。

❿有關陳來旺在東京的活動，參閱〈日本共產黨台灣民族支部東京特別支部員檢舉顛末〉，收入山邊健太郎編《台灣(二)》（現代史資料22，東京：みすず書房，一九七一），頁八三—一一〇。較爲扼要的研究，參閱盧修一著《日據時代台灣共產黨史》（台北：自由時代出版社，一九八九），特別是第二章第一節〈在日本的台灣共產主義運動〉，頁三一—三五。

⓫參閱陳芳明〈林木順與台灣共產黨的建立〉，《台灣史料研究》第三期（台北：一九九四年二月）。

⓬《警察沿革誌》，頁四五。

⓭蘇新〈蘇新自傳〉，《未歸的台共鬥魂——蘇新自傳與文集》（台北：時報文化，一九九三），頁四〇—四一。

⓮《警察沿革誌》，頁五一。

⓯吳新榮〈點滴實錄〉，《亡妻記》，頁八〇。

⓰吳新榮〈五、夢鶴留學日本，捲入社會時潮〉，張良澤主編《此時此地》（吳新榮全集3，台北：遠景出版社，一九八一），頁七八。這本書是吳新榮的自傳。

⓱吳新榮〈敗北〉，《亡妻記》，頁八三—八四。

⓲吳新榮〈霧社出草歌〉，同上，頁三。

⓳霧社事件始末，參閱史明《台灣人四百年史》，頁六八一—八五。

⓴吳新榮〈社會醫學短論〉，《亡妻記》，頁二一三—一四。

㉑賴明弘〈台灣文藝聯盟創立的斷片回憶〉，收入李南衡主編《文獻資料選集》（日據下台灣新文學‧明集5，台北：明潭出版社，一九七九），頁三八三。

㉒吳新榮《吳新榮日記（戰前）》（吳新榮全集6，台北：遠景出版社，一九八一），頁一五。

㉓郭水潭著、蕭翔文譯〈台灣文藝聯盟佳里支部宣言〉，《文學台灣》第十期（高雄：一九九四年四月），頁三七—三八。此文已收入羊子喬主編《郭水潭集》（台南：台南縣立文化中心，一九九四），頁一七六—七七。

㉔吳新榮〈新詩與我〉，前引書，頁一七四。

㉕有關後殖民理論抵抗文化的檢討，參閱 Edward Said, *Culture and Imperiallism,* New York: Vintage Books, 1994, pp.209-20。

㉖呂赫若〈關於詩的感想〉，見林至潔譯，前揭書，頁五五一。

第九章

殖民地與女性

——以日據時期呂赫若小說爲中心

引言

兩種台灣女性的形象，塑造於日據時期呂赫若的小說之中。第一種形象，是封建體制與殖民制度下被壓迫的女性；她們企圖掙脫父權的支配，卻總是難以成功。第二種形象，則是具備自主意願的女性；她們勇於抗拒男性沙文主義的文化，並且積極追求屬於自我的命運。兩種女性承受的生命經驗，也正是殖民地台灣所穿越的歷史道路。因此，在呂赫若小說中見證的女性命運，幾乎就是台灣歷史命運的縮影。

呂赫若文學對女性形象的經營，在日據時期台灣作家中應屬少見。一位殖民地作家，在面對社會轉型期產生不平衡的文化現象時，爲何選擇女性做爲小說中的重要象徵？呂赫若小說裏建構起來的台灣社會，充斥著各種迫害、剝削、歧視的事實；而這些事實竟都與女性緊密聯繫在一起。呂赫若把台灣女性視爲被壓迫的象徵，自然有他的創作策略。他的策略，是否就是歷來研究者所說的，僅僅是針對日本殖民體制的批判而已？或者是，呂赫若還有更爲深刻的關切，企圖以小說形式來檢討台灣社會本身的性格？如果他的文學主題也在於批判台灣社會的話，那麼呂赫若作品中的女性形象就值得深入去探討。

台灣在日據時代是一個殖民地社會；在殖民地社會裏所釀造的文學，便是屬於殖民地文學。每當討論殖民地文學時，一般習慣性的思考，都傾向於把一切壓迫都歸咎於外來的殖民者。例如檢討日據時期的農民問題時，最爲普遍的指控方式，無非是把日本資本家以及台灣製糖會社當做罪魁。台灣固有舊式大地主的剝削掠奪，反而輕易遁逃了所應承擔的歷史責任。同樣的，在討論女性的社會地位時，一個很方便的思考方式，便是把父權與日本資本家結合起來，讓帝國主義的掌權者接受所有的譴責。但是，台灣社會本身早已存在的封建父權，卻在龐大殖民體制的陰影下獲得庇蔭，並未受到深刻的檢討。

呂赫若小說之令人訝異，乃在於他身處殖民地統治之際，並未遺忘台灣社會還停留在封建制度殘餘的階段。因此，他在描繪女性的處境時，並不全然把殖民統治者視爲壓迫的唯一來源；他毋寧把更多的注意力投射在台灣傳統社會所遺留下來的性別壓迫之上。身體政治

(body politics)，在現階段殖民地文學的討論中，一直是一個重要的議題。女性的身體，究竟是帝國主義者眼中的「借來的空間」，還是被殖民者男性眼中的「固有的領土」？這個充滿懸疑的問題，正是呂赫若小說密切在探索的。

倘若日本資本主義在台灣的建立，可以視爲外部殖民化(external colonization)；則固有封建社會所護衛的父權，應該可以視爲內部殖民化(internal colonization)。兩種女性形象在呂赫若小說中的浮現，正好是外部殖民與內部殖民交織下的一個政治焦點。要探討殖民地的性格時，女性的位置如何決定？台灣淪爲殖民地之後，女性才受到壓迫？或是，在此之前，女性的被壓迫早已存在？日據時期呂赫若小說之值得議論，應該可以從這些問題出發。

封建社會的父權

台灣社會之被迫朝向現代化的道路前進，乃是伴隨日本資本主義的到來而展開的。由於資本主義體制並非是由台灣社會內部產生，而是經由外來武裝力量的脅迫下強制引進的。因此，這種殘缺不全的資本主義體制，並沒有使台灣社會全然現代化。在很大的程度上，廣大的台灣農村還未脫離傳統封建社會的階段。現代化只不過存在於局部的、點狀的都市生活之中。誠如當時台灣左翼政黨黨綱指出的，台灣一方面還保存濃厚的封建色彩，一方面則依賴日本資本主義而進行工業化的發展❶。

呂赫若在一九三五年發表他第一篇小說〈牛車〉時，日本資本主義大致已完成其掠奪體制的初步階段。殖民者的貪婪舌頭，深深伸進了台灣農村。〈牛車〉的背景，便是以傳統牛車運輸業的沒落，用來對照日本現代運輸業的崛起。在新舊社會轉型的過渡時期，窮苦的農民赤裸裸的暴露於資本主義的剝削之下，終於不能不淪爲經濟發展的犧牲者。小說中的農民楊添丁，繼承父業，以趕牛車代人運貨維生。當現代化的文明還未到達農村之前，楊添丁還可在狹小的保甲道上趕牛車過日子。等到保甲道被擴建成爲柏油路時，馬路中間再也不許牛車行走，楊添丁只能在路旁的泥濘小道趕車。在貨車、汽車的競逐下，傳統維生方式的牛車業之沒落，自是可以想像。

生活瀕臨窘境的楊添丁，在毫無選擇的情況下，只能以暗示的方式慫恿妻子阿梅去賣春，以貼補家用。男性尊嚴的扭曲，在吞吞吐吐的對話中充分表達出來：「你也想看看。雖然只是暫時的一段時間，忍耐以能賺錢的方式來做。」楊添丁甚至說得更爲露骨：「只要能賺錢，我是無所謂的。」（《呂赫若小說全集》，頁五二）阿梅的身體之淪爲商品買賣，固然是得到丈夫的默許；但是，從整個經濟結構來看，階級問題的嚴重性也是至爲明顯的。

殖民地女性地位的淪落，來自多重的壓迫。台灣社會內部既存的性別歧視，是第一重壓迫。當男人無法自我維生時，遂轉而央求女人出賣原始的本錢。男人以勞動換取金錢，女人卻以身體換取生活；這樣的文化結構，與封建社會裏的性別壓迫是息息相關的。不過，楊添丁夫婦生活困境的形成，卻是拜賜於日本資本主義體制的確立。資本主義制度愈爲鞏固，台灣無產階級遭到的掠奪就愈嚴重。楊添丁牛車業的蕭條，以及阿梅之被迫賣淫，不能單純以性別壓迫看待。階級差異所造成的壓迫，恐怕更不能忽視。資本主義所帶來的階級歧視，乃是日據時期台灣女性的第二重壓迫。〈牛車〉凸顯阿梅的女性形象，並非只遭受雙重壓迫而已；更重要的是，她的丈夫楊添丁所以會走投無路，還是因爲受到日本警察的欺壓。在呂赫若的小說裏，日本警察無非是外來統治者的象徵。警察施行的權力，其實就是日本殖民政府所賦與的權力。楊添丁與日本警察之間的緊張關係，是民族歧視的變相演出。從這個角度來看，台灣女性在遭到性別歧視與階級歧視之外，她面臨的第三種壓迫，便是不折不扣的民族歧視。

如果把〈牛車〉視爲呂赫若小說的原型，應該是恰如其分的。在如此篇幅有限的作品中，他已把當時台灣社會存在的內部殖民與外部殖民之實相勾勒出來。呂赫若在日後小說中塑造女性形象的社會背景，都可在〈牛車〉找到根據。阿梅扮演的角色、身分，也投射在其他小說中的女性身上。以阿梅的遭遇爲基調，呂赫若更進一步探索封建父權支配下的女性命運。

同樣發表於一九三五年的〈暴風雨的故事〉，揭露男性對女人身體的控制，並不一定要通過資本主義的制度。在傳統農村社會，舊式地主藉著對土地的占有，也順便占了佃農的生存權，同時還進一步占有佃農的妻子。老松與罔市夫婦受制於地主寶財的淫威；在經濟上，老松任由地主予取予求的剝削，全然沒有發言權。在另一方面，罔市為了協助丈夫脫困，以肉體交換地主的同情，她也全然沒有發言權。一場水災過後，寶財仍然窮凶極惡向老松催繳米穀，完全違背私下對罔市的承諾。為什麼罔市這麼馴服聽命於寶財？這是一方面寶財答應給予她丈夫一大片土地可以耕種，一方面則以威脅的語氣說：「我兒子在內地讀大學，對法律清楚得很。」（《全集》，頁六八）在籠絡與壓迫的情況下，罔市別無選擇。日本殖民者為台灣社會帶來了近代法律的觀念。並非是為了協助弱者，而是與舊式地主結合在一起。父權與父權的結盟，自然使處於劣勢的女性更加萬劫不復。

台灣地主固然是日本資本主義的共犯，但換一個角度來看，日本殖民體制未嘗不是台灣封建父權的幫兇。因此，一個完整的剝削體制便是如此建立起來；〈牛車〉中的阿梅所受的壓迫是殖民者—資本家—父權的三重結構；而〈暴風雨的故事〉中的罔市，面對的則是殖民者—地主—父權的三重結構。這兩種結構顯現的事實，便是無論在傳統封建社會，或在資本主義社會，女性都同樣受到傲慢父權的擺布。更清楚的事實是，無論政權如何更迭，女性命運之難以翻身也是不動如山。罔市最後被迫上吊，幾乎是女性的宿命。老松則訴諸暴力行動，以謀刺解決寶財的性命。這樣的故事結局，似乎是殖民地社會一再重演的情節。然而，自殺與刺殺的行動也只能是失去自主地位的人民僅有的出路了。

呂赫若的批判筆法，當不止於此。在檢討封建父權的凌虐時，他並不只是對舊式地主或新興資本家譴責而已，即使是對當時知識分子的男性優越心態，也毫不留情予以揭露。這是理解呂赫若文學世界時，不能不注意的重要主題。他自己是知識分子的一個成員，頗知整個社會結構的不合理，尤其這樣的結構對女性更爲不合理。但是，他見證的事實，卻發現知識分子的父權支配，毫不遜於地主或資本家。在很大的程度上，男性知識分子的跋扈，較諸舊式父權還更有出類拔萃之處。〈女性的命運〉與〈前途手記〉，正是批判知識分子的最好寫照。

〈前途手記〉與〈女性的命運〉是兩篇可以互相參照的小說。呂赫若有意鋪陳一個事實，亦即女性如何改變自己的命運，她們的掙扎最後都徒勞無功。男性占有女人的身體時，視之如禁臠；但是，男性厭倦時，反而棄之如敝屣。以這兩篇小說來對照，更可說明台灣男性對女性身體的支配，並不因爲統治體制的改變而有所不同。〈前途手記〉的淑眉，出身在咖啡廳工作的服務生。她被富商納爲妾之後，卻因沒有孩子而受到冷落。淑眉希望能夠爭取到母親權，從而使自己的身分獲得扶正。爲了達到懷孕的目的，她甚至私通丈夫的遠房外甥，並且還到廟裏求得草根與香灰服用。淑眉的努力宣告徒勞無功，因爲她不幸罹患胃癌，最後終告不治。

〈女性的命運〉描繪的雙美，則是舞女出身的女性。她與高商畢業卻沒有工作的瑞奇同居。爲了挽留瑞奇，她不惜重操舊業，傾力供養這位白皙的男人。然而，瑞奇卻被另一位富孀引誘。雙美在舞廳盡力爲瑞奇守節，這種不賣身的行爲，並沒有感動她的男人。瑞奇終於還是移情別戀，投入富孀的懷抱。

淑眉與雙美都是男性「借來的空間」。當女性的腹肚不能做爲男人傳宗接代的工具時，就只有接受被拋棄的命運。淑眉短短的生命裏，以爭取母親的身分爲唯一的職志。當母親權旁落時，她還是躲不過傳統女性的命運。故事的結局以死亡來概括淑眉一生的坎坷，彷彿是罔市遭遇的翻版。同樣的，雙美不能與富孀的財富匹敵時，就已知道自己即將被拋棄。男性沒有自主的經濟權力時，照樣能夠把女性視爲借來的空間。瑞奇轉而投靠有錢的遺孀，也只不過是在尋找一個新的租借空間。呂赫若小說透露一個更爲清楚的信息是，男性在任何條件下，都有辦法達到滿足自我欲望的目標；而女性無論創造對自己如何有利的條件，她們追逐的目標不免落空。台灣社會的文化結構，自來就是充滿性別歧視的；不待殖民體制的到來，性別壓迫早已使台灣女性處於惡劣的境地。

半封建、半殖民的台灣社會，雖說處在過渡階段的轉型期，並沒有意味女性地位會有任何的改變。對女性而言，則只是一個從傳統父權轉型到殖民父權的過渡。更不堪設想的，這是在地父權與外來父權的相互結合的一個過渡。討論台灣的殖民地性格，固然有必要剖析日本帝國主義者的統治本身，但是，對傳統根深柢固的封建父權，更不能不給予嚴厲的批判。呂赫若在戰火方熾的時期寫下〈廟庭〉與〈月夜〉，更可透露他並未放過對封建父權的譴責。

〈廟庭〉與〈月夜〉這兩篇小說是不能分割討論的❷。這兩篇連作中的女性翠竹，是一位再婚的女性。對於一位在傳統農村成長的女性而言，再婚等於是有辱家風。倘然第二度婚姻又宣告失敗，將對整個家族名聲構成嚴重損害。小說裏翠竹正處在第二度婚姻的危機之中；當她禁不起夫家的歧視虐待，遂逃回娘家躲避。故事的重心，在於翠竹如何爲自己採取抉擇。倘然回到夫家，將只有繼續受到冷酷奚落；但如果留在娘家，則使得家族在村裏抬不起頭。她的地位，在夫家或娘家，似乎都是多餘的。

兩篇小說採取的敍事觀點，都通過冷眼旁觀的「我」來進行。這個我，既是本土的我（native I），也是敍述的我（narrative I），更是被殖民的我（colonized I）。這位被殖民的卻受過良好教育的知識分子，對自己的本土鄉景是非常眷戀的。他返鄉原來爲的是重溫來自土地的溫暖感情，卻反而受舅舅、舅母之託去說服表妹翠竹回去夫家。這位本土的我，對翠竹原是有一份初戀的情愫，伴隨著他對故鄉的擁抱之情，融鑄在他的靈魂深處。小說中有如此動人的描述：「乍看之下，舅舅家沒有多大改變。我與翠竹相親相愛，經常並肩坐著的搗米場也原封不動。而且兩人扮夫婦經常躲著的柴房也依然殘留下來。唯一美中不足的，就是看不見翠竹的身影。不由得胸口覺得疼痛。不過，歲月的流逝把我從感傷中喚醒，使我冷靜地正視現實。翠竹已經再婚了，而我不也成爲人父嗎？」（〈廟庭〉，頁二六八—二六九）

呂赫若在小說裏釀造的溫情氣氛，使讀者強烈感受到這位男性如此細膩而充滿柔情。本土的「我」，親眼看見翠竹陷於不幸的婚姻，心情痛苦難堪。但是，他應鼓勵表妹離婚，還是回到夫家？〈廟庭〉再三鋪陳「我」與鄉土的不能分割，也不斷暗示他與翠竹之間的情誼未嘗稍減。如果依照小說情節的推演，「我」應該是站在翠竹的立場，抗拒封建家族的歧視。然而，「我」竟然被撕裂於舅舅與舅母的爭辯之中。舅舅重視的家風，而是女兒被虐待的事實。舅母關心的則是自己女兒安危，支持她離婚。舅舅對女兒不幸的婚姻，只能如此評斷：「這是沒辦法的事，都是翠竹的命運。」舅母的喟嘆則是如此：「還不是祖先的牌位不祭拜姑婆。」封建父權與女性地位之間的不平衡，在這樣的對話中暴露無遺。

把女性的不幸歸咎於命運，無非是男性權力自我合理化的一種遁辭。小說中舅母的談話，則直接揭穿父權支配的本質。那麼，敍述者的「我」究竟採取怎樣的立場？呂赫若的文字，即使是透過中文翻譯，也還能表現原來日文絕美的描述，這種描述方式，企圖引導讀者去猜測「我」的心境：

> ……走到淡淡月光籠罩下的道路。户外吹著濕氣很重的熱風，竹叢裏不時響起沙沙聲。關帝廟的庭院在鳴叫。我極力壓抑胸中的不安，思索著翠竹悲慘的命運。想不到不管女人在少女時代多美或多聰明、活潑，一結婚就輕易地把前者推翻的情景，不由得悲從中來，同時充滿著忿怒與同情。確實看到翠竹，無法忍受女人如此被虐待，不禁想吶喊女人爲何

如此柔弱？（〈廟庭〉，頁二七九）

這種敍述觀點，幾乎可以判斷這位男性知識分子與他舅舅的思考是截然不同的。熱愛鄉土、同情女性的「我」，想必是選擇支持他的表妹。然而不然，這位男性到了〈月夜〉這篇小說時，立場便開始動搖了：

一位非常有教養的小姐，只要一次解除婚約，就已經喪失能選擇理想中結婚對象的資格。一超過二十五歲，只能淪爲做人家繼室的命運。這些都是我們所看到的許多事實。因此，無怪乎台灣女性的雙親們冷淡處理女兒的心情。翠竹的情形，是這次婚姻再失敗的話，就是第二次婚姻災難；考慮到第三次再婚的事時，倒有哪一種的結婚資格呢？我逐漸感同身受。當然，我個人的意見，既然對方如此不像話，就沒有必要勉強在一起。不過，考慮到翠竹是舅父女兒的立場，與其第三次不幸地再婚，倒不如忍耐目前的婚姻，找出某個融合點，方爲上策。（〈月夜〉，頁三一九）

把前後的心情變化並放比較，立刻可以發現本土的「我」，基本上仍然不脫封建父權的本色。在「我」的思考裏，就像舅舅一般，女人的歸宿，僅是婚姻一途。因此，婚姻是何等悲慘痛苦，都只能努力找出可以忍耐的理由。勉強維持不幸而痛苦的婚姻，對女性而言，方爲上策。立場既是如此，「我」自然接受舅舅的委託，護送翠竹回到夫家。翠竹的丈夫，一位已經結婚八次的男人，事實上已準備把她攆出去，就要迎接他的第九度婚姻。護送翠竹的「我」，在她丈夫的家遭受不堪的詬罵與奚落，自是可以想像。

明明知道表妹回去夫家，注定是不會幸福的，這位充滿同情的男性，也還是認爲應該把翠竹送進唯一的歸宿。在殖民地社會有著良好教養的知識分子，終於還是不能卸下男性思考的枷鎖。換句話說，在強悍的父權陰影下女性即使未接受外部殖民的凌辱，恐怕必先承擔來自社會內部的貶抑與壓迫。這種內部殖民式的性別歧視，才是翠竹不能改造自我命運的最大障礙。幾乎不必預測，翠竹最後能夠選擇的，又是自殺一途。夫家既然拒絕她入門，娘家又斥責她回歸，翠竹的自我放逐之道，唯死亡而已。

追求自主的女性

做爲殖民地文學重要一環的呂赫若小說，對帝國主義體制有極其深刻的批判，不過，他的作品所以值得反覆議論，恐怕還在於他對台灣封建社會本身的自我批判。對於舊式地主、新興資本家以及一般商人，甚至還包括知識分子，都沒有躲過他犀利的論斷。尤其在太平洋戰爭的硝煙籠罩之際，呂赫若不忘反求諸己，以小說形式對封建父權頻加撻伐。這分膽識，就使他與同時代的作家劃淸了界限。呂赫若是公認的一位左翼作家。殖民地的左翼作家，往往具備高度的批判精神；這種批判精神，不僅表現在他濃厚的階級意識之上，而且也反映在他鮮明的性別意識之上。身爲男性作家，他揭露男性文化的傲慢與落後，爲當時女性的遭遇設身處地發出聲音。僅憑這點，就足夠顯示他獨特的洞察力。更爲傑出之處，莫過於他在刻畫女性被壓迫之餘，又同時描寫台灣女性追求自主意願的掙扎實況。

呂赫若在〈婚約奇譚〉裏，塑造了一位左翼知識分子的形象。這位叫琴琴的主角，也許是日據時期文學作品僅見的唯一左翼女性。投身在社會主義運動的琴琴，不僅要批判日本帝國主義，同時也要抗拒台灣社會內部固有的父權文化。然而，對她而言，要反抗殖民者之前，恐怕要先反抗立即構成威脅的父權支配。因爲，她被安排與一位男子李明和結婚。李明和爲了討好她，也刻意把自己僞裝成左翼青年，使用一些不成熟的社會主義語言與琴琴對談。對於安排式的婚姻，琴琴抱持抗拒的態度，卻因李明和具有左翼思考，而使她自己軟化。待到訂婚儀式完成後，李明和不免恢復了原有的小資產階級的面貌。琴琴才發現他之所以會有左翼的語言，只不過是一種騙取婚姻的詭計。爲了堅決抗拒這種近乎買賣的、庸俗的婚約，琴琴終於憤而離家出走，選擇自主的道路。

在小說裏，李明和出身於富裕的家庭，也受過良好的教育，卻不脫紈袴子弟的氣息。對於琴琴的姿色，他頗覬覦，而完全不重視她的政治信仰。他冒用左派術語，只不過是爲了博取琴琴的歡心；一旦目的達到，他的少爺本色立即表露無遺。在獲悉琴琴毀棄婚約、離家出走時，李明和氣急敗壞去找琴琴的讀書會同志春木興師問罪。春木鄙夷李明和的行事作風，拒絕協助尋找琴琴。就在這個關鍵時刻，李明和終於掩飾不住自己的立場，向春木威脅說：「是嗎？那麼我就要拜託警察囉。你很有嫌疑。和琴琴抱持相同主義的你，教唆她離家出走吧。總之，你們很可疑。」（〈婚約奇譚〉，頁一一〇）

李明和的談話雖然漫不經心，卻很能凸顯男性沙文主義者的政治立場。琴琴堅持社會主義者的立場，根本是與日本警察對立的；李明和則是與警察站在一起。兩人的思考方式南轅北轍，已注定他們的婚姻是不可能成功的。不過，對李明和來說，女性的姿色較諸她的思想還重要。即使女性具有自我的思考，也不可能得到傳統男性的尊重。李明和一旦覺悟到不能控制琴琴的身體時，他能夠憑恃的手段，便是訴諸日本警察的力量。這樣的情節發展，頗符合呂赫若的批判精神。也就是說，封建父權未能奏效時，自然就會選擇與殖民父權相結合。在壓制女性的立場上，被殖民者的男性總是毫不猶豫會向殖民者的權力靠攏。

〈婚約奇譚〉的一個重要隱喻，在於強調女性要抵抗帝國主義之前，應優先抵抗台灣本身的父權文化。投入左翼運動的琴琴，原是爲了對抗帝國主義者的掠奪，以求整個社會的解放。問題在於，她自己的命運也受到傳統父權的羈絆；倘然她的命運不能獲得解放，就也不可能從事台灣社會的解放運動。這篇小說的另一個重要隱喻，便是女性自我放逐的途徑，不必然要選擇自殺，而可以採取離家出走的抗議方式。在這篇小說裏，離家出走似乎是一種喜劇式的結局，但對殖民地女性而言，可能是另一場試煉的開始。無論如何，女性的死亡或流亡，幾乎就是父權支配下的宿命。

在一九四四年皇民化運動臻於高峯的時期，呂赫若發表了〈山川草木〉，又塑造另一位堅毅女性的形象。由於這篇作品是配合皇民文學的奉命之作，在小說色調上顯得較爲明朗，節奏上也特別具有動感。雖然是皇民文學的創作，在策略上，呂赫若也暗藏了他的抗拒精神。他以瑣碎、細膩的描寫，繪出台灣鄉間的壯美，這種創作技巧，在於強調鄉土的可貴與落實，正好與當時戰爭口號的虛矯與空洞，構成鮮明的對比。

〈山川草木〉中的女性寶蓮，競逐於音樂、藝術名聲的經營。她在遭遇喪父之痛，不能與藝妓出身的繼母相處，遂決心上山開墾父親遺留下來的田地。寶蓮的最初願望，是爲台灣女性爭一口氣，成爲傑出的音樂家。但在家變之後，反而辦理休學，放棄音樂的追求，變成一位純樸的農婦。這種強烈的生活轉變，在日據時期小說中可以說難得一見的。即使是放在呂赫若的作品行列裏，這種明快的情節也極爲稀罕。小說裏並未出現父權的壓迫，寶蓮的生命抉擇全然出於自我判斷。因此，呂赫若的隱喻究在何處？

女性倘若是一個被壓迫的象徵，那以寶蓮這位戰火下的台灣女性，顯然寓有反戰的意味。當寶蓮不再浮沉於世俗名聲的爭逐，毅然休學而投向田園生活，她的行動與整個社會潮流誠然背道而馳。她有意效仿她的舅舅們遺世獨立的生活方式，因此她說：「我也不否定人的努力向上與活躍於社會。我考慮的是做事的方法，生存的方法。舅舅已經在這住了四十年了！他在這裏看山、看河、看樹木成長，在這耕種四十年了。舅舅們既不是呆子，也不是無能。我想這就是生活。」（〈山川草木〉，頁四九五）

在鄉間耕種四十年的生活，正好與日本之統治台灣的時間等長。這裏的暗示，正是寶蓮刻意要擺脫戰爭的控制，追求台灣固有的田園生活。戰爭的發動，是由擁有殖民父權的統治者一手導演的，寶蓮這位女性則是台灣的象徵。她選擇放棄社會的競爭等於是放棄對戰爭的響應，從而也等於是對日本殖民父權的棄擲。從這個角度來觀察，〈山川草木〉便不能輕易以一般皇民文學的作品來看待，而毋寧是一篇反戰爭、反父權的抗議小說。更值得注意的是，寶蓮以著田園裏的蓮霧樹爲象徵，發抒了她內心深處的喟嘆：

> 這棵蓮霧已經二十年了，二十年間，這棵樹在這兒動也沒動過。而且它的葉子年年新鮮翠綠。我認爲這種生存的方法是很美的，這點在我們的生活中有嗎？我們在藝術、學問中打轉，是否遺忘了什麼？那座山也是！數十年、數百年來，它都是那麼奕奕地存在著。和這些比起來，我覺得我們都像患了夢遊病的人。（〈山川草木〉，頁四九六）

這些語言的運用，幾乎就是呂赫若本人的自白。山下那些患有嚴重夢遊症的人，當然也包括了發動戰爭的日本統治者。寶蓮如果是一個反戰的隱喻，則她所認同的年年翠綠的蓮霧樹，以及數百年來奕奕存在的山巒，無非就是台灣的象徵。呂赫若不斷訴說台灣山川草木的寧靜與茁長，顯然是用來對照蠅營苟且的戰爭販子。這種批判於無形的力量，透過一位女性的聲音傳達出來，簡直是極其雄辯的。

自我放逐的精神

呂赫若小說塑造的兩種女性形象，正反對比，明暗互照。縱然色調與情節各有不同，呂赫若批判父權文化的用心卻隱約可見。探索台灣社會的殖民地性格時，呂赫若並不拘泥於傳統性別壓迫的思考，他還進一步借用階級壓迫與國族壓迫的事實，觀察台灣女性地位的升降。

處在殖民時期的呂赫若，思考格局自然有其局限。以現階段女性主義者或後殖民論述的觀點來看，他並未全然擺脫封建父權的陰影。〈廟庭〉與〈月夜〉鋪陳出來的女性命運，似乎並非呂赫若的思考所能處理。但是，恰恰就是他表現了這樣的格局，才更準確表現了殖民地知識分子的困境。

他的小說中女性，大約只有兩種出路，一是選擇死亡，一是選擇流亡。這種自我放逐(self-exiled)的精神，固然是在反映台灣女性的難以找到出口，但是很大程度上，似乎是在呈現殖民地知識分子的苦悶。他注意到性別壓迫的存在，並不必然意味就已具備了女性意識。性別壓迫，在象徵殖民地之被掠奪上，意義顯然較大。琴琴之離家出走，寶蓮之放棄音樂而回歸田園，也都是自我放逐精神的表現。這種生命的流亡，自然較諸生命的死亡還更具有抗議意味。不過，無論積極或消極的放逐，都代表了呂赫若追求恢復主體的意志。

在他的小說中，瑣碎而細節的描寫，往往集中於鄉間景物的純樸無華。他的文字，已精確到了甚至可以牽動讀者的嗅覺、聽覺等等的官能反應。這種對社會內部的細微觀察，不能不說是對台灣主體恢復的一種嚮往。對抗殖民者建構起來的龐大體制，殖民地作家的瑣碎政治無疑是很好的一種策略。自我放逐的描述，則在反映台灣主體恢復的艱困。因此，女性形象的塑造，很清楚就在於形塑台灣的政治命運。

呂赫若小說顯示，台灣主體恢復或重建的障礙，並不能全然歸咎於殖民體制的存在，封建父權體制的阻撓也是不能不注意的。娶妻納妾的問題，絕對不是殖民者帶來的；被殖民者之間的相互歧視與壓迫，也不純然是日本帝國主義者造成的。呂赫若穿過歷史的迷霧，一方面揭穿外來統治者的眞相，一方面讓台灣人看清社會內部的實態，正是他文學創作的非凡造詣。呂赫若呈現出來的自我批判與自我撻伐，無非像一位雕刻師那般，一尺一寸敲出富有活力的台灣歷史形象。

註釋

❶參閱〈一九二八年台灣共產黨政治大綱〉，台灣總督府編《警察沿革誌》（東京：台灣史料保存會複刻，一九六八），頁六〇一—一三。中譯文收入盧修一著《日據時代台灣共產黨史》（台北：自由時代出版社，一九八九），頁二〇四—〇五。

❷鍾美芳〈呂赫若創作歷程再探——以〈廟庭〉、〈月夜〉爲例〉，宣讀於淡水工商管理學院主辦，「台灣文學研討會」（一九九五年十一月四—五日）。

參考書目

呂赫若著、林至潔譯《呂赫若小說全集》（台北：聯合文學，一九九五）。

張恆豪主編《呂赫若集》（台灣作家全集，台北：前衛出版社，一九九一）。

鍾肇政、葉石濤主編《牛車》（光復前台灣作家全集五，台北：遠景出版社，一九七九）。

施淑〈最後的牛車——論呂赫若的小說〉，收入張恆豪主編《呂赫若集》。

張恆豪〈比較楊逵、呂赫若的決戰小說——〈增產之背後〉與〈風頭水尾〉〉，宣讀於淡水工商管理學院，「台灣文學研討會」（一九九五年十一月四—五日）。

陳芳明〈紅色青年呂赫若——以戰後四篇中文小說爲中心〉，宣讀於國立師範大學人文中心主辦，「第二屆台灣本土學術會議」（一九九六年三月）。

鍾美芳〈呂赫若創作歷程初探——從〈石榴〉到〈清秋〉〉，宣讀於清華大學中國語文學系主辦，「賴和及其同時代的作家學術會議」（一九九四年十一月二十五—二十七日）。

鍾美芳〈呂赫若創作歷程再探——以〈廟庭〉、〈月夜〉爲例〉，宣讀於淡水工商管理學院主辦，「台灣文學研討會」（一九九五年十一月四—五日）。

許俊雅〈冷筆寫熱腸——論呂赫若的小說〉，收入《台灣文學散論》（台北：文史哲出版社，一九九四），頁二七三—三二〇。

第十章 紅色青年呂赫若

——以戰後四篇中文小說爲中心

導論

呂赫若（一九一四—一九五一）是不是左翼作家？這個問題曾經引起台灣文學研究者的議論。有一種說法是，呂赫若在一九三〇年以後就開始具有階級意識，並大量閱讀左派的雜誌書籍。持這種見解的是藍博洲。另有一種說法則來自張恆豪；他認爲，三〇年代知識分子閱讀左翼書籍，乃是時代風氣使然。呂赫若雖接觸左翼思想，並不宜把他定位爲左翼青年。張恆豪指出，呂赫若的文學風格傾向於「冷酷分析」與「人道關懷」，很少爲無產階級或社會主義搖旗吶喊[1]。

張恆豪與藍博洲所討論的呂赫若作品，是指日據時代發表的小說。兩人的看法之所以有出入，乃在於對「左翼」一詞的定義寬窄不同。藍博洲傾向於強調呂赫若與左翼思潮接觸的事實，這是一種較爲寬鬆的解釋。張恆豪則從較爲嚴謹的角度來理解，認爲呂赫若小說中並未表現社會主義的立場。

「左」的思考是什麼？如果捨棄狹義的說法，則一位左翼作家在撰寫小說時，並不一定自始至終都要站在社會主義的立場來吶喊。呂赫若在殖民社會裏表達抗議精神時，絕對不是教條而僵化的。所謂左翼作家，並不意味必須放棄文學紀律與美學要求。一位頗有自覺的作家，在作品中伸張自己的政治信念之際，應該也同時可以達到藝術的昇華。所謂「左」，並不必然規規矩矩遵從正統馬克思主義的理論，更不必然要在作品裏使用左派的名詞與術語。一位殖民地社會的知識分子，在社會主義的信念基礎上，選擇文學的形式，爲受壓迫、受欺凌的弱勢人羣表達抵抗意志，無疑就是左翼作家。從這個角度去檢驗呂赫若的文學，就可以發現他自始至終都是站在弱者的立場，發抒被殖民者的心聲。

從一九三五年發表第一篇小說〈牛車〉開始，直到一九四七年發表最後一篇小說〈冬夜〉爲止，在短短十二年的創作生涯中，呂赫若從未偏離過左翼作家的思考。即使在皇民化運動時期出版的短篇小說集《淸秋》，呂赫若也在書中專注於揭露台灣封建意識的落後與愚昧❷。正因爲他具備強烈的批判意識，戰爭結束後的國民政府來台接收時，呂赫若的文學作品仍然維持高度的抵抗精神。當他發現國民政府的統治性質與日本殖民政權毫無兩樣時，尤其是一九四七年二二八事件爆發之後，呂赫若更是產生了無可言喻的幻滅感。在那樣的幻滅驅使下，呂赫若終於投入紅色的政治運動，並且在運動中犧牲了性命。

這篇論文集中於討論呂赫若在戰後初期所發表的四篇中文小說，進而了解在社會轉型期台灣知識分子的心理變化。呂赫若如何從一位熱愛祖國的知識分子，轉化成爲一位反抗封建統治的紅色青年，都可以在小說中窺見他思考上的發展。

呂赫若文學的左翼色彩

呂赫若的文學生涯非常短暫，但是一般研究者爲了方便討論，大約都以分期方式來概括其作品風格的轉變。日本學者野間信幸認爲，呂赫若作品可分爲初期（一九三五—一九三七），中期（一九四一—一九四五），後期（一九四五—一九五一）[3]。這樣的劃分方式，似乎不太符合呂赫若的創作生涯。因爲，從一九三七年到一九四一年之間，呂赫若仍然有作品發表，包括〈季節圖鑑〉與〈台灣的女性〉兩篇小說在內[4]。野間信幸的分期方式，顯然把這段時期劃入空白的階段。同樣的，關於呂赫若後期的創作，野間信幸以一九五一年爲斷限。不過，就目前所發現的史料，似乎未能證明呂赫若在一九四七年之後還繼續從事文學創作。

到目前爲止，掌握呂赫若文學生涯最爲精確的，莫過於林至潔所寫的〈期待復活——再現呂赫若的文學生命〉[5]。這篇文章將呂赫若文學生命劃爲，第一階段（一九三五—一九三九），第二階段（一九三九—一九四一），第三階段（一九四二—一九四五），第四階段（一九四六—一九四七）。這可能是最爲細緻的分期方式，也是觀察呂赫若作品最爲深入的。林至潔認爲，第一階段的呂赫若，是以小資產階級知識分子的角度來看殖民地及半封建社會的矛盾。到了第二階段，呂赫若正在日本留學，他的觀察焦點從農村婦女問題轉移到都市婦女問題。第三階段則遭逢日本皇民化運動時期，呂赫若收斂左翼批判精神，轉而集中於對封建家庭中婦女地位的問題進行探討。在最後的第四階段，呂赫若嘗試使用中文創作，一方面批判日本的皇民化運動，一方面則對戰後國民黨政策進行嚴厲的抨擊。

林至潔對於呂赫若文學的檢討，應該是可以接受的。她所翻譯的《呂赫若小說全集》，正好可以全面印證這樣的見解。關於第三階段皇民化運動時期的呂赫若，施淑也有類似的看法：「從一九四二到一九四四，呂赫若的小說世界似乎換了人間。這時他的關注點不再出現〈牛車〉中的社會場景，而只是些發生在家庭裏的變故，他的關注點也由社會層面轉移到人性問題。」[6]施淑的陳述，顯然可以與林至潔的說法相通。皇民化運動的浪潮衝擊下，呂赫若再也不能受到客觀環境的寬容，遂轉而對封建傳統的殘餘進行批判。

值得注意的是，無論在哪一個階段，呂赫若都未嘗離開女性角色的塑造。爲什麼他酷嗜以女性形象來經營小說？這個問題自然值得深入討論。葉石濤在檢討呂赫若文學時，曾說：「他從農民家庭生活中看到帝國主義統治的巨大陰影上如何地剝削農民、毀滅農民，又從地主家靡爛的生活看到封建的罪惡。當然他也沒忘卻殖民統治和封建制度本身是一丘之貉，台灣民衆的所有苦難由此而產生。」❼如果殖民統治與封建體制是一體的兩面，那麼呂赫若刻意經營女性的角色，顯然就是爲了突出台灣社會之弱者地位。在殖民社會與封建社會裏，女性之受到迫害的事實是無可否認的。對於左翼作家而言，要描述弱者的命運，以工人與農民做爲主題的對象，並非是最恰當的。以女性做爲被壓迫的象徵，恐怕較具說服力。呂赫若不斷描寫台灣女性的受害掙扎與抵抗，似乎都與他社會主義的信仰有密切的關係。因爲殖民統治與封建制度的優勢地位，都是相當具有父權式的支配。呂赫若以女性爲小說的重要隱喻，無非是爲了暴露殖民地社會的荒謬性格❽。

受到最多議論的第一篇小說〈牛車〉，就是最典型的殖民地文學。這篇小說同時批判了日本殖民地的父權與台灣封建男性的父權。倘然能夠注意發表這篇小說的時代背景，就更可發現呂赫若的左翼批判精神。一九三五年是日本殖民統治台灣的第四十週年，台灣總督府在台北舉行規模龐大的博覽會，前後長達五十天之久。這個博覽會既是迎接日本在台的始政紀念日，又是爲了展現日本資本主義在台現代化的成果。年紀較呂赫若稍長的同一時代小說家朱點人，曾經撰寫一篇小說〈秋信〉，對於日本殖民者爲了炫耀現代化而舉辦博覽會，表現了高度的批判[9]。

日本殖民統治到了一九三〇年代，誠然在政治與經濟方面有了長足的發展。爲了配合台灣「南進基地化」的政策，台灣總督府在經濟方面進行資本投資的多角化，使工業化獲得大大提升[10]。同時在政治方面，下放少數權力給基層組織，實施市制、街庄制的改革，並且在一九三五年實行地方自治的選舉[11]。政經雙元政策的實施，使得殖民體制益形鞏固。在整個帝國政權臻於成熟之際，呂赫若以短篇小說的形式表達了他的抵抗意志。就在這一年，呂赫若的文學生命宣告出發，便連續撰寫了三篇小說。他分別選擇工人楊添丁（〈牛車〉）、佃農老松（〈暴風雨的故事〉），以及女性知識分子琴琴（〈婚約奇譚〉）等三種不同的角色，抨擊現代化假面下台灣社會內部的不平與不滿。瀕臨生活絕境的牛車工人楊添丁，從未分享到現代化所帶來的進步；佃農老松則繼續被籠罩在封建社會地主剝削的陰影裏；琴琴這位職業女性，則被迫離家出走，以抗拒傲慢的男性沙文主義文化。

除〈牛車〉之外，呂赫若在〈婚約奇譚〉中毫不掩飾他的左派立場。小說中的女性知識分子琴琴，在訂婚前就是一位社會主義的信仰者。她對社會的改造，對自己命運的選擇，都具有獨立判斷的能力。小資產階級出身的明和，爲了爭取她的芳心，並進而與她訂婚，遂僞裝成一位左派青年。明和刻意去學習一些社會主義的術語，也借閱一些左翼書籍，終於成功掩飾了自己的政治立場，也與琴琴完成訂婚。〈婚約奇譚〉在小說開頭，就安排了琴琴離家出走的場景。她拆穿了明和的虛僞面孔，決定毀棄婚約。對於自己的行動，她是如此辯護的：「說是既然已經訂婚，就強迫女性要準備結婚，而且要履行結婚的義務，這都是男子獨裁的布爾喬亞思想，不是嗎？我在結婚之前出來旅行，也不是什麼不可思議的事。」⑫

在這段表白中，琴琴反抗的兩種父權已很清楚，一是男子獨裁，一是布爾喬亞（小資產階級）的思想。如果進一步解釋的話，呂赫若筆下女性的批判對象乃是封建殘餘的男性沙文主義，與資本主義洗禮下的優越階級意識。琴琴的離家出走，事實上就是爲了擺脫當時社會中雙重父權的控制。無論從封建社會或從資本主義社會的角度來看，日據時期的台灣女性都扮演了被壓迫的角色。在呂赫若的刻意塑造下，琴琴變成一位有「自覺」的馬克思女性。

這裏必須強調的是，呂赫若在每一階段的創作裏，都是以探討女性角色與地位爲中心。在日本殖民體制積極現代化，以及努力實施南進政策之際，呂赫若的文學生涯正好也邁入第一階段與第二階段。在帝國權力高漲的時期，他選擇以女性爲中心，點出台灣社會幽暗、腐朽的一面。那種批判的態度，不能不說是堅定而頑強。具體而言，呂赫若是一位左翼作家是毫無疑問的。這樣的政治信仰，似乎已經預告他日後的命運發展。

前述的藍博洲與張恆豪見解，雖然對呂赫若的「左翼青年」定位稍有出入，唯對戰後階段的看法則趨一致。他們都同意，呂赫若在戰後與建國中學校長陳文彬過從甚密，遂受影響而更左傾⑬。這樣的看法，可能是指參加政治活動而言。如果是指思想方面的話，呂赫若恐怕未待認識陳文彬之前就已相當左傾了。

皇民化運動與反皇民化精神

呂赫若的思想，在跨向戰後階段之前，還有一段皇民化時期的過渡。亦即在一九四二至一九四五年之間，他出版了短篇小說集《清秋》與兩篇皇民化作品〈山川草木〉與〈風頭水尾〉。這段過渡時期的作品，歷來不斷引起研究者的興趣。像呂赫若這樣具有批判精神的作家，在皇民化運動時期終於也被迫寫出配合政策的小說，是否表示他的左翼立場發生動搖了？呂赫若在出版《清秋》時所寫的〈跋〉就已公開承認，在將近十年的寫作生涯裏，他徬徨於「實在」（現實）與「空想」之間，希望能夠尋找出自我⓮。在皇民化運動期間，他表達了猶豫的情緒，豈非是對於官方政策有所保留？

這種不穩定的情緒，反映在〈清秋〉小說裏最為清楚。這篇未經發表就直接收入小說集的作品，描述一位回鄉準備開業的醫生耀勳，在等待許可證核准之前的心情。當時皇民聖戰已進入高峯階段，耀勳刻意留在家鄉行醫。但是，他遭到了雙重阻礙，一是來自同行的江有海，一是來自飲食店的黃明金。江有海以商業獲利方式行醫，非常擔心耀勳的開業競爭，似乎在暗中阻礙當局發給他「開業許可」。黃明金經營飲食店的房屋，則是向耀勳父親承租的。

根據租約，黃明金可以不必搬走。如果收回房屋，則黃明金一家也將陷入生活困境。耀動在面對這些困難時，內心有意放棄開業。使他解除難題的，竟然是江有海與黃明金都決定選擇「志願到南方去」去參戰。

〈清秋〉之所以値得注意，乃是在當時皇民文學作品中，幾乎每位作者都是藉主角的身分在小說裏擁護或思考皇民運動的問題。呂赫若反其道而行，小說主角耀動卻變成了聖戰的旁觀者。那些參加聖戰的，都是在台灣社會中自認爲沒有出路的。耀動這樣有爲的青年，則反而留在自己的家鄉服務。葉石濤在討論〈清秋〉時，認爲這是一篇反體制的作品，而終於能夠通過台灣總督府保安課的思想檢查，毋寧是拜賜於呂赫若審愼的寫作技巧[15]。如果這樣的說法可以接受，那麼〈清秋〉當不只是消極的反體制而已，事實上還暗藏了積極的抵抗意志。他的抵抗精神，應該與早期的左翼批判意識是同條共貫的。

林至潔也有同樣的看法，認爲這個時期的呂赫若，「他把嘶聲吶喊的內涵藏在心中燃燒，迴避對戰爭體制的批判，更規避對瘋狂戰爭扭曲了人性的責難，對尖銳的種族問題矛盾也暫時不談，但是他更去歌頌皇民化運動」[16]。在不能違背自己的政治信仰，又不能表示反對皇民戰爭的情況下，呂赫若寫了〈清秋〉之外，又發表了〈鄰居〉（一九四二），〈玉蘭花〉（一九四三），〈山川草木〉、〈百姓〉（一九四四），以及〈風頭水尾〉（一九四五），幾乎每篇作品都是以含蓄、影射的手法，對皇民化運動表達相當程度的抵抗。

呂赫若對皇民化運動的眞正批判，必須等到一九四五年日本投降之後才完全表現出來。這可能是他文學生命的最大轉變，因爲他不僅恢復早期的高度批判精神，並且還選擇使用中文從事小說創作。從他的中文表達能力來看，可以發現其語法與造句還相當生澀粗糙。然而，不能忘記的一個事實是，呂赫若是日據時期的第三世代作家。他已經適應了日語的思考與表達方式，客觀環境顯然已不能容許他使用中文的機會。在終戰的第二年，亦即一九四六年，他就能夠發表中文小說，足證他決心繼續從事文學道路的追求是何等堅決。在短短一年之中，他連續發表四篇小說：〈故鄉的戰事(一)——改姓名〉[17]、〈故鄉的戰事(二)——一個獎〉[18]、〈月光光——光復以前〉[19]與〈冬夜〉[20]。

這四篇小說，代表呂赫若在戰後初期國民政府來台接收時的心情變化。前面三篇小說，可以視爲呂赫若全力嘲弄、批判皇民化運動期間的社會怪現狀。其中第三篇〈月光光〉，他的批判態度就有新的變化，既批判日本皇民化運動，也暗諷國民政府在台推行的國語政策。到了第四篇〈冬夜〉，就完全是針對光復後台灣社會的蕭條與苦悶，暴露國民黨政權的帝國主義性格。對於這四篇小說的內容稍具了解之後，才能夠清楚認識呂赫若爲什麼日後會走向紅色革命道路的緣由。

〈改姓名〉與〈一個獎〉，是反皇民、反聖戰的典型代表。以〈改姓名〉爲例，呂赫若以在戰後目擊小學生之間的言談爲題材。等候在火車站月台的小學生，發現有同學不依秩序排隊，所有學生都責罵這位插隊的同學是「改姓名」。小說中的「我」，對此事件感到很納悶，以爲插隊者是一位台灣人，而在皇民化時期改過姓名。所以小說這樣寫著：「日本在皇民化運動極烈的時候，台灣同胞的改姓名是一天又一天的多，所以這時候，我聽見這些小學生一直罵著改姓名，覺得侮辱得很。」事實上，那位叫俊藤的插隊學生，果然不是台灣人，而是日本人。但爲什麼被叫做「改姓名」？原來戰後的小學生，對於所有不守秩序的同學，對於後來居上的插隊行爲，都一律稱之爲改姓名，而改姓名就是假僞、誑騙之意。

在皇民化運動期間，日本統治者極力推行改姓名的政策，以爲這是賜給台灣人的榮耀。其實，不少台灣人都視爲羞辱之舉，即使是日本小孩子也不認爲是可以接受的。〈改姓名〉是以這樣的自白結束：「哎喲，日本人你眞是個癡子。連你自家的小孩子都騙不著，怎樣能夠騙了五千年文化歷史的黃帝子孫呢？」

這裏透露一個很強烈的信息，也就是戰後初期的呂赫若是以做爲黃帝子孫爲傲的，並且藉此揭發日本大和民族的虛僞性格。尤有進者，他也藉由這篇作品的撰寫，點出皇民化時期自己所寫的小說，乃屬一種虛應故事的行爲。因此，〈改姓名〉絕對不只是批判殖民體制而已，同時還寓有自我反省的意味。不僅如此，他對於台灣社會之光復，並對回歸中華文化的前景，表現了樂觀開朗的心情。

〈一個獎〉的諷刺意味就更爲深刻，不但有強烈的反聖戰思想，甚至還對日本人的「英勇」假象予以百般嘲弄。小說場景設定在台灣遭受空襲期間，日本警察鼓勵百姓繳回尚未爆的炸彈。凡未繳回者，必定受到懲罰。小說中的農人唐炎在自己田裏拾獲未爆炸彈後，立即送到當地警察局繳回。未料日本警察池田看見炸彈送到門口，驚慌異常而躲到桌子底下。驚魂甫定之後，池田不但沒有獎勵唐炎，反而還給予一頓痛打。唐炎得到的獎品居然如此，遂受到村人的奚落。小說最具反諷之處，便是唐炎在最後的一段表白：「不要緊，我知道了，日本絕不是不怕死的。從前人家老說過日本人是不怕死的，這完全是瞎說，我知道了。」

殖民統治者的權威假面，都在〈一個獎〉的字裏行間暴露無遺。所謂英勇的視死如歸的日本警察，反而不及台灣鄉下的農民。這種對日本人的無情諷刺，正好可以凸顯皇民化時期台灣人的內心風景。呂赫若爲受盡汚辱的台灣人賦以素樸的形象；同時也把他們內心的抗議及其不滿發抒出來。因此，要了解皇民化運動時期的呂赫若心情，似乎可以通過戰後的這兩篇作品〈改姓名〉與〈一個獎〉來認識。

呂赫若是不是一位左翼作家，至此應該有一明確的答案。即使是在日本統治權威達到極盛的階段，呂赫若的批判精神誠然有所保留，但並未發生動搖。在戰後他能夠使用中文撰寫小說時，立即以反皇民化運動做爲創作的主題。弱者如小學生與農民，都仍然能保持清楚的價值判斷能力。他毫不掩飾對日本殖民體制的鄙夷，也對日本人虛僞的民族性格予以揭露。這些都足以證明他在戰後初期的信心。

反殖民精神的延續

發表於一九四六年十月的〈月光光〉，以及一九四七年二月的〈冬夜〉，文字色調開始轉爲陰翳。倘然呂赫若對於光復前景抱持樂觀態度的話，他的文學作品應該是充滿信心而進取的。但是，〈月光光〉一文就有曲折的影射技巧，除了批判日本人的皇民化運動之外，也對戰後的國語政策表示高度的懷疑。

〈月光光〉的產生背景，是國民黨企圖掃除日本文化，積極向台灣人民灌輸中華民族主義的思想，特別是挾帶三民主義思潮而來的文化政策，強力要求台灣知識分子必須使用北京話的國語。配合國語政策的推行，國民黨當局在一九四六年十月決定廢止所有報刊雜誌上的日文版。這項政策對於皇民化運動時期成長起來的台灣青年，無異是一項嚴重的影響[21]。國語政策在戰後的實施，對台灣人民已構成歧視與排斥的效果。因此當時各地議會要求延長日文版的呼聲，可謂相當普遍。呂赫若發表〈月光光〉的同期《新新》月刊裏，就有一篇文章呼籲應謹慎實行國語政策[22]。

理解了這樣的背景，才知道〈月光光〉不斷突出台灣人意識的背後意旨。小說是以皇民化運動時期的台灣人莊玉秋爲中心，爲了租屋，必須僞裝成國語家庭，因爲房東要求租戶不能說台灣話。整篇作品都在嘲弄台灣人爲了升格爲日本人，而被迫扭曲自己的性格。房東的租屋條件，是以這種傲慢的語言表達出來：

租你卻是可以，不過，你要有資格才行。就是要全家眷在日常生活都說日本話，要純然的日本式的生活樣式。因爲我在這裏當鄰組長，想要建設著整個和日本人一樣的模範鄰組出來，所以沒有這樣的資格就不行。你怎麼樣？

莊秋玉看到這位僞日本人的嘴臉，遂順水推舟，把自己裝扮得比房東還更像日本人。他說：

那是不算什麼，一定可以的。我暫且不說，我的妻是高等女學校畢業的，我的孩子自小就說日本話，所以台灣話一點兒都不會說的。

莊秋玉更進一步逼問房東：

我是個很贊成皇民化的人，我的家庭，是國語家庭，有風呂，有疊，有神棚，有日本衫一式，吃還是日本式的。不過，對你這些房間，現在我卻有一點懷疑，是能夠設備著日本式的房間嗎？請問你。

房東與莊秋玉之間的對話，顯示著台灣人格所遭逢的挑戰。爲了搖身變成日本人的房東，對於自己是台灣人出身的事實，全盤否認。然而，遇到像莊秋玉這種僞裝日本人的模樣，反而心生敬畏。莊秋玉策略得逞，終於租到房子。但是，爲了繼續維持日本人的身分，也爲了繼續保有租約，莊秋玉一家竟然都壓抑自己，不能在生活中說任何一句台灣話。

統治者對殖民地社會的控制，往往刻意要求被殖民者必須遺忘自己的語言與身分。當文化認同全然喪失時，也正是殖民統治者宣告得勝的時刻。但是，遺忘自己的語言，並不意味被殖民者的人格就可以獲得提升。文化的淪落，最後等於是被殖民者受到扭曲與矮化。統治者的權力支配，並非直接施加於被殖民者的身上，而是透過代理人來實行的。因此，在被殖民者中間，自然就會出現「比殖民者還更像殖民者」的奇怪現象。小說中的房東，便是以日本統治者代理人的姿態登場，在皇民化運動中頗爲自滿於扮演「鄰組長」的角色，並且還以說日本話做爲租屋的條件。房東這種泯滅台灣人性格，以取悅統治者的行爲，豈非就是殖民地社會全然屈服的一個明證？

莊秋玉刻意掩飾自己的身分，僞稱出身於國語家庭，並因此而得到房東的信任，這又是另一種畸形人格的浮現。爲了保持日本人的身分，遂禁止家中的小孩眷屬以台灣話交談。這種自我壓抑的結果，小孩失去了活潑的精神，而家眷則猶如生活於囚牢之中。莊秋玉的母親終於忍受不住這樣的壓抑生活，開始責罵起房東：「房東家啊，你不是日本人，你是明明白白的台灣人。爲什麼不准人家說台灣話呢？你是個吃日本屎吃的很多的人啊！」不僅如此，她又轉而責備自己的兒子莊秋玉：

> 我們是要在此永住的，像現在這樣的一也不可說台灣話二也不可說台灣話，我們是台灣人，台灣人若老不可說台灣話，要怎樣過日子才好呢？你看，可憐的小孩子都有點清瘦起來了。你若要繼續這樣的委屈，就是同迫死我們祖孫一樣的啊！

母親的形象，在此是一個重要隱喻。她既代表台灣的傳統，也代表固有文化的根。對於奉行皇民化政策的房東，她以最嚴厲的字眼予以責備。對於僞裝國語家庭的兒子，她以生命相脅。莊秋玉終於覺悟到，天生的台灣人性格是不能改變的。他不能再只爲得到棲身之處而扭曲自己的人格。他決心搬家，以恢復原來台灣人的面貌。在搬家前夕，莊秋玉在庭院與孩子唱起台語童謠，引起鄰居的畏懼與騷動，但他內心卻是一片暢快。

戰後的國語政策，並非只是廢止日語而已，事實上也是對台灣話進行壓制與歧視。在二二八事件前夕，由於許多知識分子不會說國語，以致不能受到公家機關的任用。即使有幸進入公務員的行列，台灣人的薪水也是比會說國語的外省人還低。當時也有一羣「比外省人還外省人」的台灣知識分子，例如當時的半山集團，也是依恃統治者的身分來欺凌台灣本地人。因此，〈月光光〉並不能只是當做反皇民化運動的小說看待，其實對當時的政局，也具有微言大義的精神。在國民黨戮力推行國語政策時，呂赫若提出這樣的看法：「我們是台灣人，台灣人若老不可說台灣話，要怎樣過日子才好呢？」生活在國語政策時代的台灣人，必然也會聯想到皇民化運動時期的高壓文化政策。呂赫若在小說中再三提出「台灣人」的字眼，取代了〈改姓名〉小說中「黃帝子孫」的提法。這種轉變，似乎暗示了他已喪失光復初期的興奮與驕傲。

透露他內心幻滅最爲徹底的作品，當推〈冬夜〉這篇中文小說所表現出來的黯淡情緒。在呂赫若的全部作品中，可能以〈冬夜〉最能展現他的政治思考。這篇小說再次以女性的角色暗喻台灣的命運，極其露骨地點出國民政府之接收，等於使台灣再度淪爲帝國主義的戰利品。凡研究台灣文學者，無不困惑於呂赫若爲何會走上革命道路。呂赫若發表這篇小說後，便神祕消失於文學創作的領域之外。後來，經營印刷廠，成立大安出版社，接受辜顏碧霞的資助。一九四九年，呂赫若參加鹿窟祕密基地，擔任文宣工作。後爲毒蛇咬傷，病發而死[23]。呂赫若加入鹿窟基地的行列，幾乎是定論的事實。因此，〈冬夜〉可以說是他參加紅色政治運動前的最後一篇小說。呂正惠曾經指出：「這篇小說問世的二十八天之後，就發生了二二八事件。我們現在找不到文字資料足以重建呂赫若這時的心路歷程。他也許徬徨過，也許痛苦過，但他最後選擇中共『台灣省工作委員會』的地下組織，想要追求台灣人的『再解放』，從他的歷史哲學來看，應該是有跡可循的。」[24]

在二二八事件前後，現存史料誠然不能重建呂赫若思想轉折的過程。但是，從〈改姓名〉、

〈一個獎〉、〈月光光〉，一直到〈冬夜〉的出現，就已足夠窺見他內心的變化。從反對殖民體制、批判皇民化運動的基礎出發，呂赫若刻意在〈冬夜〉裏把國民黨與日本人拿來等量齊觀。小說中的彩鳳，因丈夫木火被徵召到南洋參加太平洋戰爭，必須擔負起維持家計的責任。戰爭結束後，木火未曾歸鄉，彩鳳又失業。在物價飛騰的生活壓力下，她被迫到酒館上班。就在酒館裏，她認識了兩位男人，一是郭欽明，隨重慶政府來台接收的外省男人，一是王永春，綽號狗春，是充滿浪漫氣息的本省男人。

郭欽明覬覦彩鳳的肉體，遂以手槍要脅的暴力方式逼婚。爲了合理化他的野蠻行爲，郭欽明是如此向彩鳳表白：

> 你這麼可憐！你的丈夫是被日本帝國主義殺死的，而你也是受過了日本帝國主義的摧殘。可是你放心，我並不是帝國主義，不會害你，相反地我更加愛著你，要救了被日本帝國主義摧殘的人，這是我的任務。我愛著被日本帝國主義蹂躪過的台胞，救了台胞，我是爲台灣服務的。

這位替天行道的、反對帝國主義暴行的男人，就在結婚半年後，把性病傳染給彩鳳。郭欽明以此爲理由，指控彩鳳與別人有染，決定離婚，並要求歸還三萬元聘金。呂赫若塑造郭欽明的形象，無疑是依照國民黨的腐敗現象來描繪的。當國民黨以反對日本帝國主義的姿態統治台灣，本身也具備了更爲惡質的帝國主義性格。郭欽明只不過當時政權的一個縮影，而彩鳳則是台灣命運的一個象徵。在思想上，呂赫若不斷在尋找出路；在政治上，他也努力在追求合理的解釋。但是，從〈冬夜〉這篇小說來看，呂赫若見證的歷史發展，彷彿是一座沒有出口的迷宮。

〈冬夜〉的情節發展到最後，是彩鳳投入台灣男人狗春的懷抱裏。然而，這位狗春竟是警察眼中的「盜匪」。在警察的追捕聲中，狗春開槍抵抗，但沒有下落。只留下寒夜裏的彩鳳，「她一直跑著黑暗的夜路走，倒了又起來，起來又倒下去。不久槍聲稀少了。迎面吹來的冬夜的冷氣刺進她的骨裏，但她不覺得」。小說的結尾，撐起一個巨大的象徵。從台灣男人的命運來看，似乎必須走向「開槍抵抗」的道路；從彩鳳的遭遇來看，她走的是「倒了又起來，起來又倒下」的道路。

如果呂赫若支持狗春所選擇的抵抗，那麼他並不是唯一這樣思考的人。因爲，與〈冬夜〉發表在《台灣文化》同一期雜誌的另一篇小說〈農村自衛隊〉，係出自左翼政治運動者蘇新之手。蘇新使用「丘平田」的筆名，以小說形式表達對國民黨政治的不滿，強烈暗示台灣人應該組成「自衛隊」來對抗暴政[25]。因此，〈冬夜〉不僅是呂赫若思想狀態的一個反映，也是當時台灣社會共同心理的浮現。

如果他以彩鳳走過的道路來代表台灣歷史，則戰後受到的暴力統治，幾乎就是日本殖民體制的翻版。寒風刺骨，「但她不覺得」。這種寫法暗喻台灣人民似乎已經習慣了這種荒涼的政局。果眞如此，這是極其悲觀的宿命論。這樣的解釋若是可以成立，則對於呂赫若日後之參加鹿窟基地就能夠理解。他的行動，乃是爲了掙脫這種歷史反覆的宿命。歷史證明，呂赫若的突破最後並沒有成功。一九五一年，呂赫若逝世於鹿窟基地。他在文學史上遺留下來的形象，是一個不折不扣的紅色青年。

結語

日據時期台灣左翼文學的發展軌跡，大約是以賴和爲起點，而以呂赫若爲終點。在這段演進的過程中，呂赫若企圖跨越時代的界線，使批判精神能夠傳承下來。呂赫若在戰爭結束後短短一年之內，連續寫了四篇中文小說，這種產量可以說超越同時代的許多左翼作家。僅從四篇中文作品來觀察，還不能夠全面掌握呂赫若的戰後思想變化。不過，以〈改姓名〉與〈一個獎〉的作品內容來看，他在批判日本殖民體制之餘，顯然還有爲自己在皇民化運動時期的思考進行反省與辯護之意味。身爲殖民地的知識分子，他顯然相當清楚自己的文字工作，蘊含著高度的文化意義。因此，即使日本殖民統治已瓦解，並不表示歷史反省就可以終止。他繼續發表文學作品，百般嘲弄皇民化運動的荒謬景象，無非是在證明殖民地知識分子的主體性格，其實還是維持得相當完整。

〈月光光〉與〈冬夜〉的出現，批判的鋒芒轉向來台接收的國民政府。一位左翼作家的批判精神，絕對不會被民族主義的假象所蒙蔽。因此，呂赫若最初也自認爲「黃帝子孫」，但這種血緣關係並沒有使他失去觀察政局的能力。以著民族主義假面君臨台灣的國民黨政權，繼續維持日本帝國主義式的統治時，呂赫若終於也恢復了早期的抗議精神，極其凌厲地暴露國民黨的統治本質。

從美學要求的角度來看，呂赫若的中文小說似乎在結構上過於鬆懈，文字運用上也顯得力不從心。然而，恰恰就是因爲他展現了這種粗糙的風格，而使讀者體會到他當時的用心良苦，也使後人能夠辨識他使用中文的掙扎痕跡。紅色青年呂赫若，未能改寫台灣的歷史；不過，他的四篇中文小說卻完全重塑了他的文學形象。

註釋

❶參閱陳萬益主持〈呂赫若生平再評價座談會〉，《民衆日報》「鄉土・文化副刊」（一九九〇年十二月三日，第十八版）。

❷呂赫若《清秋》（台北清水書店，一九四四），這冊短篇小說集共收入〈鄰居〉、〈柘榴〉、〈財子壽〉、〈合家

平安〉、〈廟庭〉、〈月夜〉、〈清秋〉等七篇。

❸野間信幸〈呂赫若──孝を描いた台灣人作家〉，《中國哲學文學科紀要》創刊號（一九九三年三月）。轉引自垂水千惠〈「清秋」その遲延の構造──呂赫若論〉，收入下村作次郎・中島利郎・藤井省三・黃英哲編《よみがえる台灣文學──日本統治期の作家と作品》（東京：東方書店，一九九五），頁三八五。

❹參閱張恆豪編〈呂赫若生平寫作年表〉，收入張恆豪主編《呂赫若集》（台北：前衛出版社，一九九一），頁三一六。

❺林至潔〈期待復活──再現呂赫若的文學〉，收入林至潔譯《呂赫若小說全集》（台北：聯合文學，一九九五），頁一八──二二。

❻施淑〈最後的牛車──論呂赫若的小說〉，收入張恆豪主編，前引書，頁三〇六。

❼葉石濤〈呂赫若的一生〉，《走向台灣文學》（台北：自立報系，一九九〇），頁一三九──四〇。

❽陳芳明〈復活的殖民地抵抗文學──讀林至潔譯《呂赫若小說全集》〉，《中時晚報》（一九九五年十月一日，第十九版）。收入陳芳明《危樓夜讀》（台北：聯合文學，一九九六年五月）。

❾朱點人〈秋信〉，收入張恆豪主編《王詩琅、朱點人合集》（台北：前衛出版社，一九九一），頁二二五──三七。

❿有關日本資本主義在一九三〇年代台灣的工業化，參閱涂照彥著、李明俊譯《日本帝國主義下的台灣》（台北：人間出版社，一九九一）。特別是第四章第四節〈日本資本投資領域的多面化〉，頁三二三──六六。

⓫有關日本殖民體制在一九三五年的台灣地方自治改革，參閱黃昭堂著、黃英哲譯《台灣總督府》（台北：

自由時代出版社，一九八九）頁一五四—五六。

⓬呂赫若〈婚約奇譚〉，林至潔譯，前引書，頁九四。

⓭藍博洲的說法，見❶，張恆豪在〈呂赫若生平寫作年表〉的「一九四八年」項下指出：「受當時建國中學校長，也是『台灣民主自治同盟』盟員陳文彬的影響，思想逐漸左傾。」頁三一九。

⓮呂赫若〈跋〉，《清秋》，頁三三七。

⓯葉石濤〈清秋——偽裝的皇民化謳歌〉，《小說筆記》（台北：前衛出版社，一九八三），頁八九—九〇。

⓰林至潔譯，頁二〇—二一。

⓱呂赫若〈故鄉的戰事㈠——改姓名〉，《政經報》第二卷第三期（台北，一九四六年二月），頁一二—一三。

⓲呂赫若〈故鄉的戰事㈡——一個獎〉，《政經報》第二卷第四期（台北，一九四六年三月），頁一四—一五。

⓳呂赫若〈月光光——光復以前〉，《新新》第七期（台北，一九四六年十月），頁一六—一七。

⓴呂赫若〈冬夜〉，《台灣文化》第二卷第二期（台北，一九四七年二月），頁二五—二九。

㉑參閱葉芸芸〈試論戰後初期台灣知識分子及其文學活動〉，收入台灣文學研究會主編《先人之血・土地之花》（台北：前衛出版社，一九八九），頁六八—六九。關於戰後國民黨文化政策的討論，可以參閱黃英哲〈戰後初期台灣にすける文化再構築——台灣省編譯館をめぐって〉，《立命館文學》第五三七號（京都，一九九四年十二月），頁三四二—七二。

㉒有關報刊雜誌日文版廢止的問題，在當時引起廣泛討論。其中一例，可以參閱張・G・S〈本省人と日本語〉，《新新》第七期，頁二四。

㉓呂赫若在這段期間的活動，可以參閱谷正文〈鹿窟武裝基地案〉，《白色恐怖祕密檔案》（台北：獨家出版社，一九九五），頁一五六—五九。唯谷正文係情治系統出身，所述史事仍有待進一步查證。

㉔呂正惠〈殉道者——呂赫若小說的「歷史哲學」及其歷史道路〉，收入林至潔譯，頁五九八。

㉕丘平田（蘇新）〈農村自衛隊〉，《台灣文化》第二卷第三期（台北：一九四七年二月），頁三〇—三一。後收入林雙不編《二二八台灣小說選》（台北：自立報系，一九八九），頁二二一—三〇。

第十一章
吳濁流的自傳體書寫與大河小說的企圖

引言

戰後台灣文學有兩個重要的歷史傳承，一是日據時期本地作家所孕育的新文學運動遺產，一是大陸作家所攜來的中國三、四〇年代的文學運動遺產。這兩條路線的交會，終於在台灣創造了豐饒的文學盛況。在交會的過程中，吳濁流作品的出現，是文學史上一再受到矚目與討論的焦點。原因無他，吳濁流小說中流露出來的孤兒意識，正好與大陸作家在文學中所呈現的孤臣意識構成鮮明的對比[1]。

吳濁流文學中的孤兒意識，自傳性格的成分頗重。他要刻畫的，便是把個人的生命置於歷史洪流之中，檢驗自己的命運與國族命運之間交互作用的關係。這種自傳性的文學，當以《亞細亞的孤兒》、《無花果》、《台灣連翹》三部長篇作品爲代表。仔細區分的話，《亞細亞的孤兒》是虛構性的長篇小說，《無花果》與《台灣連翹》則較接近於自傳性的回憶錄。然而，無論是虛構性的或是自傳性的，都可窺探吳濁流當年暗藏的雄心；那就是他有意寫出一部有關台灣人命運起伏的現代史。他的企圖，其實沒有付諸實現；但三部作品合而觀之，幾乎可以發現一部大河小說的鉅構已在成形之中。

所謂大河小說的定義，歷來並未有確切的說法❷。不過，在戰後的台灣文學裏，本地作家與大陸作家都不約而同致力於大河小說的經營，這已是一個公認的重要現象❸。在進一步討論吳濁流作品之前，似乎有必要爲大河小說一詞嘗試尋找一個定義；而這樣的定義，無需外求於西方文學理論的追溯。如果以戰後在台灣出現的大河小說爲基礎，則這類文體的重要特徵有如下三點。第一，大河小說本身不僅具備了濃厚的歷史意識，並且作品裏描繪的時間發展都橫跨了不同的歷史階段。第二，大河小說既包括了家族史的興亡，也牽涉到國族史的盛衰。第三，大河小說對於作品裏烘托的歷史背景與社會現實，往往具有同情與批判的精神。具體而言，它已不僅僅是文學作品，同時也蘊藏了作者的歷史敘述與歷史解釋。

如果這三點可以成立的話，吳濁流的三部作品儼然具有大河小說的雛形。《亞細亞的孤兒》的時間，上自甲午之戰後的台灣割讓，下迄太平洋戰爭爆發後的日據末期。《無花果》則是從作者的幼年時期開始回憶，一直降至戰後初期的二二八事件經驗。《台灣連翹》也是始於作者的幼年，但重點集中於生命過程中的日本經驗與中國經驗，全書的高潮則止於二二八事件始末。從三冊書的歷史背景來看，有相互重疊之處，也各有所偏；但是，吳濁流有意書寫一部台灣現代史的企圖，則昭然若揭。爲什麼吳濁流會不憚其煩，重複敍述相同的歷史階段，而強調不同的歷史事實？如果假以時日，吳濁流有沒有可能完成一部氣勢龐沛的大河小說？這自然是值得議論的問題。不過，《亞細亞的孤兒》的問世，開啓了日後台灣本地作家的無窮想像，從而也觸發鍾肇政、李喬、東方白、雪眸等人，不斷寫出格局龐大的三部曲式的大河小說。要討論戰後大河小說的根源，就不能不回到吳濁流的文學世界來觀察。

自傳體的自我與虛構小說的自我

如衆所知，《亞細亞的孤兒》完成於太平洋戰爭期間的一九四〇年代❹。身處危疑深重的戰爭時期，吳濁流在字裏行間自然寓有微言大義。此書眞正出版時，是以日文原貌付梓於日本，那是一九五六年的事。到了一九六二年，才有中文版的問世。論者恆以出版時間來替代撰寫的時間。事實上，這部小說完全是針對日本統治下的台灣知識分子處境來描寫。要評估這本書，不能放在戰後的歷史脈絡來觀察，而應放在日本殖民統治的脈絡下來考察。《無花果》

定稿於一九六七年，翌年在吳濁流自己創辦的《台灣文藝》分三期連載完畢。直到一九七〇年，此書才以單行本的形式出版，卻立即遭到查禁。這冊回憶錄之重見天日，必須等到一九八三年先在海外發行，才爲讀者所悉。一九八七年解嚴後，《無花果》才正式在台灣公開上市[5]。《台灣連翹》初次撰寫於一九七一年九月，完稿於一九七四年十二月，前後共歷三年。但是，吳濁流生前留下遺言，這部回憶錄內容過於敏感，必須等待十年才能公諸於世。經過十二年後，此書才由鍾肇政先生譯成中文，發表於一九八六年的《台灣新文化》。由於刊載此文，這份雜誌屢遭查禁。同樣的，也是在一九八七年台灣社會解嚴之後，《台灣連翹》才得以上市問世[6]。爲了比較三書撰寫與出版的坎坷歷程，在此嘗試以表格列舉說明。

書名	創作時間	出版時間
亞細亞的孤兒	一九四三—一九四五	一九五六（日文） 一九六二（中文）
無花果	一九六七	一九七〇（中文被禁） 一九八八年重新出版

台灣連翹	一九七一—一九七四	一九八六（連載被禁） 一九八八年重新出版

這三部作品的撰寫，前後長達三十年。沒有任何一冊能夠在完稿後就立即出版。理由很簡單，《亞細亞的孤兒》暗藏消極的抗議精神，不爲日本殖民政府所歡迎。同樣的，《無花果》和《台灣連翹》的內容，觸及了當時被視爲高度政治禁忌的二二八事件，而這不是戰後國民政府所能接受。即使不討論作品本身，僅就吳濁流的創作歷程而言，也已具備了大河小說的質素與成分了。因爲，他書寫的時間穿越了不同的歷史時期，其文學創作都同樣受到政治權力的干涉。他堅持創作的立場，也堅持批判的精神，頗爲符合大河小說的內在特徵。

《亞細亞的孤兒》，是以胡太明這位虛構人物所衍生出來的小說；《無花果》和《台灣連翹》則是以具體的「我」爲中心，寫出了他個人在歷史發展經驗中留下來的記憶。或許有人會質問，虛構小說與回憶文學能相提並論嗎？如前所述，三部作品敘述的情節，有頗多重複雷同之處，也有分歧相異之處。但是，非常明顯的，無論描寫的是胡太明的故事，或是記錄「我」的回憶，其實都是圍繞吳濁流本人的生命經驗。

虛構的自我(the fictional self)與自傳的自我(the autobiographical self)，也許不能

相互交換或相互替代，不過，在吳濁流的三部作品裏，卻可以發現彼此混雜(mixture)與互文(intertextuality)的鮮明跡象。換句話說，虛構小說的胡太明，無疑有現實中吳濁流的影子；而回憶錄中的「我」，也有滲入吳濁流虛構的想像與實際的經驗。這種「虛構式的策略」(fictive devices)，往往見諸於自傳文學的建構模式之中[7]。吳濁流的自傳性文體，可能是戰後台灣文學史上第一位把傳記性的書寫，置放於小說與回憶的界線之間游走。他的文字，不全然是虛構，也不全然是事實，頗有顛覆漢人傳統歷史書寫的規律。爲什麼他採取這樣的策略？這種書寫方式能夠達到怎樣的效果？這是値得進一步探討的問題。

爲了不使討論淪爲過於廣泛的牽扯，這裏先回到吳濁流作品的文本進行考察。《亞細亞的孤兒》一書，已被認爲是台灣文學中塑造孤兒意識原型(prototype)的作品。孤兒意識的呈現，乃是透過小說中胡太明的流亡生涯爲中心而表達出來。在文學中，所謂流亡(exile)可以分爲兩種。一種是外部流亡(external exile)，它指的是離開自己的土地，放逐到異域度過漂泊無根的生涯。這種流亡，是指身體被迫流放到另一陌生的土地，所以又稱肉體流亡(physical exile)。另一種是內部流亡(internal exile)，它指的是一般不能離開自己土地的人，卻又不能認同他所賴以生存的土地上之政治體制或價值觀念。他們不像外部流亡的人能夠遠走高飛，而只能進行心靈上或精神上的抗拒。這種內部流亡，又可稱爲精神流亡(mental exile)。《亞細亞的孤兒》之所以被公認爲是一部孤兒意識的原型作品，乃在於書中的胡太明不僅經歷了外部的肉體流亡，同時也經歷了內部的精神流亡。胡太明生命中的第一次精神流亡，發生在日本殖民政府占領台灣之後不久。他在祖父的指導下接受漢學教育，企圖以傳統思想對抗日本的現代殖民體制。但是，私塾終於被日本人關閉了，胡太明努力上京參加科舉考試的美夢也因而幻滅。胡太明頓失精神上的依據，也等於是喪失了心靈的原鄉。

胡太明的第二次精神流亡，發生在他的初戀。從師範學校畢業之後，胡太明擔任鄉間公學校的教員。他迷戀日本女性教員久子的活潑豐美，卻發現她具有日本殖民者的優越感。學校的日人校長，又從中作梗，把久子調往他校。胡太明感受到台人與日人之間的不平等，而終於憤而離校。這種情感上與文化上的幻滅，造成了胡太明再度嚐到精神流亡的滋味。

第三次流亡，是到日本留學期間親自體驗了肉體上與精神上的同時放逐。胡太明在東京的日人面前，極力掩飾自己是台灣人的身分。後來他參加了中國同學會，以爲這些來自中國的同胞會把他視爲手足。未料他公開承認自己是台灣人之後，卻被認爲是日本人派來的間諜。在異域放逐的肉體，竟然又被祖國同胞視同異鄉人，這是他有生以來從未有過的雙重幻滅。

他的第四次流亡，是他回到台灣嚐到失業的痛苦。胡太明決心到農場工作，才發現日本製糖會社剝削台灣人的事實。面對龐大的資本主義體制，他覺得沒有任何力量足以與它抗爭。胡太明於是再度離開台灣，前往中國。台灣應是他肉體的原鄉，竟然不是久留之地。

然而，他到中國尋找精神寄託時，又一次發現那不是自己所能認同的土地。原來他在上海目睹了令人驚駭的乞丐集團，也看到了貧富懸殊的偏頗社會。於是，他決定投入抗日的陣營，但他的台灣人身分再度被懷疑爲日本間諜而遭到逮捕。在巨大的時代裏，胡太明終於尋找不到他的國族認同與文化認同。他只能扮演邊緣人(marginal man)的角色，在各種不同的政治力量之間游移擺盪。那種無依無靠的失根狀態，就像胡太明所受到的嘲弄一般：

> 歷史的動力會把所有的一切捲入它的漩渦中去的。你一個人袖手旁觀恐怕很無聊吧？我很同情你，對於歷史的動向，任何一方面你都無以爲力，縱使你抱著某種信念，願意爲某方面盡點力量，但是別人卻不一定會信任你，甚至還會懷疑你是間諜。這樣看起來，你眞是一個孤兒。❽

然則，胡太明的流亡並未因此而告終。他生命中的最大流亡，便是對中國產生了幻滅以後，又再次漂泊回到台灣。在自己的原鄉，他見證了哥哥變成了日本人的御用紳士，也目睹了日本戰時體制的幽黯與灰色。他追尋的理想與認同，都隨著政局的變化而付諸流水。在找不到任何肉體原鄉與精神原鄉的狀態下，胡太明終於發瘋了。發瘋，是靈魂從肉體自我放逐出來的最佳寫照。胡太明，一位不斷追逐精神寄託的台灣知識分子，淹沒在驚濤裂岸的歷史洪流之中。

胡太明的這種奧德賽式的飄流，誠然是台灣文學史上出現的一幅巨大流亡圖。這部作品起自清朝之割讓台灣，止於戰爭烽火的激烈蔓延。跨越不同歷史階段的時間長河，貫穿了整部作品。《亞細亞的孤兒》是一部虛構的小說嗎？顯然不是。由於這冊小說在太平洋戰爭期間完稿，吳濁流創作的出發點無非是要對他的時代發出議論。因此，他絕對不是書寫一個虛構的故事，而是在反映他個人追逐文化認同與國族認同的心路歷程。

《亞細亞的孤兒》不能完全視爲虛構小說的原因，在於作品內容也可在《無花果》的回憶裏找到史實的印證。例如，胡太明對中國的幻滅，在《無花果》中也有吳濁流的自我表白。他說，由於語言的不能溝通，他卻覺得「雖是自己的祖國，但予人感受完全是外國」。不僅如此，他在上海看到同樣在小說中所描述的景象：「最使我覺得可怕的是野雞（私娼）的泛濫和乞丐的成羣。親眼目睹上海的悽慘景象，我不禁感到『國破乞丐在』的淒涼。」❾

吳濁流的這種觀感，在《台灣連翹》又有類似的敍述。當他到達上海南京時，「簡直就是家破人亡的人間地獄」之感慨，立即湧現心頭。他說：「到處都有轟炸的殘痕。從上海到南京，沒有一個完整的車站，全部都是臨時搭蓋的木板房。在這個一片廢墟中，從日本人到西洋人，以及具有走狗特權的野雞階級等，在昂首闊步著。在大多數的日本人眼中，並沒有他人的存在。連中國人存在的意識都沒有，只有傲慢的侵略意識在泛濫著，……。」❿

孤兒意識的塑造，有其客觀的現實基礎。文化認同的喪失，導致他個人身分的混亂。也就是回憶錄中所說，在殖民者眼光裏，根本沒有他者(other)意識的存在。在帝國主義者的凝視下，被侵略、被殖民者都只能以扭曲的姿態，甚至以著透明的形狀存在著。他所要建立的，無非是在強勢文化之下另闢他者的歷史書寫。虛構的小說情節，乃是他的歷史見證。他企圖在主流的、霸權的歷史書寫之外，把毫無發言權與詮釋權的弱者角色提升到歷史舞台上。因此，虛構小說的自我，並非是不存在的；而是統治者歷史刻意抹煞擦拭的「他者」。這個他者，又重新呈現在吳濁流的自傳性回憶錄中所塑造的自我。

弱勢的家族史對抗強勢的國族史

吳濁流的精神流亡，並沒有隨日本殖民統治的結束而告終；他的幻滅感，也沒有因爲《亞細亞的孤兒》完稿而停止。他後來寫出的《無花果》與《台灣連翹》，無疑是在延續第一部長篇小說的原鄉失落。也就是說，定居於台灣土地的他，縱然沒有像日據時代那樣漂泊於日本與中國，然而他所承受的精神流亡與肉體流亡，在戰後仍然無止無盡地衍傳下去。

在政治禁忌特別敏感的戒嚴時期，爲什麼他刻意觸探二二八事件這個歷史書寫的禁區？如果從戰後的歷史解釋權來看，台灣本地知識分子可以說全然沒有置喙的餘地。支配著歷史教育的權力人物，建構了一部與台灣社會脈絡扞格不合的歷史書寫系統。那是以鞏固統治基礎爲主要目標的書寫系統，在此系統之下，台灣社會還是以「他者」的角色出現。在權力者的凝視下，台灣歷史是不存在的，或者是以被歪曲的姿態出現。戰後的整部國族史建構，其實是在爲島嶼上的政權合法性進行辯護。因此，每當觸及二二八事件的書寫時，都只剩下當權者的詮釋聲音，罹難者的家屬就完全被犧牲被消音了。

從這樣的角度來看，吳濁流的兩部涉及二二八事件史實的回憶錄，就不只是自傳性的文學作品，也不只是虛構的回憶文學。他嘗試要書寫一部異於充滿大敘述(grand narrative)的國族史之歷史重建，而另外從細緻、枝節的史實紀錄塑造戰後的台灣史。在當權者的國族史書寫裏，歷史解釋只接受成爲單一(becoming one)的見解，而且也只容許全然雷同(the same)的看法。從後殖民論述的觀點來看，所謂國族(nation)，其實也是另外一種敘述(narration)。因此，在霸權文化的敘述裏，弱勢文化只能被置放在地球中最黑暗的角落，也置放在權力結構中最邊緣的位置[11]。

吳濁流集中於戰後初期歷史的描述，爲的是要質問誰才是歷史的主體？如果閱讀官方的國族史，台灣光復的欣喜景象必是大敘述裏的重要事件。這種再呈現(representation)的方式，顯然忽略了現實社會中發生的種種矛盾與衝突。《無花果》呈現的戰後蕭條情況，大異於主流歷史的敘述。他的回憶，有如此沉痛的反映：「如今，雖然光復了，但無法立刻從殖民地性格脫出，欠缺一種自主獨立的精神。另一方面，從大陸來的少數外省人浸溺在物慾色慾之中，忘了國家，大肆揩油或欺榨，並且又以驕傲自大的態度對待本省人。」他又特別提到如下的事實：「此外，本省知識階級在光復之際，都以爲會比日據時期有發展，但結果大多數的人都失望了。幸運地在機關得到的職位，也不過是個閒職，別說幹部，就是課長職位都很難獲得。」⑫

當他者開始發出聲音，兩種不同的歷史呈現便同時存在了。在官方的國族史裏，根本看不到台灣社會的損害與傷痕，也看不到流動於島上的失望與挫折。吳濁流撰寫的個人家族史，自然看不到大事件，更看不到充滿吶喊的民族主義聲音，而是未能脫離殖民地性格的社會實景。因此，《無花果》之受到查禁，就不是令人感到訝異的事。歷史解釋只容許存在單一的觀點，也只容許存在雷同的見解，其支配方式就是擦拭異於官方解釋的民間歷史敍述。換言之，把他者的差異性(differences)擦拭，歷史解釋就得到合理化了。

《無花果》所敍述的時代背景，緊緊銜接著《亞細亞的孤兒》未觸及的歷史階段。但是小說中鋪陳的論點雖然針對日本殖民體制而言，卻也可以用來針對戰後陳儀政府的接收體制。吳濁流說：

> 戰場上大規模的殺人，是日本人用國家的名目把它合理化，英雄化起來。一切的矛盾，胚胎於此。歷史以國家爲前提而扭曲事實，教科書不過是把國家的存在正當化起來，而擁護其權力的宣傳文字而已。由小學至大學的教育過程，總之是其宣傳的一貫過程而已。因

> 這種教育，使人們習慣於國家生活，由因襲而更成爲制度，制度就把人類硬收入那種鑄型裏面去。不願被箝入這種鑄型的人，就被視爲異端或叛徒。[13]

這段話，是最典型的殖民論述(colonial discourse)。國家能夠獲得正當性(legitimacy)，只不過它掌握了歷史撰寫權。透過這樣的發言權，它才能維持統治的制度。凡是不能接受這種制度的鑄型(conformity)，自然就被定位爲異端(heresy)。吳濁流在四〇年代寫這段話時，從來沒有預料到他在六〇年代出版《無花果》時，竟然也會被當作異端一般遭到查禁。胡太明在日據時代的幻滅，猶如吳濁流在戰後的失落，都同樣未能找到自己的精神原鄉。從這個角度來看，孤兒意識在戰後吳濁流的身上並沒有淡化，反而更加深刻濃烈。

爲什麼吳濁流堅持在《無花果》被禁後又寫了《台灣連翹》?他自己承認：「我在《無花果》裏只寫到二二八事件，以後的事沒有勇氣繼續詳細寫下。即使有這勇氣，也不會有發表的勇氣，因爲把二二八事件的時候出賣了本省人的半山的行爲誠實地描寫下來，那麼我不但必受他們懷恨，而且還大有遭他們暗算之虞。」不過，他終於鼓起勇氣寫出這部使人震撼的回憶，自有他的理由：「……如果不把二二八事件的事寫下來，則我的著作《無花果》與《瘡疤集》之間缺乏有力的作品，時間上有了空白，不免自覺有所不滿。平心以言，二二八事件後的民國三十六年起到民國三十九年初這段時間，是社會最亂的期間，最多光怪陸離的事件。

此事若不寫，便是功虧一簣了。爲此我寫下了《無花果》的姊妹篇《台灣連翹》，以爲《無花果》之續，填補上述的空白。」[14]

這裏值得注意的，是他有意寫出一部繼《無花果》之後的有力作品。也就是說，吳濁流自己也承認《無花果》是他創作生涯中的有力作品之一。爲了填補此後的空白，他才寫了《台灣連翹》。這證明了《亞細亞的孤兒》到《無花果》到《台灣連翹》，是一系列的自傳性作品。他堅持寫出續篇的理由，乃在於描述戰後「社會最亂的期間，最多光怪陸離的事件」之歷史。如果沒有記錄這段歷史，就會有「功虧一簣」的遺憾。他再次表明要寫出主流歷史所忽略的事件。

從這裏可以發現，吳濁流的歷史意識相當濃厚。他要強調，台灣的殖民史並非是斷裂的，而是連續的。他在《亞細亞的孤兒》分析日據初期的台灣抵抗運動時，將之劃分爲三派，亦即絕對派、超然派、妥協派。他闡釋三派的內容如下：「絕對派是以努力扶植反抗思想來代替抗戰；超然派是對政治完全絕了望，對新政權也不協力，只求個人的樂趣；妥協派是追求現實，而接近新政權，以謀求自身的利益。」[15]他以同樣的見解來觀察二二八事件以後的台灣社會說：「一般民衆因二二八事件的恐怖，使得夢境裏的政治熱潮一下子冷卻了。大家都開始想到，爲一己生活的安定而努力，才是安全的。如此一來，本省人的共同精神分裂了，產生了前文所述的四派，即超越派、妥協派、理想派、抵抗派。與日本侵台當時，因日本軍政的壓力而招致的本島人思想之分裂如出一轍。」⑯

吳濁流並未訴諸微言大義，而是以具體的事實來說明日人的來台接收，具有同條共貫的歷史意義。他更提出，不僅民間與政府存在著疏離、仇視的關係，而且在事件後的逮捕無辜，「民心益發離去，遂造成同床異夢，本省人是本省人、外省人是外省人的心理隔閡，一如日本時代本島人與日本人的關係。人人都必定保持一定的關係，以維安全。現今台北市公車後面都掛著標語：『保持距離，以策安全』，內外省人之間，正有了這種情形。」⑰

在戰後作家之中，第一位敢於描寫二二八事件的，當推吳濁流。他之所以要致力於這段歷史記憶的重建，乃是他不能接受政府對於事件的壟斷解釋。他並不認爲充斥著民族主義與反共口號的國族史能夠眞正反映歷史。他深知，台灣人即使居住於自己的土地，精神上仍然處於流亡的狀態。造成這個現象的主要原因，應當歸於二二八事件殘留下來的後遺症。本省人與外省人之間的關係之宣告異化(alienated)，無疑是根源於事件造成的惡果。本省人在流亡，外省人也在流亡。這種強烈的放逐意識(expatriatism)，來自一個未能正視歷史問題的政府體制。

吳濁流的自傳性作品，建基於個人的有限記憶。這樣的記憶，自然不足以對抗官方的大量文件與檔案。問題在於，官方即使擁有巨量的史料，也並不會因此而寫出歷史眞相。因爲它要呈現的，只不過是爲合法化自己的歷史解釋。所以，吳濁流的歷史敍述，縱然依賴有限的個人記憶，卻能勾勒出社會角落的一些事實。當然在他的作品裏，也一定使用了前述的所謂虛構式策略，然而，這種自我的呈現卻能夠在官方歷史之外提供另一種歷史視野。

正面批判或反面教材

本文試圖指出的是，《亞細亞的孤兒》完成之後，吳濁流其實是有能力繼續寫出三部曲式的大河小說。在鍾肇政、李喬等大河小說作者誕生之前，吳濁流已經爲台灣文學史做了莊嚴的預告。然而，使他不能寫出規模龐大的現代歷史小說，在於政治環境所帶來的創作障礙。以內容而言，《亞細亞的孤兒》較諸《無花果》更具有批判性。這部小說把二十世紀台灣知識分子各種流亡的形態與面貌，具體而微地呈現出來。不過，這部批判日本殖民體制的小說，是在暗地裏撰寫的，而且必須等到日本投降之後才能出版。

戰爭結束後，台灣社會又立即爆發二二八事件。具有強烈歷史意識的吳濁流，生前不斷以各種方式努力保持有關事件的歷史記憶。他以重建家族史的方式，透過《無花果》輕描淡寫交代了二二八事件始末。即使他的文筆只觸到事件的冰山一角，當權者已不能容忍他的書寫策略。霸權文化的權力支配，只有使吳濁流的孤兒意識更加強化。他要塡補歷史的空白，他要寫出自認爲是文學生涯的有力之作，終於提筆寫了《台灣連翹》。

當年的政治環境，自然無法容許《台灣連翹》的出版。吳濁流頗有自知之明，所以才遺言必須等待十年之後才能問世。這最後一部的自傳性作品，再次證明孤兒意識與吳濁流的生命相始終。不過，孤兒的流亡與放逐，並非止於吳濁流而已。在鍾肇政的小說裏，包括《濁流三部曲》與《台灣人三部曲》，都有吳濁流放逐意識的餘緒。更爲清楚的流亡精神，復見於李喬的《寒夜三部曲》。李喬在小說中不斷討論台灣人的文化認同與身分認同，恰恰就是吳濁流在生前反覆思索的。到了八〇年代，東方白寫出《浪淘沙》三部曲時，既寫出台灣人的肉體流亡，也寫出台灣人的精神流亡，在在可以看到吳濁流式的歷史意識之湧現。如果說，鍾肇政、李喬、東方白的大河小說，其實就是在爲吳濁流的孤兒意識做更深入的詮釋，應該不是過於誇張的說法。吳濁流企圖建構大河小說並未成功，但是他的三部自傳性作品之成爲日後大河小說的原型，可謂殆無疑義。然而，值得強調的是，吳濁流大河小說的構思，釀造於台灣社會仍然深鎖之際，而鍾肇政、李喬、東方白的鉅構則執筆於台灣社會準備朝向開放的時候。吳濁流身處歷史隧道深處，未能窺見時代的細微光芒。從這角度來看，在如此艱難的政局裏，吳濁流的歷史洞見與文學創作，誠然有異於同一世代作家的地方。

無論是虛構的或是事實的，吳濁流文學對日本殖民體制與戰後國民政府的正面批判，即使不是雷霆萬鈞，也是相當強悍有力的。他在生前，全然沒有看到自己的作品能夠正式問世出版。不過，他的缺席，反而印證其作品批判力量之巨大。加諸於他文學作品之上的權力干涉，顯然未能掩蓋其文學光輝於萬一。他的作品不斷受到查禁，正好為其去殖民化(decolonization)的努力做了最好的反面詮釋。吳濁流終於沒有完成大河小說，那只能歸咎於時代格局的限制。但是，他的暗示，他的想像，則啓開了文學史上一扇厚重的閘門。

註釋

❶有關戰後文學中孤臣意識與孤兒意識的討論，參閱宋冬陽（陳芳明）〈朝向許願中的黎明——試論吳濁流作品中的「中國經驗」〉，《放膽文章拚命酒》（台北：林白出版社，一九八八），頁五—七。

❷「大河小說」文體的討論，參閱楊照〈歷史大河中的悲情——論台灣的「大河小說」〉，收入張寶琴等編《四十年來中國文學》（台北：聯經文學出版社，一九九四），頁一七六—九一。

❸大陸作家司馬中原所寫的《狂風沙》，馮馮的《微曦》是其中常常被提到的作品。至於本地作家如鍾肇政、李喬、東方白、雪眸等，都致力於大河小說文體的經營。施叔青完稿的《香港三部曲》，又為這類文體提出有力的證詞。

❹《亞細亞的孤兒》之撰寫過程及其時代意義，參閱彭瑞金〈戰後台灣新文學運動的路標——《亞細亞的孤兒》〉，《瞄準台灣作家——彭瑞金文學評論》（高雄：派色文化，一九九二）。

❺有關《無花果》的成書與禁書，參閱孟佳〈紀念吳濁流先生——籲請當局解禁《無花果》〉，《台灣文藝》第五十三期「吳濁流紀念專輯」（一九七六年十月）。

❻《台灣連翹》的成書經過，參閱陳芳明〈吳濁流與《台灣連翹》〉，收入吳濁流《台灣連翹》（台北：前衛出版社，一九九二），頁二六一—六二。

❼Liz Stanley, *The Auto/biographical I: The Theory and Practice of Feminist Auto/biography*, Manchester and New York: Manchester Univ. Press, 1995, pp. 59-62.

❽吳濁流《亞細亞的孤兒》（台北：前衛出版社，一九九五），頁二一一—一二。

❾吳濁流《無花果》（台北：前衛出版社，一九九五），頁九六。

❿《台灣連翹》，頁一〇三。

⓫Homi K. Bhabha, ed. "Introduction: narrating the nation," in *Nation and Narration*, London and New York: Routledge, 1990, pp.3-7.

⓬《無花果》，頁一九〇。

⓭《亞細亞的孤兒》，頁三一九。

⓮《台灣連翹》，頁二四一。

⓯吳濁流〈本書概略〉，《亞細亞的孤兒》，頁七。

⓰《台灣連翹》，頁二二二。

⓱同上，頁二二三。

第十二章

殖民主義與民族主義

——葉石濤的思想困境（一九四〇—一九五〇）

引言

進入四〇年代以後的台灣社會，爲本地作家帶來一個很大的困境，便是在短短十年內（一九四〇—一九五〇），必須面對兩個相互對峙的民族主義，亦即日本殖民政府所攜來的大和民族主義，與戰後國民政府所帶來的中華民族主義。在這十年中的第一個五年，台灣作家經歷了台灣總督府發動的皇民化運動與太平洋戰爭。至於在第二個五年，台灣作家則又經驗了國民政府接收後發生的二二八事件與白色恐怖事件。穿越兩個不同政權的時代，作家卻都在統治者高舉民族主義的旗幟下，遭受到心靈上與肉體上的巨大創傷。在這些作家中，葉石濤是一位重要的歷史見證者。

受過社會主義洗禮的葉石濤，在太平洋戰爭末期以短篇小說〈林君寄來的信〉崛起於文壇。賞識他作品的日本人編輯，便是稍後被葉石濤奉爲恩師的西川滿。當時，西川滿編輯的雜誌《文藝台灣》，乃是推動皇民文學的一個重要據點，而西川滿本人也正是推行皇民化運動的主腦之一。在烽火瀰漫的戰爭年代，葉石濤對於日本人鼓動的大和民族主義風潮究竟抱持何種態度，頗令人好奇。

戰爭的突然終結，造成台灣作家巨大的心靈震撼。台灣知識分子如何迎接國民政府在一九四五年接收的政治新局面，已成爲台灣文學史極爲關鍵議題。在思想上，台灣作家受到中華民族主義的衝擊，幾乎都對新政府懷抱著高度的憧憬。然而，一九四六年台灣行政長官公署斷然施行鐵腕的國語政策，使得習慣於日語思考的本地作家陷於無法思考、無法寫作的失語狀態。再加上一九四七年爆發了武裝鎮壓的二二八事件，使得本地作家因政治力量的干涉而主動封筆，從此開始了一條漫長的精神自我放逐時期。身處時代夾縫中的葉石濤，也不知不覺進入了徬徨與幻滅的流亡階段。中華民族主義在這段期間對葉石濤產生何種程度的心靈召喚，又成爲另外一個令人矚目的焦點。

葉石濤在一九八〇年代以後，發表一系列自傳體的小說與文學回憶錄，不辭辛勞並且不厭其煩地反覆重建從四〇年代到五〇年代之間的歷史記憶。歷史轉型期，形塑了他後半生的文學思考方向。近十餘年來，他選擇了自我呈現(self-representation)的方式，致力於經營自傳性的文體，必然有他所要追求的歷史解釋與文化認同。時代的轉折與政權的更迭，爲葉石濤鑄造了生命中最大的困惑與苦惱，也爲他帶來了極大的挫折與敗北。自傳作品與回憶文學的經營，無疑是一種去殖民化的過濾，同時也是一種主體重建(the reconstrution of subject)的昇華。本文嘗試從葉石濤的自傳體書寫，窺探他在台灣社會從日據末期到戰後初期的思想狀態，從而檢驗台灣作家在歷史轉型期產生的內心困境。

葉石濤與西川滿：耽美的隱喻？

未滿十八歲的台灣青年葉石濤，在一九四三年投稿給《文藝台灣》主編西川滿，立即刊載於該雜誌五卷六號；從此開啓了一生的文學道路，並且也使這兩位作家建立了一生的密切友誼。在討論葉石濤奉西川滿爲恩師前，似乎有必要先了解西川滿在戰爭時期的文學活動概況。

西川滿在這段期間值得注意的一件事實，便是在一九四〇年成立「台灣文藝家協會」；他以此組織爲基礎，開始發行《文藝台灣》雜誌。由於這段時期正是日本殖民政府發起皇民化文學運動的時刻，因此，台灣文藝家協會的籌組，顯然是爲了配合官方的政策成立的。不過，西川滿在其自訂年譜有過如此的自我辯護：「糊塗學者可能會以爲，這是官民同心協力創辦的『文藝家協會』，那就大錯特錯了。如果眞的是這樣，『文藝家協會』的集會在總督府舉辦就好了，何必用我家的小房子做會場呢？」❶西川滿的這段自白，並未釐清他的組織與雜誌係配合皇民化運動政策的事實。他主動介入皇民文學運動的史實，即使在日本學者中也是公開承認的。台灣民俗研究者池田敏雄指出：「跟（台灣）新文學運動相對立的所謂『皇民文學』運動，是否認新文學運動的目標之反帝與反殖民，要協力戰爭，推進總督府所意圖的『台灣人的日本人化』的運動，而後期的《文藝台灣》便成爲其主要的舞台。」❷

葉石濤初識的西川滿，是大東亞戰爭的擁護者，也是皇民文學運動的重要領導人，這無需辯駁。問題在於，大環境釀造出來的大和民族主義，到底在葉石濤與西川滿往來之際究竟產生何種作用，才是值得討論的問題。在他的回憶文字裏，葉石濤曾以〈初見西川滿〉爲題記述這段過從的開端。對於當時的文學興趣與思想狀態，他有這樣生動的描寫：

> 我是一九二五年生的，那時正在州立台南二中。五年級，是應居畢業生，年齡大約是未滿十八歲。由於經年累月地把學校功課放在一旁不理，整天埋首耽讀各國小說，我就變成一個世事一竅不通的很迷糊的文學青年。我不喜歡正視現實情勢的發展。儘管從報刊上、廣播看到的、聽到的盡是一些血淋淋的訊息，不是日軍在某地方又打了一次勝仗，就是米

軍（美軍）節節敗退等日本人一廂情願的神話。我仍然寧願埋首沙坵，眼不見耳不聞爲淨，設法逃避這種叫人驚心動魄的衝擊。我那時候，躲在校園油加利樹下偏僻的角落或家裏灰黯房間的古老紅木眠床上，聚精會神地耽讀著一系列的法國小說……。[3]

從這段回憶可以理解，葉石濤的青少年時期，意識仍然相當矇矓，頗有強烈逃避現實的傾向。他嗜讀的文學作品，也以唯美的、浪漫的法國風格爲主。從這個角度來觀察，他會寫出〈林君寄來的信〉與〈春怨〉兩篇小說，並不足引以爲奇。以如此青澀的年紀就能發表作品於日本人創辦的雜誌，對其文學生命的鼓舞自是不難想見。不過，如果西川滿沒有刊登他的稿件，而是台灣人作家張文環主編的《台灣文學》接受他的作品，會不會改變他日後的創作路線呢？因爲，當時有兩份相互競爭的文學刊物，亦即西川滿的《文藝台灣》與張文環的《台灣文學》。前者支持皇民文學運動，後者則是走寫實主義的路線。在處女作〈林君寄來的信〉發表後，他立即寫了另一篇〈媽祖祭〉的中篇小說投給《台灣文學》，並未獲刊登，但終究還是入選，而且也有評語。葉石濤說，這篇作品被批得體無完膚；不過他後來回憶說：「那時候著實憤慨得罵盡了人家祖宗八代呢。如今，重讀當時不知誰所執筆的這短評，覺得正是一針見血，字字擊中了要害，可見閱歷不深的作家應該虛心接受長者的訓誡才是。」[4]

幾乎可以想像的，強調寫實主義路線的《台灣文學》，若是接納了他的投稿，可能會改變葉石濤後來的文學傾向。因此，在他嘗試尋找文學出路的階段，他在思想方面的可塑性可以說還是很大。僅是以在西川滿的刊物上發表作品的事實，就判斷他屈從於日本的皇民文學運動，顯然不是可以接受的。張恆豪在一篇長文裏對此問題有過詳細的討論，指出葉石濤在日據末期「並沒有向日帝當局交心，並沒有爲『皇民化運動』助聲威，並沒有替『南進的聖戰』敲邊鼓」[5]。林瑞明也在另外一篇論文爲葉石濤辯護，指出他的早年兩篇作品採取了一種「戰爭無視化」的策略。換句話說，在大東亞戰爭臻於高峯時期，葉石濤在小說裏全然沒有觸及現實中的緊張時局，反而耽溺於愛情的幻境裏。林瑞明認爲：「……在日本帝國主義誇耀雄風之時，葉石濤並未受到宣傳的蠱惑，看似迷糊，其實反倒是清醒，他遁入了文學的世界，悠遊歲月，表現在作品中，即是全然無視於戰爭的存在。」[6]

張恆豪與林瑞明都側重在葉石濤小說與當時戰爭背景的關係，極力澄清這位青年作家未曾協力大東亞戰爭。不過，在小說裏，葉石濤從未掩飾他對西川滿的崇敬。他與西川滿之間的關係，倒是值得重視的。葉石濤的第二篇小說〈春怨〉，副題就標示著「獻給恩師」。所謂恩師，指的便是西川滿。事實上，在小說中出現的日籍詩人西村先生，就是影射西川滿。葉石濤是以如此的筆調描述他的恩師：

> 歌頌這個島的美，高唱情緒，謳歌風俗與神祕，以高踏派詩人聞名的西村氏，著有充滿

淡淡的詩情的速寫風小說《雲林記》。他的歌唱力的泉源，正是雲林；每次前往雲林，他便會獲得一份新的歌唱之力回來。追求過美的西村，想來如今是希望能歌唱善與眞的吧。於是爲了重燃生命之火，重臨回憶之地、浪漫之城、歷史的土地。❼

在小說的另外一處，又有西川滿形象的浮現：

西村有著世人認定詩人所應該有的那種風貌。他自己倒似乎以爲裝扮成像個詩人的樣子，未免傖俗而平庸，因而盡量地避免著，然而結果更顯示出他天生的詩人氣質，使有常識的世人覺得他的確像個詩人。他好像還有著幾分法國風的明朗機智與氣質。❽

這篇小說發表於《文藝台灣》時，葉石濤已經與西川滿有了初次的會面。因此，小說中的西川滿形象，即使不準確，也應該有幾分形似。西川滿後來寫了一篇短文，證實小說中的西村氏就是在描寫他。西川滿說：「葉（石濤）君成爲我的入門子弟時，還是紅顏的美少年。我帶他去見雲林的愛書家鄭津梁先生，他就寫了一篇小說〈春怨〉。」❾晚年的西川滿，視當年的葉石濤爲「入門弟子」，足證其師生關係之密切。這裏要討論的是，西川滿既然成爲皇民文學運動的主要推行者，則葉石濤奉他爲恩師，難道沒有默許大東亞戰爭之嫌？從小說文本所顯示的，葉石濤激賞的西川滿，並非是他支持戰爭的一面，而是他濃厚流露的法國風的詩人氣質。葉石濤再三強調的，是西川滿那種脫俗而充滿詩情的作風，是他歌頌島嶼神祕之美的異國情調。倘然葉石濤正式跨入了西川滿的門牆，那也只是被接納於唯美的文學殿堂裏；與當時的戰爭時局，恐怕沒有直接的牽扯。

問題在於，葉石濤與西川滿的過從，果眞沒有受到戰爭的影響？他自己有過如此的自我辯護：「在十八歲的這個階段裏，我的確是一個國際人，堅決地、愚蠢地相信藝術領域裏並沒有國境存在。還好，我雖然是徹底的西化派，可是卻不是皇民派，……」[10]這段表白絕對是可以相信的。不過，在一九四四年《台灣文藝》十一月號，葉石濤發表了一篇〈米機敗走〉，記述著美軍飛機被日本軍機擊敗的實況。在文章的最後，他形容著這樣的勝利，是「龍捲風一般的萬歲」[11]。

進入西川滿文學世界後的葉石濤，也並不是毫不受到影響。在稍早的小說裏，可能誠如林瑞明所說，有著「戰爭無視化」的文學態度。但是，當戰爭升高到決戰時期，台灣所有知識分子都被迫必須交心表態，「戰爭無視化」的策略，顯然不是日本殖民當局能夠容忍的。葉石濤在後來的回憶錄，全然沒有掩飾他在這段時期的心態。他目睹日機與美機的戰鬥時，有著如此的自白：「我們都有先入爲主認爲凡是被擊落的一定是美國格拉曼機無疑；這正中了日本軍國主義教育的毒。我和絹代先生遠遠地看見一架戰機被擊落，翻個觔斗墜落在學校後頭的魚塭，不覺拍手歡呼：『萬歲！萬歲！』」[12]

葉石濤自己承認這是「中了日本軍國主義教育的毒」，這自然是事後的記憶重建與思想反省，所以他能夠辨認當年在呼喊「萬歲」時，背後確實受到軍國主義的支配。不過，在戰爭年代寫出〈米機敗走〉一文的葉石濤，可能未曾意識到自己撰文背後所代表的政治意義。如果是清醒意識到眞正的意義時，他在當時應該也未具有任何抗拒的能力。

殖民地知識分子的身分認同(identity)，呈現出來的往往是不穩定的。正如他自己所說的，在其精神世界深處並沒有國境的存在。所謂沒有國境，意謂的應該是沒有國家主體或民族主體的存在。這樣的主體可以四處漂泊，也可隨遇而安。葉石濤在重建自己的歷史記憶時，刻意避開他寫過〈米機敗走〉的事實，顯然也知道這篇文章透露了他的精神在戰爭年代已出現「傾斜」的現象。

精神結構的傾斜，是引以爲恥的嗎？會有這種念頭的產生，想必是受到戰後中華民族主義強勢宣傳與強勢壓制所造成的結果。在戰爭末期的葉石濤，未必就能預知日本帝國主義者即將投降，也未必知道將來接收台灣的國民政府以怎樣的姿態降臨。因此，在那段苦悶的時期，葉石濤在政治上的選擇只有越來越狹隘。即使他寫了稍有傾向支持戰爭的文字，也不能以戰後中華民族主義的尺碼來衡量他早期的言行，更不能以現階段高漲的台灣意識來評價他當年的文學活動。

中華民族主義思想在中國的崛起，大約是在一九二〇年代左右，當時台灣已淪爲日本的殖民地了。中國境內處在軍國戰爭狀態之際，台灣社會正被迫捲入日本殖民者攜來的資本主義與現代化的風潮之中。中華民族主義在一九三七年臻於顛峯狀態時，正是日本發動侵華戰爭的階段。從歷史事實的發展來看，台灣人民並沒有任何機會參與中華民族主義成長的過程；而中國的民族主義宣告成熟時，台灣人在日本殖民政府支配下，剛好扮演了與中國人民對敵的角色。從這個角度來看的話，葉石濤說他在那個時期是「沒有國境」的人，誠屬實情。質言之，要求他在戰爭時期寫出具有濃厚的民族意識（無論是屬於中國或台灣）的文章，都只能視爲時空倒錯(anachronistic)的思維方式。

第二，從台灣文學史發展的脈絡來看，戰爭末期的葉石濤，其處境簡直不能與賴和或楊逵的時代相互比擬。在二〇年代，抗日的政治運動組織還受到台灣總督府的容忍，縱然這些團體並非是日本殖民者樂於見到的。到了三〇年代，抗日的文學運動團體也還是存在的；即使像台灣文藝聯盟這樣的組織，在抵抗精神上已沒有過去那樣強烈，但殖民者畢竟也還不是持歡迎的態度。可是到了四〇年代，自主性的民間政治團體與文學團體，完全得不到日本統治者的寬容。帝國主義的權力干涉，已達到猖狂的程度。因此，要求這段時期的葉石濤世代能夠如賴和世代那般表現抵抗精神，似乎又是另一種苛求了。

評論日據末期的葉石濤文學，往往集中於爲他辯護或澄清並未參加皇民化運動，也總是側重於凸顯他具有無言的抗議精神。這種辯護的方式本身，其實也還是受到戰後高漲的中華民族主義以及稍後的台灣意識之支配與影響。這裏要特別強調的是，台灣社會之淪爲日本殖民地，並非出自主動或自願，而是被迫以土地割讓來換取中國命運之挽救。倘然台灣這塊土地當作身體政治(body politics)來看的話，它只是日本與中國兩個政權之間的交易籌碼而已。滿清政府把台灣推入火坑，然後要求台灣人民必須守住貞操，這是極爲悖理也是極爲蠻橫的奇怪道德要求。因此，葉石濤與他同一世代的作家，即使參與了皇民文學的運動，必然也有他們的時代局限。何況，葉石濤在戰爭中的言行，未能超越那個時代的格局，只不過是台灣社會被迫放進一個強權干涉的脈絡裏所產生的自然結果，後人實無需揮汗爲其澄清政治立場。印證他的文學作品，那種耽美傾向無異是對各式民族主義提出了相當反諷的嘲弄。

唯美的追求，並非只出現在葉石濤早期的小說中；到了戰後，他仍然延續日據末期的風格。更具體而言，早年受到西川滿影響的耽美風格，即使跨入戰後六〇年代末期，也還是未嘗淡化。以一九六八年撰寫的〈採硫記〉爲例，葉石濤的這篇以清朝《裨海紀遊》作者郁永河爲中心的短篇小說，其實是脫胎於西川滿早期小說〈採硫記〉[13]。這足以說明，在西川滿身上浮現的大和民族主義與唯美文學之間，葉石濤很早就已經做了對後者的抉擇。民族主義並未使他獲得救贖，眞正使葉石濤掙扎生存下去的力量泉源，乃是來自文學作品。

葉石濤的階級意識：耽美的追求？

國民政府來台接收，是在一九四五年日本宣布投降以後。面對新時代的到來，出現在葉石濤眼前的最大問題便是「如何地突破語文障礙，使用中國語文去創作」。他說：「可是從日文跨越到中文，這不是一朝一夕就可以辦到的事情。在戰後初期的這個階段，我仍然只能用日文來發表創作。」[14]然而，語言問題背後挾帶而來的中華民族主義，恐怕才是他後半生感到最爲困惑的問題。尤其是經驗了一九四七年二二八事件之後，葉石濤對中國產生了極大的幻滅。在皇民化運動時期，他以浪漫風格的文學追求來迴避大和民族主義。那麼，在戰後的法西斯主義當道的時期，他又以何種追求來抗拒中華民族主義？這裏可以引述葉石濤的自白做爲說明：

日據時代的台灣知識分子除一小撮的屬於大地主階級的政治領導分子以外，大多數爲了抵抗日本法西斯，不得不以馬克思主義思想來武裝自己。這是日據時代解放運動中不可缺少的思想原動力。光復後的社會凋敝的悲慘現實環境正好提供了極好的溫床。所以光復初期的台灣青年知識分子，絕對沒有分離主義的傾向，倒有左傾思想卻是事實。我記得學生間開讀書會的組織極爲普遍，有些較前進的已經效法俄羅斯的民粹主義，打入農村和工廠去，展開了宣傳與組織。……

說到這些實踐運動，我是毫無興趣的，我唯有興趣的是文學與思想，而我又堅信，文學和思想必須反映台灣的現實。所以爲了了解這一代知識分子的內心活動，我也不得不啃了相當多的馬克思主義哲學。……這讓我大開眼界，相當能正確地掌握社會變遷的歷史。⑮

在政權轉移的縫隙中，葉石濤從一個唯美文學的營造者，變成了社會主義的信奉者，其間的轉折頗耐人尋味。誠如他自己承認的，由於出身於地主階級，最先是信奉自由主義，可以接納不同的政治見解，從而又接受了馬克思主義的洗禮。因此，他爲自己的思想光譜定位爲「社會主義傾向的新自由主義者」⑯。這是理解葉石濤在戰後初期思想狀態的一條重要線索。他見證了新的法西斯政權，毫不遜色於日本的殖民主義；因此，伴隨國民政府到來的中華民族主義，顯然對他沒有發生任何召喚的力量。眞正催醒他的，是整個社會秩序的失調與不公體制所引起的經濟蕭條。這樣的大環境，引導他接觸了馬克思主義思想，從而也喚醒了他的階級意識。他在自己的自傳回憶裏說：

……我在日據時代末期也曾受過馬克思主義的洗禮，深知台灣前進的知識分子都富於同樣的理想。在這一點上，馬克思主義的信仰把戰前的台灣知識分子和戰後的知識分子聯繫起來。同時，幾乎我周遭的所有朋友都傾向於這種政治主張。不過，我對於這種政治主張是懷疑的。對於馬克思主義的唯物史觀，我倒採用了一部分觀點，來分析時代、社會的動向跟文學的表現的密切關係，幾乎到了得心應手的境界；所以我並不排斥唯物史觀。我更企求的是作家的寫作自由不被政權所控御，能隨心所欲地表現的民主社會。[17]

這種自白寫於台灣社會解嚴之後，思想上的束縛已經得到鬆綁，因此頗爲眞誠地表達他當年的政治傾向。從這段回憶，可以了解葉石濤並非是教條的、僵化的左翼政治運動者。他學習馬克思主義思想，只是爲了用來分析社會與聯繫文學。意識形態於他並不是最重要的，眞正的民主自由社會之實現才是他追求的目標。只有從這樣的思想背景來觀察，才知道他在一九四七年二二八事件後所寫的小說〈三月的媽祖〉會有那樣的表現，同時也才知道他在五〇年代會捲入白色恐怖政策下的牢獄之災的原因。

〈三月的媽祖〉描寫的是一位涉及事件的台灣青年律夫，爲了逃避緝捕而躲入農村的故事。在小說中有這樣的敍述：「不但是他，對於凡在壓迫之中呻吟著的人們的確是充滿了狂喜與英雄主義的第三天，都市全體像一個坩鍋裏沸騰似混亂過。但那裏卻沒有思想性和指導性，他們沒有堅固的土壤——組織。當第三天軍隊開到市內而槍響鳴時，英雄們便像老鼠般偷偷摸摸地躲避了。」[18]小說中出現「思想性」、「指導性」、「組織」等等的字眼，無非都在顯現那時期葉石濤的左翼意識形態的色彩。這篇作品，一方面表現了他在事件的倉惶心情，一方面也傳達了他的思想流動的狀態。可以斷言的是，這樣的作品確實反映中華民族主義的情緒在他的血脈裏完全是熄滅了。

葉石濤縱然自稱是天生的旁觀者，而非行動者，但並不因此而能避開五〇年代的政治冤獄。一九五一年九月，葉石濤遭連累而被捕，以「檢肅匪諜條例第九條」而被情治單位判有期徒刑五年，直到一九五四年因減刑條例而獲釋放。這段囚牢經驗，決定了他日後的文學路線。

爲什麼到了一九六五年重出文壇之後，葉石濤會發表一系列豔情浪漫的小說？這個問題似乎可以從日據末期的文學經驗得到一些答案。誠如他自己所說，馬克思主義原是可以聯繫戰前與戰後的台灣知識分子，但是這條主軸已經遭到法西斯政權的切斷。因此，葉石濤又回歸到戰爭末期所實踐過的創作策略，那就是選擇唯美文學的經營，來迴避民族主義的枷鎖。他追求的既然是自由的創作環境，而這樣的環境在現實中終不可得，因此轉而求諸於浪漫文學的構築，就不是令人訝異的事了。

從他的創作年表來看，他的小說集《葫蘆巷春夢》（一九六八）、《羅桑榮和四個女人》（一九六九）、《晴天和陰天》（一九六九）、《鸚鵡與豎琴》（一九七二）、《噶瑪蘭的柑子》（一九七五）、《採硫記》（一九七九）等，無疑都是未觸及當時台灣社會現實的作品[19]。一位強調寫實主義批評的作家，在創作時全然與自己的文學理論背道而馳，究其原因，不難理解。套用林瑞明的說法，這是「現實政治的無視化」。這些作品幾乎可以說是日據末期他的唯美文學經驗的延伸；通過這樣的創作方式，葉石濤順利地避開了民族主義所帶來的苦惱問題。

以自傳性回憶對抗國族論述

一九八九年，葉石濤的自傳體小說《紅鞋子》獲得行政院新聞局的金鼎獎。這件事情並未得到重視，不過，它代表了一個時代的轉型。因爲，這冊小說是在揭發國民黨白色恐怖時期的生活實相，而竟然得到官方的肯定。這說明了解嚴後的台灣社會，思想空間已經得到擴張。更值得注意的是，這篇小說的序言道出了葉石濤長期受到壓抑的心聲：

> 這兩種異質的教育（按：日本的皇民化教育與國民黨的黨化教育），縱令有兇暴的力量，控制一部分民衆性靈，但是這些教育以整個廣泛的台灣社會而言，充其量只是發揮了工具性的效用。台灣民衆只是爲了求學、就業的方便而被迫接受而已。在廣大的台灣社會每一個「家庭」裏，透過傳統的生活方式，台灣民衆自幼吸收了根深蒂固的「台灣是一個共同命運體」的這個傳承。這種傳承在日據時代和光復後的時代都一直跟制式教育背道而馳，

締造了台灣民眾「台灣是台灣人的台灣」這個共識。縱令承認台灣人中的大部分是漢族系移民，他們的思想文化淵自中國大陸這個事實，也改變不了台灣和台灣人在三百多年的歷史中的共同記憶，以及適合此地風土的共同形態。[20]

《紅鞋子》的系列小說，乃在於批判戰後反共政策的濫用與誤用。寫在這冊書前的序言，則更進一步把國民政府與日本殖民政府相提並論，揭露兩個不同政權所具有的相同殖民統治本質。葉石濤以「台灣是台灣人的台灣」這樣的信念，對抗長期以來的中華民族主義的黨化教育，如此強烈表達台灣意識的態度，在葉石濤文字中尚屬僅見。

誠如前述，葉石濤在戰後初次重登文壇時，走的是脫離現實的浪漫主義路線。從表象來看，這好像是屈從於中華民族主義，但是，在內斂的精神層次裏則暗藏對此民族主義情緒持否定態度。直到台灣社會解嚴之後，他才認眞致力於個人歷史記憶的重建，系列式的虛實相間的自傳體回憶錄，又回到四〇年代與五〇年代之間的歷史情境裏。到達這個階段時，他的文學理論與文學創作終於合而爲一。自年少以來，做爲文學作家的葉石濤，通過自傳體作品的書寫，才好容易達到了主體重建的目標。

爲了追求主體重建，他在九〇年代以後集中於經營兩個系列的小說，一是以「辜安順」爲主角所寫的四〇年代的歷史虛構小說，一是以「簡阿淘」爲主角所建構的五〇年代的政治小說。對於這兩個不同系列的故事，葉石濤有他的解釋：「小說的主角都叫辜安順。辜安順不是我，他是四〇年代，也就是太平洋戰爭時期到終戰這個階段的台灣人的取樣，表示和《紅鞋子》的時代不同。《紅鞋子》是寫白色恐怖的五〇年代。那個階段，我都用簡阿淘做主角。簡阿淘不是寫我自己，你知道，我是不寫自傳性小說。辜安順不是我，那是一個許多人都苟且偷安的時代，小說要捕捉的是那個時代的風貌而已。」[21]

葉石濤不斷否認那是「自傳性小說」，從而極力澄清「辜安順」與「簡阿淘」都不是他本人的形象投射。然而，從他描寫的台南背景，以及敍述的政治經驗，有許多地方與葉石濤本人的生平有重疊之處。「自傳」(autobiography)的書寫，並不意味記錄的全然都必須建基於「事實」之上。由於人的記憶有限，在記憶的空白處往往會滲透許多虛構的成分進去。虛構與事實空間的擺盪，常常造成爭議的與迷人的想像空間[22]。葉石濤虛構兩位人物，分別是他青年時期所熟悉的四〇年代與五〇年代。當他在敍述時，必然也滲透了他個人的實際經驗於文本之中。

這裏並不在討論他的這些作品何者是事實，何者爲虛構，而在於討論他爲什麼在近期會再三敍述四〇年代與五〇年代之間的歷史經驗？顯然，這樣的努力一定有他的微言大義。從一九六五年以後，葉石濤全力以赴地重建「台灣鄉土文學」的版圖，不僅從事台灣文學的批評，而且也寫出一部《台灣文學史綱》[23]。戰後以來，很少人能像葉石濤那樣不懈爲重建台灣文學的主體而努力。不過，對於他曾經受到殖民主義與民族主義的心靈傷害，他未嘗須臾放棄自我療癒的機會。從《紅鞋子》、《台灣男子簡阿淘》到《異族的婚禮》，他不停地把自己帶領回到那個鑄造創傷的年代，似乎是為了完成兩個目的，一是對抗殖民者的國族論述，一是透過去殖民化而達到個人主體的重建。

就對抗殖民者的國族論述而言，葉石濤深知透過國家機器所擴散出來的民族主義宣傳，其力量是巨大無比的。在制式教育裏，大敍述的文本充塞於官方教材之中。這樣的大敍述往往側重於國家的苦難與重大歷史事件的描述。由於那種敍述方式過於龐大，因此人民的細微生活枝節便輕易被犧牲了。在重大歷史事件的記錄之前，人民變得非常渺小而不能得到恰當尊重。個人回憶的自傳書寫，可以從局部的、細微的地方仔細經營，並且使用反覆的敍述使記憶不致被忽略遺忘。重複的個人敍述，可以滲透官方大敍述的許多縫隙。以葉石濤的辜安順系列故事為例，就可以填補大東亞戰爭期間台灣人民被忽視的生活實況。當時民間的生活，與大東亞戰爭幾乎是相互隔閡的兩回事。辜安順的故事鋪陳出來時，正好可以揭露大東亞戰爭的一些虛矯與欺罔。

就去殖民化的策略而言，記憶的重建乃在於揭露統治者如何構築其控制手段。簡阿淘的系列故事，把五〇年代白色恐怖時期的思想檢查、羅織入罪、緝捕入獄的過程，以著從容的文筆重新敍述。曾經被視為高度禁忌的政治黑幕，終於曝光於讀者面前[24]。這種回憶的再敍述，其實也是一種去除巫魅的儀式，既可認識強權的眞面目，也可克服長期累積於內心的陰霾。從而使遭到宰制與囚禁的心靈得到釋放。

投入台灣新文學運動將近一甲子時光的葉石濤，前半生都在強權干預與自我壓抑的歲月度過。他曾經迷惑於日本人所發動的大東亞戰爭，也曾經憧憬過戰後的中華民族主義，但是最後都歸於幻滅。他在文學創作上，走過極爲漫長的唯美道路，究其原因，乃在於逃避兩個殖民政權的政治干涉。長期的心靈創傷，並沒有毀壞葉石濤的創作意志。他在九〇年代，以重返歷史現場的方式開始經營自傳體的書寫，積極掙脫殖民主義與民族主義所造成的歷史困境。他的努力可謂用心良苦。他以後半生的光陰專注於台灣文學史的書寫，並且又致力於個人歷史記憶的再營造；如此不斷面對自己的過去，不論是建基於事實或訴諸於虛構，都企圖扶正曾經傾斜的心靈。通過連綿不斷的自我辯護與自我省視，葉石濤的論述本身構成台灣文學史上的一股重要聲音。這種聲音一旦成爲雄辯的存在時，一個精神主體的重建顯然已經在望了。

註釋

❶轉引自中島利郎〈西川滿備忘錄——西川滿研究之現狀〉，收入黃英哲編、涂翠花譯《台灣文學研究在日

本》（台北：前衛出版社，一九九四），頁一二一。

❷池田敏雄著、葉石濤譯〈《文藝台灣》中的台灣作家〉，收入葉石濤《台灣文學的悲情》（高雄：派色文化，一九九〇），頁二一二。

❸葉石濤〈府城之星，舊城之月——《陳夫人》及其它：二、初見西川滿〉，《文學回憶錄》（台北：遠景出版社，一九八三），頁三。

❹葉石濤〈一個台灣老朽作家的告白〉，《走向台灣文學》（台北：自立報系，一九九〇），頁九—一〇。

❺張恆豪〈豈容青熒指成灰——葉石濤在日據末期的文學言行〉，原載《文學界》第八期（一九八三年十一月），後收入張恆豪《島國的覺醒》（台南：台南市立文化中心，一九九五），頁二六四。

❻林瑞明〈葉石濤早期小說之探討〉，《台灣文學的歷史考察》（台北：前衛出版社，一九九五年第三刷），頁二七。

❼葉石濤〈春怨〉，收入彭瑞金主編《葉石濤集》（台北：前衛出版社，一九九五年第三刷），頁一七七。

❽同上，頁二一八。

❾西川滿著、葉石濤譯〈一本書的奇異旅行〉，收入葉石濤《作家的條件》（台北：遠景出版社，一九八一），頁一七七。

❿葉石濤〈日據時期文壇瑣憶〉，《文學回憶錄》，頁三六。

⓫葉石濤〈米機敗走〉，《台灣文藝》第一卷第六號（一九四四年十一月），頁三四。

⓬葉石濤〈零戰墜落記〉，《台灣男子簡阿淘》（台北：前衛出版社，一九九〇），頁二一九。

⓭有關西川滿〈採硫記〉的討論，參閱彭瑞金〈用力敲打出來的台灣歷史慕情——論西川滿寫〈採硫記〉〉，宣讀於聯合報副刊主辦，「台灣現代小說史研討會」（一九九七年十二月二十四日）。西川滿的〈採硫記〉已譯成中文，收入葉石濤譯《西川滿小說集Ⅰ》（高雄：春暉出版社，一九九七）。

⓮葉石濤〈在坐牢之前——我底四〇年代文學經驗〉，收入楊澤主編《從四〇年代到九〇年代——兩岸三邊華文小說研討會論文集》（台北：時報文化，一九九四），頁四一。

⓯葉石濤〈一個台灣老朽作家的告白〉，前引書，頁一四—一五。

⓰葉石濤〈一個台灣老朽作家的青年時代〉，《台灣男子簡阿淘》，頁一九五。

⓱葉石濤〈一個台灣老朽作家的50時代〉，同上，頁六—七。

⓲葉石濤（陳顯庭譯）〈三月的媽祖〉，原載《台灣新生報》第二二二期（一九四九年二月十二日），後發表於《文學界》第十期（一九八四年五月，夏季號）。

⓳葉石濤的這些中短篇小說集，後來重新整理出兩冊選集，亦即《姻緣》與《黃水仙花》（台北：新地文學，一九八七）。

⓴葉石濤〈台灣，一個共同命運體〉，《台灣文學的悲情》，頁一〇六。

㉑彭瑞金〈老兵還在火線上——訪葉石濤〉，收入葉石濤《異族的婚禮——葉石濤短篇小說集》（台北：皇冠出版社，一九九四），頁四—五。

㉒參閱 Liz Stanley, *The Auto / biographical I,* Manchester and New York: Manchester Univ. Press, 1992, pp.63-67。

㉓葉石濤的文學評論集，較爲重要者包括：《台灣鄉土作家論集》（台北：遠景出版社，一九七九）；《作家的條件》（台北：遠景出版社，一九八一）；《小說筆記》（台北：前衛出版社，一九八三）；《沒有土地，哪有文學》（台北：遠景出版社，一九八五）；《展望台灣文學》（台北：九歌出版社，一九九四）。另外，他完成一部《台灣文學史綱》（高雄：文學界，一九八七）。

㉔關於簡阿淘系列故事的討論，參閱陳芳明〈白色歷史與白色文學——葉石濤與藍博洲筆下的台灣五〇年代〉，《典範的追求》（台北：聯合文學出版社，一九九四），頁二八八—九四。

國家圖書館出版品預行編目資料

左翼台灣：殖民地文學運動史論=Leftist Taiwan: Historical Essays on the Literary Movement under Colonial Rule, 1920-1945 / 陳芳明著．-- 二版．-- 臺北市：麥田出版：家庭傳媒城邦分公司發行，2007[民96]

面；　公分．--（陳芳明作品集・文史卷 2）

ISBN 978-986-173-256-5（平裝）

1.台灣文學－歷史－日據時期（1895-1945）

850.329　　96008988